———————— 阅读之前 没有真相

午夜文库

床下的旅行箱

巫昂 著

新星出版社 NEW STAR PRESS

我的威士忌是
一种艰难的生活之道:

野生樱桃
不断地排挤
桃园。

我是个一文不名的
酒鬼。

在哪里我会得到树木
在土地里
找到的那种稳定性?

我的素材
是在摩天大楼的
金发装饰下
触摸美腿
和宽阔骨盆的感觉。

——[美]威廉·卡洛斯·威廉斯《饮》

人物

以千计：私家侦探
余爱媛：女被害人
小丁先生：男被害人，飞行器研发爱好者
丁云长：雇主1，小丁先生的哥哥
杨少康（猪脚老板）：雇主2，余爱媛的丈夫
米娜：余爱媛的研究生室友，马来人
邓律师：丁云长的代理律师
小白：以千计不算稳定的长期女友，保险经纪人
皮匠：职业杀手

故事开始时间：二〇一六年十二月二日
故事发生地：香港

第一章

末班地铁，到处空荡荡的，风被列车猛地怼入隧道，不要说站台上没有人，车厢里也就只有我和最末端一个正在打瞌睡的、背着剑桥包的年轻人，他喝了没有我不知道，我是喝得差不多了，除了地板上那双穿着鞋的脚是我的，其他的都是别人的。

天知道这么喝的意义何在。

在空无一物的酒杯中，我找到了别人不以为然的东西。

到站后，我没能自己走出去，被一个地铁工作人员架出票闸口，扔在那里，在冰凉透骨的水泥地上睡到下午，然后回家。时间转眼到了傍晚，略感清醒的我又开了一瓶酒，它一直好好地藏在床底下的一只破纸箱里，我以为我再也找不着它了，但饥渴感折磨着喉咙口。

唯有更多更烈的酒精，才能浇灭这种浑身上下烂透了的感觉。

我把酒倒满一只搪瓷牙缸，倒得满满的白酒，看一眼挂在对面的钟表，夜里十二点半，往身体深处灌了一大口，吞下，滚烫的液体从食道进入胃。我再抬头看一眼时钟，四点半，中间这四个小时哪里去了？又一天的中午时分，阳光太刺眼，照醒了我，哪个浑蛋把我的厚窗帘拉开了？我感觉自己已经凌空站起，要去上个厕所，脑子如锤子般沉重，眼皮却轻飘飘地睁开了。屋里的一切都像昨晚一样，床上、地上没有其他人，但对面时钟的表盘不见了。

我认真地盯住那里，是的，不见了，上面空空如也。

有人打电话来约我见面，就在楼下的小咖啡馆，与其说是咖啡馆，不如说是老板用来胡乱烧钱的场所，一整天也不见得有个人进去，咖啡做得味道一般，跟洗脚水差不多，那个开家咖啡馆就跟给自己修了个庙似的老板，总是盯着吧台上的一只烟灰缸发呆。

"我说以千计，你不能再喝了，你再喝下去，心，肝，脾，肾，胃，全得坏掉，一个人表面上好好的，五脏六腑一塌糊涂。而且，今天是几号了，你想想，你今年接了多少活儿，你自己心里还没数吗？这样下去连饭钱都成问题了。"

"什么几号了，有事说事。"

我烦死阿才这狗日的了，每次见面，都跟提前来参加我的追悼会似的，他总想兼任我的人生导师，把我切成片放在平底锅上干煎了不说，还要在那些厚厚的肉片上撒上胡椒和粗盐。

阿才是个拉皮条的中间人，我们行话说的"案源中介"，他装成我的搭档，说我们合伙开了这个调查事务所，他屁都不懂，除了从每个案子里抽成。有两三个自称是我搭档的家伙，每一个都是不折不扣的混混儿。这些家伙最大的优势就是愿意出去抛头露面，在一些表面上光鲜体面的人群里包打听，沾上一身狗毛，再回来跟我们这些孤僻的私家侦探吠吠。但我无所谓，在混混儿当中，我总觉得如鱼得水，他们也一向视我为同类和知己，我们谁也不会看不上谁，因为我们之间，只存在金钱和利益的关系。

"谁没事来找你这种人谈心啊，只不过顺便讲两句。"

"还扯!"

"有人不知道从哪里打听到你了,要请你出山,啧啧啧,把你说得跟个多么了不起的人物似的。但我还听说这人大有来头,不缺钱,也不知道你其实是个大浑球。"

我懒得搭理他,抽开一只凳子,把脚搭在上面,好在我没有抖腿的习惯,以前有过,戒掉了。

"要不是我在外面使劲替你吹嘘,谁还想得起来你?"

"谁会跟钱过意不去!"

"看看看看,说钱就没意思了。这个,人家给快递来的,我还没看,你看看。"他掏出一只永佳快递的硬壳信封,放到我面前,上面全是繁体字,我凭直觉知道那里边装的不是钱,太薄了。拆开信封,里面是一小沓照片,我抽了出来。

"我天,什么东西?"阿才探过头来,看了一眼。

"人。"我说。

"我知道是人,我天!都这样了。"

照片上的两个人,一男一女,裸身背对背,坐在一张正方形的玻璃茶几上,从后脑勺到屁股,整个背部被缝在一起。女的年轻,男的比她年长,女人的头发像是刚刚烫过,或是死后被整理过,看起来非常齐整。这并不是一起分尸案,而是一起缝尸案。缝尸的目标是形成某种仪式感,死者的身体并没有被切割或者剁成尸块,他们是完整的,只是部分缺失了——背上的一部分皮肤。

与男人恰恰相反,女人身形消瘦,两人的表情也不太一样。女的错愕而恐惧,微睁的眼中似乎还含着泪,也许是定型的胶水,好让她的眼睛一直保持睁开的状态。男的则平静如常,微微闭着眼睛,脸上的肌肉相当放松。也许对他来说,走向死亡的悬崖像是去菜市场买了一斤鸭血回家涮火锅。也许他被缝合的时候已经死了，女被害人则是活生生地被缝上去的。

我一张张翻着照片，他们身上几乎没有血迹，也许血迹被清洗干净了，也许缝合之前先抽干了他们的血。细看，缝合的针脚细密而均匀，像是学医的专业人士所为，针脚间距目测约0.3厘米。照片上有日期，不是最近，是二〇一二年十一月十一日。

"恶心坏了，快别翻了，带回去慢慢看。"阿才龇着牙，做出要吐的姿态，这个修行不到位的干瘪罗汉，没见过世面的东西！

"闭嘴。"

"我就不懂了，干吗特地快递过来啊？到时候当面给你不就得了？你又不是那种凡事兢兢业业的主儿，还是太不了解你了。"

我把照片塞回信封，信封里别无他物。

"你人得去香港，这没问题的吧？人家就是不想在香港本地找，本来想在内地找，我想好歹得是个'海归'吧，日本回来的也算'海归'，你最合适。我还说，你是科班出身，名门正派，公安大学刑侦专业的，这种人最难找了，国内干这行的，都是野路子出身，都是瞎搞。"

"肄业，公安大学肄业。"

"不用明说，别那么老实，你就算公安大学隔壁哪个专科学校毕业的，我也能给你编成公安大学本硕博连读，对客户，就得真真假假虚虚实实，这才行。他们要是当真了，去调查你的背景，那大不了咱不接这一单，你说呢？"

这个没文化的东西，一定不知道芥川龙之介说过的那句话："删除我一生中的任何一个瞬间，我都不能成为今天的自己。"

我并不是第一次来香港，也不是第一次接香港的案子。上一回，几年前，我在这里待了三四个月，雇主很有门路，帮我办了为期一年的工作签证，办完案子后，我顺势住满了一整年，一个四季模糊不清的嘈杂的大城市。当时住在铜锣湾，雇主给我租了个单间，案子结束后，他还比较满意，让我在那个房子里继续住了下来。他给的钱，恰好足够我余下时间所需要的开销，花完那些钱，我也就回了北京。

但我不打算跟阿才说自己的这段经历，我跟他又不是朋友。

咖啡一如既往地难喝，咖啡桌上的灰，大概是上礼拜的。我想来一杯真家伙，在酒面前，咖啡跟白绸带挂在树梢上一样，屁用没有。

我要求去香港来回坐火车，这样可以一路喝过去，还能看看沿途的景致。阿才起身，打电话去问香港方面，对方居然同意了，可见事情没么急，那一对男女必已入土为安，不用赶在他们身体腐烂前去看。但无论身体如何腐烂，用来缝合他们皮肤的线头，短时间内是不会烂的。

从刚才的图片上看，那是做皮具用的蜡线，韩国产的，我曾到望京SOHO里头的一间皮具制作教室学过大半天皮具制作，那是一节免费的体验课，我纯粹是一个人待着没事干去打发时间。韩国蜡线不染化学颜料，表面呈蛇鳞状，细腻而柔韧，它跟台湾产的不同——台湾产的，呈螺旋状。比起缝纫线或者绣线，皮具用的蜡线多数很粗，把这对男女缝起来的那个人，选用了最细的那款，配合人体相对细腻的皮质。

既然事情不着急，我也就慢悠悠地回家了，途中路过小超市，带了几瓶二锅头，到收款台，想了想，又回到架子前取了三瓶。要带够，火车差不多要坐一整天，二十四小时。

在家楼下，有一辆没人开走的老款雅阁，它停在那里好几年了，车身落满了鸟粪和灰土，雨刮器上夹着去年枯败的落叶。这辆车的主人还活着吗？我不知道，人活着胜过死去。他也许被封存在附近某个楼的夹层里很多年了，身体已经干瘪得跟壁虎一般，脊椎凸起，眼球凹陷。每次路过那辆车，我都会忍不住胡思乱想，脑补了诸多细节，感觉自己跟他已经很熟了，像个老朋友。我甚至想象出他穿的是一件藏青棒球夹克，一条浅色水洗牛仔裤，背着斜挎大邮差包，像是那种处处失意的老哥们儿，可以随时一起到大排档吃吃烤串儿，喝上一杯。

我一直在回想自己看到的那几张照片。上大学的时候，我经常翘课跑去旁听法医系的课，还跑到协和医学院听解剖课，等到他们的老师看到面孔陌生的我时，我就无比紧张，夹紧了屁股，唯恐被人家毫不客气地赶出课堂。

我清晰地记得，用解剖刀在尸体胸前切割出一个大写的Y字的情形。我感受到肌肉的僵硬和病态，闻着那强烈无比的福尔马林的气味，气味冲鼻，冲向我的脑腔和胸腔。气味之浓烈，让人感觉舌尖上像布满了一种沙土一样的东西，膏状的，呛人的。

那些气味伴着逝者的大体，这些值得尊重的人们，深深地刻在我的记忆之中。我们那时候的习俗是每个人开始跟大体老师面对面的时候，在内心念一句"阿弥陀佛"，或者"上帝保佑"。我没有信仰，不知道念哪个好，只好在心里默念："对不住了，老师。"

下午到晚上，几乎什么都没吃，一直在喝酒，我最近正值又一轮喝酒的高峰期，其间恍惚接到了阿才的电话，他通知我定金已到账，问我收到中国银行的短信没有，我拿出手机查看，定金的数字看起来还算可口。

他又说，火车票都帮我买好了，明天直接到西客站门口，他会把票给我，去香港的火车票只能在火车站的窗口买，需要港澳通行证，那天他就帮我跑去办了加急的港澳通行证，阿才别的优点没有，跑腿特别快，嘴皮子又很溜，凡事速度摆平。

一大早，我在西客站大门前与阿才会合，他交给我一只半新不旧的手机，里面装了香港本地的电话卡，说是特地跑去旅行社买的，他把上面写着 One 2 free 的那张电话卡卡片交给我，我一进站就给扔进垃圾箱了。

我提着一塑料袋酒，揣着港澳通行证和一小沓现金上了火车，别的什么也没带，走路的时候，尽量沿着盲道走，这样勉强能保证是一条直线。正午的阳光太强烈，透过站台上空的钢化玻璃照到女乘务员脸上，我依稀记得她的眉毛剃得干干净净，又重新用炭笔画了两条，它们无依无靠地悬浮在脸的上方。

住的地方也订好了，等我到了香港，手机开机有了信号，雇主的手下会发短信到手机上告诉我地址，一切不必担心，只需像木头傀儡一样事事照办就行。

我的胃空空如也，酒和胃液混合在一起之后，发出酱豆腐般的气味。

上车后，我到卫生间洗了把脸，干干净净地回到软卧车厢，坐下，拿出酒瓶子和搪瓷牙缸，开始专心致志地喝酒。火车飞驰过华北平原，进入山东境内，太阳下山的时候，我已经喝得差不多了。太阳变成了齿轮状，在地平线上缓慢地自转，我的脑子恍惚又兴奋，很想找个人聊聊天，环顾四周，边上那几个人死鱼一样翻着白眼。

"喂！"我喊第一个人的时候，他下车了。

"喂喂！"第二个也正打算下车，然后余下的人突然都上床睡觉去了，几乎漆黑一团的车厢里，只剩下我一个人垂头丧气地坐着，气氛伤感而尴尬。

列车次日下午三点多到达九龙火车站，我醉倒在列车中部，打扫卫生的两个男乘务员把我抬下了车厢，放在不占用通道的电梯附近一角。当我醒来，太阳又下山了，所有的酒都喝光了，幸好口袋里的钱和手机还在。冬天，香港的气候比北京自然要舒爽许多，道边花坛内盛开着粉红绣球菊。

开机后，果然收到一条短信，指示我前往尖沙咀地铁，从E出口出去，找到弥敦道36号，入住位于B座十五楼B8室的新英格兰宾馆。光是这一大堆指示，就完全不像有钱的雇主所为，但我无所谓，有个地方住就很好了，不花钱更好。

E出口对面有个7-11便利店，很小，门口站着几个黑哥们儿在喝啤酒，看架势他们能把一瓶啤酒喝成自动喷泉。我不管闻到什么酒味，都觉得亲如一家，忍不住向他们微笑，其实我是在跟啤酒瓶子里的金黄液体打招呼。他们不懂，冲我举起瓶子，咧着嘴笑，黑面孔像一匹匹野马。

有个头上戴纱丽的印度胖大妈走过来，用带印度口音的普通话问我住不住店。一个兜售墨镜的家伙浑身上下挂满墨镜，两只手分别拿了二十只，每一只都是名牌货，我需要戴墨镜的时候不多，戴墨镜去书店？问题是，我几乎不买书，只是在书店看看书而已，不用那么装大尾巴狼。

大厦的入口处像地狱之门，深不见底，在幽深的最深处，阴冷的气息一阵阵向外飘散，侧面有个扶梯直接上三楼，那上面是个商场，也叫重庆森林，不知道它跟那个同名电影谁在先谁在后。

一楼像个小商品批发市场，卖手机的，卖电话卡的，卖服装的，卖各种零碎的，换钱的。开店的老板看起来基本上都是南亚人。走道里熙熙攘攘，穿过走道，找到电梯，电梯前面也排了一列人，看样子是楼上的住户或者远道前来住店的客人，不是印度人，就是巴基斯坦和伊朗人，他们的眼窝深陷，眼神深邃，被这样的眼睛看一眼，简直如临深渊。

B座有个独立电梯，你必须被各种体味各种肤色的人，还有一辆装满了大纸箱子的运货推车挤在正中央，才能顺利到达十五楼。关门前电梯的超载警报响了，最后进来的那个人没有出去，只是侧了侧身体，挪了一下自己的脚，警报声居然停了，门紧贴着两个乘客的后背，静静地关上。我站在一个专门作为宾馆索引的不锈钢牌子跟前，看到这个地方的宾馆起名字都有一个共同特征，不是希尔顿或者香格里拉那么高大上的，而是用一些大词儿，诸如新北京宾馆、国王宾馆、台湾酒店，甚至东京及夏威夷宾馆，为什么东京和夏威夷要扯在一起？完全没有逻辑关系，也许合伙人一个来自东京一个来自夏威夷？有个叫作重庆招待所的，家大业大，占了两层楼，甚至不忌讳四楼。左边是微黄的暖光灯，右边是微白的冷光灯，足见物业疏于管理。

这两个乘客紧贴着我，我素来不喜人与人之间的肌肤相亲，感觉气都要喘不上来了。

B座的楼层一共有十七层，我是唯一一个到十五楼的。

B8不难找，门口有灯箱，像这个楼一样老旧，灯管半残，电流通过，吱吱作响，楼道便也忽明忽暗的。

旅馆的门关着，破旧得像是很久都没人住了，我按了门铃，按了不止一次，这才有人来应门，是一个英语说得跟我一样差的健壮黑人女孩，臀部跟肩膀一样宽大。她开了门让我进去，里面是更加窄小的走道，她在前面走，我跟在后面，她的背影就是个黑洞，走道尽头有个电话桌，她突然转头，指着电话机上贴的号码。

"住店吗？给旅馆经理打电话。"她的口气生硬极了，像是带着莫名其妙的起床气。

该死的旅馆经理普通话很溜，甚至能说儿化音，这是常年和游客打交道的结果，他听到我的口音，立刻转换成北方腔。

"您等着，等着，我十分钟就到。"

第二章

我一屁股坐在走道上,黑人女孩进了她自己的房间,把门关上,她一走,走道里才略微有些光亮。这里的房间门密密麻麻的,几乎每间隔一米半就有一个,用劣质的三合板做隔断,但是所有的房间都静悄悄的,那些住店的游客白天基本不在,都出去游览了。

我满脑子都是沙子,沙子又重又富有流动性,它们缓缓下行,从天灵盖滑动到鼻梁处,然后经过下巴进入脖颈,脖子以下都是结结实实的沙袋。有人站在我跟前,抬头一看,是个高大的黑人,男的。

"对不起,来晚了,我们在这个大厦里有不止一个旅馆,另外一个正好也有客人在登记入住,我兼任所有这些旅馆的经理——说起来好听,其实什么都干,也负责打扫卫生,把住店客人留下的各种垃圾,甚至是死狗,拖出去埋了。"

"死狗?"我听不懂。

"死狗。"他说话语速非常快,跟世界冠军约翰逊的百米冲刺一样,"我每年要埋不止一条死狗,要先送到附近动物医院的焚化炉,再把它们的骨灰埋到指定地点,大郊外的,不是马鞍山就是慈云山,或者笔架山,坐地铁至少一个半小时。"

他看起来足有一米九,在低矮的旅店里,就像是从天花板垂下来的一具皮肉俱全的人体模型。他的皮肤黑得发亮，肩膀宽得可以挂上灯笼，在这样狭小的空间里，好像老鹰住在斑鸠的小窝里，局促极。我给他看了阿才的手机短信，想借着自己短暂的清醒间隙，抓紧钻到房间里去。

"对不起，虽然你听我说得这么流利，但我看不懂中文，我知道你是丁先生的朋友，房间是他派人事先安排好的，丁先生是这座大厦的大业主之一，大boss，大老板，内地是不是这么说？我们这个旅馆，他就是房东，他说什么就是什么，他把你托付给我，我一定会照顾好你的。"

说着，他去敲刚才那个黑人女孩的门，她面无表情地开了门，两人贴着耳朵说了几句话，用另外一种我听不懂的语言，唧唧哇哇的像是在吵架，我还以为他们翻脸了，结果女孩转身进入房间，透过门缝看，里面乱得一塌糊涂，墙上满是雷鬼乐队的招贴画，到处堆满了荧光绿和桃花粉的衣服。

那个女孩拿出一封信递给黑哥们儿，他扭头伸长手，递给了我。

"丁先生让我给你的。"他说普通话的口音纯正到爆，我都怀疑他在内地上过大学。说话的同时，我们三人交错，在那条还没鸡肠子宽的走道，几乎胸贴胸地擦过。

他俩结伴走了，黑哥们儿留给了我房间和外边大门的两把钥匙，上面都系着脏兮兮的尼龙绳，让我出入自便。

我进了房间，大概只有五六平方米大，里面有一张单人床，床一边贴墙，另外一边跟墙壁的距离只有半米宽，床头抵着窗户，窗户上有台嵌入式的、四方形空调，然后是入口处的卫生间，我敢说，你如果想洗个澡，得半个屁股悬挂在马桶上方才能成功，也许可以一边洗澡，一边完成如厕任务。这样，洗完澡后，体表干净了，身体里边也干干净净。

食物给予我们维持生命之基本，也产生了令人厌恶的排泄物。

洗漱池也是嵌入式的，只有三十公分宽，从墙里突兀地伸出来一只秃鹫的嘴般的水龙头，我不知道为什么先盯上了这个龙头，放下手里仅装有半瓶酒的塑料袋后，进去打开水龙头，水量不小，很容易滋到水池之外，喷人一身。

卫生间的墙面上装饰着渐变的墨绿色马赛克，地面是深炭灰的暗纹地砖。

即便简陋，也算花了点心思。

别无去处，我只能躺在床上，读丁先生的信，那封信是用粗大的签字笔写的，但字体不大，他尽量把每个字放到横条纹的信纸之内，那种信纸是美国款式，微黄色，带蓝色格子线，在左边两厘米处有一条红色分割线。

以先生：

　　你大老远来香港，本应接待你，尽地主之谊，但你收到这封信时，我已进了ICU病房，重度昏迷是必然趋势，这病是不可逆的，我剩下的时日无多。但我仍存一线残念，觉得自己还有活过来的机会，所以约你来港，安排你住在这里，自然有我的用心。

　　房间里的一切物件，你尽量都不要动，不管你发现了什么异样。如果上天给我的大限不是今日，我会跟你详细面谈。

　　快递给你的照片上，男性受害人是舍弟，此事过去数年，我一直觉得他只是失踪，仍希望他有一天回来，直到收到这些照片，眼下悲痛的心情仍难以平复。静候我的消息，多谢体谅。又：如我终究不能见你，尾款亦将如数奉上，放心。

丁云长
敬上

原来，我的这个香港雇主是个将死之人，死不死，以及什么时候死，时间并不掌握在他自己手中，他让我来香港等他的死讯，这种安排有超乎常理的合理性，活人未必能理解，但我可以。我自己也是个介乎"已经死了"与"似乎还活着"的存在，特别是被酒精重度浸泡之后，你可以认为我不过是个人类的活标本，或一只又干又硬的昆虫尸体。

虽然是冬天，但香港的冬天没有北方那么难熬，小房间的窗户开着，唯一的四十五厘米见方的窗口，飘进来一阵又一阵浓烈的咖喱味儿，楼下的印度馆子在为食客们准备夜宵，我似乎应该吃点什么，但又一阵阵反胃，体内一阵阵空虚感袭来，于是我打算下楼买酒。

这时已经夜里十点多，快要十一点了，问了一楼的保安，我直奔大厦侧面的7-11，店门很不起眼，但正对着地铁口，算是好地段。幸亏它二十四小时营业，没有严守早七点到晚十一点的铁律。我从货架上取下十几瓶啤酒，从便宜的拿起，然后再转到洋酒货架拿了两瓶伏特加，两瓶威士忌，两瓶金酒，连牌子都没看清楚。心里问自己够了没有。总觉得不够，总怕不够，无论如何都可能不够。收银员很有礼貌，他们希望我刷卡，我没有任何卡可以刷，去哪里都是花现金，现金花光了，我就得拿着存折去银行柜台取更多的现金。

"人民币可以的。"她说。

"我也只有人民币。"

我把身上所有的现金都用来买酒了，然后把它们统统提回房间。路过一楼的小店铺，几乎所有的门面都打烊了，除了一家二十四小时营业的酒吧，我路过它的时候，里面有几个深褐色皮肤的男人在为进球欢呼，他们每个人手里都有一瓶刚刚打开的啤酒。

　　我的塑料袋里就不止有啤酒了，各色各样的酒总是让我有一种粮草备足、永无后顾之忧的感觉，为了更顺利地喝下去，我还顺道带了一些寿司、热狗和三明治，以及方便面。房间虽小，放下我和这些酒瓶子还是足够了，我把它们整整齐齐地摆放在迷你床头柜上，还有四周的地上，以我轻度的强迫症，摆放的顺序以外包装的颜色为准则，从浅到深。

　　受深夜酒吧内人们情绪的感染，我打开一瓶啤酒，夜晚正式开始了。

　　我打开电视，它悬挂在床的斜上方，不过一个十五寸的电脑显示器大小，我打开时，电视频道停留在央视的国际台，可以推断，这个房间的上一个住客是内地人。我换了一遍频道，有十六个，有印度的，也有尼泊尔和巴基斯坦的，还有法国第五电视台，据说是说法语的非洲人最喜欢的频道，我想看凤凰卫视，又讲普通话，又有些认识的主持人，但是没有，央视国际台是唯一讲普通话的电视台。

　　在香港的那一年，我有过一个短暂的同居女友，她叫CAT，两人吵架的时候，她总是用粤语骂我，骂得又快又不着痕迹，她不问候我母亲反倒问候我的父亲，一个实打实的女权主义者，我不管她女不女权，女人有点脾气在我看来再正常不过了。于是她用粤语对我恶语相加的时候，我总是回敬以山东话，确切地说，是蓬莱话。

喝酒佐以电视，不过是聊以解闷，开头的时候，我还闻得到窗外黑乎乎的天井内飘来的咖喱味儿，后来就什么也闻不到了。

快乐与亢奋从身体的下半截慢慢涌上来，那种涨潮般的充盈、悬浮和美妙。

开始我还坐在床上，不知道什么时候滑到了床下，也许是第一瓶伏特加喝了一大半的时候吧，脑袋朝下，像个沙袋一样倒栽葱往下滑，万籁俱寂，无忧无虑，我想尽量地延长这段时间，来到一个空荡荡的陌生星球。

然后我看到了那只旅行箱，那么大一只，污损的、破旧的、黑色的国际大号旅行箱，防水布面，就在床下，紧靠着里边。我伸手去摸，够不太着，又伸脚去踢了踢，里面似乎有硬硬的东西——硬，但不是特别的硬。

我又探进半个脑袋使劲闻了闻，说真的，没有类似尸臭的味道飘出来，也许酒精坏了我的鼻子，什么也闻不出来了。一把酱红色小锁锁住了拉链拉手，侧面看，锁面上有个暗金色的大写的R字。

第三章

那锁造型像古董，不像是旅行箱的原配，我给它拍了几张照片，幸好我那二手手机的闪光灯足够亮。箱子太大，不把床拆了，压根儿就拖不出来，屋里没地方，像是先把它放进来，再把床安装上去的。而床架呢，居然是个焊死的铁架子，外框低于旅行箱的高度。想要卸掉这个床架，没准还得拆房子，牵一发而动全身，整个楼层都受影响，想想911，想想从南美亚马孙热带雨林扇动翅膀的那只无辜的蝴蝶。

我不知道丁先生把我安排住在这里的用意何在，直觉跟这只硕大无朋的旅行箱有关系。

从他付给我的钱来看，他不是那种生性小气的人，整个案子，刨掉阿才那个狗日的不知道到底多少的佣金，到我手里是二十万港币，阿才最多扣一多半，他会说，这里面还有一两个介绍人，每个都要给回扣，有些介绍人他还得请客吃饭、送些像模像样的礼物，他管这种费用叫公关费。

到我手里的二十万港币，定金百分之三十，也就是六万港币，人民币四万四千多。尾款还有百分之六十，这笔钱安然到达账户之后，接下来的一两年，我就可以什么正经事也不做，待在我的出租屋里，以每周一立方米的速度，将自己浇灌成固体酒精柱。

当然啦，客户拖欠尾款或少付尾款的情况，在我办理的案子里面，简直占了一多半，再或者被阿才这种浑蛋，横刀再宰一道，他看透了我缺钱——不单缺钱，也不在乎钱。

我待在大厦里无所事事，坐着电梯上上下下了几次，盯着电梯里形形色色的住户看。有一次，电梯里全是尼泊尔男人，他们都戴着尼泊尔式的小帽，有两个人里边穿的T恤上画着似睁非睁的佛眼和梵文的咒语，他们在建筑工地上班，浑身上下都是泥点，小帽和佛眼是护身符。

第二天，我打算去鸭寮街走一趟，坐地铁到九龙深水埗C2出口，从尖沙咀过去只需五站，不过十几分钟，一趟趟找，穿过那些售卖二手电器的地摊和商铺，终于找到了一家专营二手锁具的小铺子，老板娘叼着烟坐在门首，我拿出手机，翻出那张锁的图片。

"请问，这是哪儿产的？"

"英国锁啦。"她讲粤语，幸亏我听得懂。

"什么年代的？"

"会做这种锁的人，早死了。"

"死了？"

"对啊，死都死了，还问什么？"

"人是死了，锁还在。"

"雷呢个人真长气。"（粤语：你这个人真啰唆。）

"长气？"

"啰唆啦，唉，跟我走。"她把烟头掐灭在一只锈迹斑斑的大锁头上，走在前面，店门也不管。她在来往的人群中穿梭，人太多了，我脚底有些发飘，担心走丢，几乎是贴着她的后背走，这样两个连体人七拐八拐进入了一条巷道，她敲开了一间紧闭的店铺，应门的那人估摸着刚从床上爬起来，头发散乱，眼屎未净，幸好衣服算是齐整。

"这人手头有个 R 锁。"老板娘跟他说。

"进来。"

"什么？"我站在门口问。

"我说进来，好吧，请进！"

我挪了进去，脚底板却像是被水蛇缠住，里面昏暗无比，到处都是珊瑚礁和潜伏其中的阴冷潮湿的深海鱼，说是店铺，但似乎一年四季从不开张，从屋里的凌乱肮脏程度可以推测。

"R 锁是什么？"我一边问，一边拿出手机，打开递给那位刚刚睡醒，瘦得只剩一层皮的大叔，他的普通话比老板娘好一点。

"锁匠是个怪人，叫理查·斯图亚特，一辈子做的锁不超过几十把，家里也不缺钱，富家子弟，就是喜欢做锁，每把他亲自做的锁，上面都有个大写的 R 字，谁也仿不来。谁有本事仿啊？他的锁简直精妙无双，内行一眼就看得出来，而且，这个 R 字，通常都是黄金浇铸的，还是用哑光处理过的黄金。"

"黄金？"

"你看，这个 R 的撇上面，还会有锁的编号，你近视吗？这个是四十八号，应该是他晚期所作，他就活到三十七岁，死得也很蹊跷，有一天早上，清洁工发现他头朝下，栽倒在街心花园里，那个案子到现在都没破，锁圈，不好意思，我们有这种圈子，将它列为一桩所有人都津津乐道的悬案，不亚于文艺复兴粉圈的二十七岁的马萨乔之死。这个斯图亚特，可以说是制锁大师里的莫扎特，很巧，两人活的年岁也差不多，我只知道三十五岁之后，他做到了编号四十，四十八，那应该是已经接近尾声了。"

"那这锁，一定很难开？"

"你说呢？白痴，开了就等于毁了一把好锁，这不是钱的问题，你舍得毁灭式开启？这么把锁，现在好几万一把，英镑，还买不到，收藏古董锁的人到处想办法也弄不到，你哪里弄到的？你要是想出手，找我咯，我有老客户托我找，找了好几年了，我也没找到。"

"不是我的，是朋友的。"

"不管怎样，交个朋友吧，给个电话？"

因为扔了电话卡，我不知道我的手机号是多少，只好请他告诉我他的，我给他拨了一个。随后，我便告辞了，刚走出门，就接到了他打来的电话，有一瞬间，我吃惊地睁大了眼，还以为是另外一个熟人打来的，一个女人。

仔细看看，电话号码有微小的区别，我没有接听，挂掉了，然后回到了旅馆。

躺在床上，脑袋栽倒到床底下，用手机当手电筒，来回摸那把价值不菲的锁，手感沉甸甸的，黄金的R已经发旧，这中间隔了多少年的沧海桑田，那微小的NO.48也变得黯淡无光，关上手电筒，黄金R依然在黑暗中发散着难以察觉的幽光。

我躺回到床上，盯着毫无内容的、窄小的天花板。

天花板上出现了一个暗淡无光的R字，像是纳粹集中营无数犹太人头发顶上出现的尘埃聚集而成的字母。

那个幻觉中的R出现之后的一整个晚上，我奇迹般地滴酒未沾，睡着了，也许有一个月没有这么睡过，脑袋和身体直接搁在硬硬的床上，那层褥子薄极了，薄到骨架子快要戳到床板里去，我仿佛置身于草木不生的浮岛，听得到周边海浪一层层向我袭来，偌大的海面上云雾蒸腾，大洋底下大大小小的生物缓缓穿梭，就像下午在锁店我脑海中出现的幻象一样。

一大早，一阵刺耳激烈的警报声吵醒了我，房间里突然有人向我喊话："现在是火警，请住户迅速使用消防梯下楼，离开本大厦。"那声音是从房门上方的一只小喇叭里发出来的，是个电子女声，我稀里糊涂地站了起来，套上裤子外套，顺手拿起搪瓷牙缸，除此之外别无财物。

旅馆里其他人都走了，走道里一点儿人声都没有，我似乎是最后一个听到广播呼叫，也是最后一个走出来的。开门，沿着消防梯往下走，十五层要走好一会儿，里面的灯并不明亮，还不时发出奇怪而轻微的啸叫，像还在继续做着一个悠长而诡异的梦，我到了外边两栋楼的窄小通道上，那是好几个餐馆的后厨，装厨余的垃圾桶，散发出一阵阵腥臭，那里居然站了个消防员，穿了一身制服，他漠然看着手持牙缸、穿着拖鞋的我。

"怎么回事？不怕死吗？"当我从他身边路过，他冲我吼了一声。

然后我头也不回，路过一堆杂物间门口，直接穿过马路，去找早餐铺子，睡过一觉后，食欲恢复了一点点，我想吃碗鲜虾馄饨面。

躲火警的这段时间，有人打我手机，是先前那个熟悉但是末尾数字不同的手机号。

"以先生。"

"丁先生？"

"不是，我是昨天你见过的修锁的。"

"贵姓？"

"姓什么都不重要啦，叫我米高就可以了。"

"哦，米高，什么事？"

"你的R锁哪里来的？"

"说过了，朋友的。"

"谁？"

"我不能告诉你。"

"跟你说吧，世上每把还存在的R锁，在谁手里，都查得到，你来找我之前，我不知道香港也有，你这个朋友也在香港吗？"

我想了想，不知如何作答，按照职业道德，我不能透露雇主的隐私，但我打算冒个险。

"他姓刘。"

"香港姓刘的至少有几十万个。"

"重庆大厦的大业主之一。"我又抛出来一点儿肉。

电话那头隐约传来电脑打字的声音，像一匹高头大马在深夜走过繁茂的树林，树叶扫过它身体两侧，越走越远。过了很久，那边才又传来声音。

"刘？重庆大厦的大业主名单上没有姓刘的。"

"嗯？"

"余下的人，也没有收藏锁的内行人，除了有个姓丁的，我还在一次聚会中见过他，手指上有文身。"

"有没有文身不知道，我连他人都没见过，那我再考考你，姓丁对了，丁什么？"

"丁什么，什么丁什么？"

"你这个普通话真让人着急，姓丁，名叫什么？"

"云长，丁云长。"

"你既然知道他的全名，那他弟弟叫什么？"我问。

"那我就不知道了，我又不是FBI，好了好了，我这下知道这把R锁的来龙去脉了，眼下锁在谁手里？"

"就算是在我手里吧。"

"丁先生转手给你了？那你想转手吗？想的话，我们可以找个时间喝喝茶，谈谈。"

几万英镑不是小数，事情办完，或者万一我的雇主死了，除了尾款，我也许还可以带走这件小小的纪念品，过上几年，找个机会出手，也算是不虚此行。

接完这个电话，我觉得浑身无力，浑身无力的终极缘由是我没有开一瓶新酒，我感觉到那匹马从树林深处走出来，远远地冷冷地朝向我的方向，好像在看着我，也好像在看比我更远的别的什么。

我向那匹马走过去。

"嘘，嘘。"我想赶走它，它一动不动，眼睛里突然泛起一层的雾气，它用那种孤单、脆弱的眼神看着我，看得我心里发毛。这种马，轻易走不了，除非你有个冲锋枪，对着它笃笃笃一通扫射，直到它的前胸喷出一股足以浇灭你心头之火的鲜血。

就让它留在那里吧。

我开了一瓶金酒，倒满了搪瓷牙缸，倒得特别满，像是在向自己的懦弱挑衅。

听说用金酒涂满一只大肥鸭的身体，再往它肚子里塞进各种香料，烤着吃，会吃出登临仙境的感觉，我一点儿都不相信这种扯淡，真正喝酒为生的人，不需要任何食物做伴，食物是多余的。酒精下行，脑袋虚浮，每一根毛发随时都可能脱落，皮肉与骨骼之间的关系越来越松散。

我舒舒服服地体验着，又一次，肌肉慢慢脱离骨架的美妙历程。

第四章

我头疼欲裂，一根不知道从哪儿冒出来的要命的神经，在后脑勺牵扯着全身的肌肉。唯有更多的酒精能浇灭这浑身上下烂透了的感觉。现在我可以确认的是，这只箱子是丁先生放在床底下的，锁是他的，他用这么昂贵的锁究竟是来锁住什么？我不知道。

当我喝下又一牙缸热辣辣的金酒，那匹马又出现了，这回它在树林边沿缓缓前行，马蹄子踩过去年秋天落下的树叶，发出一阵又一阵沙沙的声响，它依旧默不作声，盯着空气中一个虚无的点，不打算走。

这个场景，有人称之为"酒精依赖性幻觉"，基本原理是酒精刺激了中枢神经，导致神经元发射一种模模糊糊的信号，这种信号最后形成图像，形成什么样的图像，完全仰仗于你的想象。你想到什么，那个点就固定在一个确切的地方，随即发展出一系列可见的影像：一匹怎么赶都赶不走的马，比如我，或者一个你熟知的死去的朋友，他在荒郊野外晃荡，将一件脱下来的连帽衫搭在肩上，神情恍惚，嘴巴里不停地念叨着些什么。

如此过了四五天，我每天依旧喝酒，偶尔到附近的街上溜达溜达，出于好奇，我也在重庆大厦里瞎晃悠，从弥敦道进入大厦的那个入口是A座，A座有A1到A9九个单元，面对弥敦道的是A1到A5，一字排开，后边依次逆时针方向是A6到A9，这么多单元，仅在A8的位置有一个上行的电梯间，两个电梯窄小无比。B座和C座在左手边，一前一后，D座和E座在右手边，它们也都是只有一个电梯间。B座、C座、D座、E座之间构成了一个天井。仰头望去，高不可测，高处飞过的飞鸟，像是一群残疾鸟，歪歪斜斜地被天井上空的气流震荡得无所适从。

通常是半夜，我转完到处冷不丁有人出现的大厦，就从一个不知道什么侧门拐了出去，也许是么地道，也许是中间道，而后走到了外边，走着走着，只要不是太晕，穿过梳士巴利道，就会走到海边上，夜里的海湾有一种迷离的气质，如果能碰到一只流浪狗，它还能陪我走上一段路，从天星码头一直走到太古城的一角，海浪咣当咣当击打着水泥堤坝，堤坝上结着厚厚的贝壳壁，发出暗金如R字的光泽。

至少有两次，醒来的时候，我躺在垃圾桶附近。

还有一次，垃圾桶紧挨着我。总是这样。

没有那么醉的时候，我会过马路去往北京道，再右拐进入汉口道，在春记文具有限公司侧面上楼，按"意会书店"门铃，书店老板会应门，这家书店大概只有两平米，在二楼的过道上，书店虽小，也能找到我想要的书，诸如黄霑的《不文集》，坐在走道上翻阅一会儿，老板还会递给我一杯白开水，让我偶尔喝一口，解解酒，老板不嫌弃我是个不体面的酒鬼，只要爱看书，他总是欢迎的。

要是肯走远一些，到金巴利道的永利大厦，那里面有个专售日本书的老字号，可以挑那些图文并茂的杂志翻一翻。老板深埋在自己的柜台里边，一身烟味儿，不单是手指头上熏得黑黄，烟灰缸永远是满的，但看不到烟雾缭绕，他处理烟雾自有一套。

这期间，我在小破房间里见过一次那位瘦高个儿的黑哥们儿，他来打扫卫生，他说负责打扫卫生的尼泊尔人突然被移民局发现，赶走了。她只是一个孤苦伶仃、没有家人的妇女，在布草间已经住了一年多了，全部的财产就是两只手提包。在重庆大厦，最便宜的房间也要三千出头，南亚人多数都租那样的一个小房子，住一家人。她舍不得付这个钱，正好黑哥们儿允许她睡在布草间，睡觉的时候，身体得蜷缩在一起。在旅游淡季，她下半夜会开个没有客人入住的房间，进去睡个能够伸直身体的觉，但这样的机会并不太多，宾馆来的客人，有时候是临时找上门的，在Booking或者内地人常用的携程、去哪儿订上房，过不了一会儿，便飞奔抵达。

黑哥们儿见到我一点儿不觉得奇怪，我们似乎还挺投缘的，他一米九几的个头，跟一米七八的我比起来，整整高了一个社会阶层。那天，他说我要是觉得闷了，可以给一个特别漂亮特别温柔的女孩打电话，他给了我一张看起来皱巴巴的名片。女孩的头像在名片上显得清纯可爱，有点像早年演《窗外》时期的林青霞，怀着对年轻林青霞的憧憬和期待，我给她打了个电话，电话里她一点儿都不肯暴露自己的温柔本色，声音听起来也没有多漂亮，只肯跟我谈价格，这让人失望，我只好挂了电话。

第六天下午，不知道是几点，一辆车来接我，一位戴着黑灰色毛边YSL鸭舌帽的司机，说要带我去见个人。我二话不说上了车，车子是捷豹S系，但我连车牌都没看一眼，那时还没醒透，有车坐总比没有好，不管去哪里。四面车窗上拉着厚厚的黑天鹅绒帘子，似乎不光是为了遮光。

司机让我戴上旅行用的眼罩，眼罩是暗绿色的，质地绵软舒适，戴一个，倒没什么坏处，戴上眼罩坐在昏暗的车里，车子启动后只听得到发动机低沉的轰鸣声，这辆车改装过，至少换了发动机和轮毂，低沉的发动机的声音像是恐龙在地底远远地嘶吼，倒也不吵不闹，于是我又打了一个盹，但很快醒了过来，头疼得跟被一架战斗机击中太阳穴一般。

经过一段路时，窗外传来几声海鸥的啸叫，之后不久，车窗变得更黑，好像进入了一段尚未修好通车的隧道，路面崎岖。我们在颠簸中又盘旋上山，一路上司机没有跟我说过一句话，他接了个电话，电话漏音，听声音像是女人打来的，两人在电话里吵了几句不咸不淡的嘴，司机显得特别不耐烦。

"外面是哪一种海鸥？"我问他。

"哪一种？什么意思？"

"是海鸥还是贼鸥？听声音像是海鸥。"

"听声音就可以知道？你能听出来？"

"你可以帮我看看吗？"

他果然打开了车窗，我听到了电动车窗下降的声音，柔和、稳重，估计他正扭头往外看。

"怎么看？"过了一会儿他问我。

"嗯，它们是什么毛色的？"

"毛色？什么意思？"

"浅色的，还是深色的？"

"全部都在天上飞来飞去的，看不清楚啊。"

"等有一只靠近了，靠近了你再认真看一看。"

"哦，有一点灰。"

"嘴巴和蹼，是什么颜色的。"

"这个，很难看清楚啊，要不要你自己看看？"

"那麻烦你帮我取下眼罩,要不要停车?"

"算了,我帮你看,有红的,也有黄的。"

"哦,细嘴鸥,红嘴巴的是正处于繁殖羽的成鸟,黄色的是第一次来过冬的,尾巴是黑褐色的吗?"

"算是吧,算是。"

"你感觉它们大吗?翅膀展开,有一米吗?一米左右。"

"这个太难判断了,它们飞得那么远,那么高。"

说毕,他关上了车窗。如果是红嘴鸥,那么我们经过的,十有八九是维多利亚港,我们正一路南行,往香港岛的方向走。

过了相当长的一段时间,我又依稀听到了一些其他的声音,海风刮着一块巨大的广告牌子上的塑料纸,发出了巨大的猎猎的声响,又开了一阵子,司机停了车,问我要不要小便,我说不要,他便顾自下去了。

海浪击打着礁石,更多的不同种类的海鸟发出了高低不一的啼叫声,形成一场合奏。其中藏着一只在鸟群中独行的红喉潜鸟,它嘴里似乎叼着一只鱼,体量只有细嘴鸥的一半不到。叫声既有沉沉的咕咕叫,也有近乎破音的嘶喊,那凄厉程度,像是一个人被一根细长的铁线,扼住了喉咙。

司机继续上路,他刚才下车的时候没有给车子熄火,像是故意给我一个机会逃跑,但我丝毫不想跑,反正在这里天天也无事可干,不如假装被绑架,何况,对方什么都没说,说明这还是一种和平友好的绑架行为,说不定只是请我去喝喝茶、吃顿港式火锅。

又开出去了半个多小时,车轮碾压过一段缓坡,底下像是有碎石和草皮,然后车进了车库,听得到车库门哗哗地卷起。又是一层车库门哗哗卷起,车库竟有两重门,在香港这样的地方,什么样的人家会拥有双重车库门呢?

一路上我在心里数着数,根据在车内颠簸的感觉,估算着车速,我应该被送出六十公里以上,不能排除他为了扰乱我的感知绕了路,从闹市到山区,到海边,地形变换,甚至气温也比先前低了两三度,大白天,风吹在脸上,比天星码头深夜海风的触感还要更清冽些。

"到了,请下车。"

他伸手过来,摘掉了我的旅行眼罩,手上有非常淡的凡士林的气味,但不是便利店出售用来防止手脚干裂的凡士林,倒像是婴儿用的。

一路上,眼睛休息了好一会儿,眼周肌肉的酸楚感解除了不少,脑海中依然盘旋着海鸥的叫声,尖利、刺激,可以直接刺穿天灵盖。海鸥的骨骼是空心管状的,所以它们知道天气变化,用它们的骨头做一截口哨,一定不错。我没带酒,不知道一会儿,会不会有人请我喝上两杯。

从车库门往内走,是一条长长的走廊,走廊里每隔一段路就有两条日式和风暖帘,以藏青和浅灰为主色调,画着浮世绘风的武士与仕女,荧光灯穿插其间,用作照明,司机帮我一次次撩开帘子,他头也不回,我始终看不清他到底长什么模样,他身型匀称,有腰线和臀线,像是有规律锻炼的好习惯。照明灯发出冷光,像一只玻璃做的秤砣浸在冰水之中,秤砣的形态浑圆,线条凝滞,像是有不能够承受的经历和心事。

我猜测这段走廊修在一大片礁石之下,穿凿巨石而成,外边隐隐约约传来海浪击打岩石的声响,走廊内透着海水的潮气,墙角有青苔的痕迹,但是海边的青苔要比陆地上的张牙舞爪很多,像怪物身上的体毛一般。走廊中有潜水艇水箱潜行过大洋深处一样的声音，让人怀疑这外边就是海水。

走到头，他打开一扇铁门，铁门内套着木门，里边就是大厅，倒也没有多少华丽的陈设，也不是日式风格。大厅有上百平方米，五米左右的挑高，一面墙是一泻而下的落地玻璃，外面是悬崖上的海岸线，海面上雾气蒙蒙。一盏黑色铁艺的多头烛台吊灯悬挂在正中央，底下一圈深褐色极简风格的真皮沙发，翻毛的靠垫，靠垫像是用奶牛皮做成的。

沙发里坐了个人，他穿着深褐色外套，一件打高尔夫穿的运动夹克衫，里面是打马球穿的polo衫，一条同样是打马球才穿的羊蹄裤，一双长靴上分别绑着两条带子，靴子光可鉴人，但带子的皮子很柔软，虽然是个男人，但他骨架子特别小，肤色也深，两颊深陷，鼻头圆厚，他所有的经历都写在脸上，这不是个仅仅拥有海边私宅的普通中年男人。

司机没有走，他坐到那人身边，抽他递过来的烟，两人耳语片刻。

"以先生，这么把你请过来，真不好意思啊。"他说。

"没事，车子改装得不错，眼罩舒服，师傅人也很好。"

被我称作师傅的司机，这时候我才看清楚他的长相，这人的鼻梁又细又高，嘴唇非常薄，直成一条细线，脸上有些肉，但是下巴很尖，细长的眼睛，像是魔岩时代年少的窦唯，他的肤色苍白，像是在柜子里放了太久的一只磨砂杯子。

"我们这幢房子是非法建筑物，香港寸土寸金，私人建造任何房子都需要一大堆审批手续。我呢，既离不开香港，又想要离群索居，其实何必这么大费周章，在国外随便什么地方买个小岛就可以隐居，可我非得在香港，一步也不能离开香港，真是自作自受。不过，我也不想移民，去加拿大、澳洲那些地方坐牢有什么意思呢？"

"要在这个地方把一座房子藏起来，可不是件容易的事。"

"我花了差不多十年时间偷偷摸摸地盖这个房子，这十年挣的钱差不多都花在这上面了，挺有意思的。挣钱对我没有意义，盖这个房子倒有点意义。比方说，所有参与盖房子的工人都是偷渡客，盖完房子我付足够的工资，让他们回到原籍。我自己设计的图纸，屋顶是零辐射材料做成的，连人造卫星都找不到它。它不发散红外线，你看这些落地窗，从里面望出去一览无遗，但是从海面上看过来，这是一片正常的悬崖峭壁，这种隐形外立面是俄罗斯一家私人实验室研发的，我花了足够再盖一个普通房子的钱，才请他们帮我设计制作了这个外立面。"

"没有人能发现你这个房子的存在。"

"这就是我为什么非得用这个办法请你过来，不能让你看到沿途有些什么，你是私家侦探，记性一定很好。记性好、智商高的人，外观也不会含糊。你一定知道杜塞尔科夫吸血鬼，那个人杀人如麻，在法庭上穿着笔挺的西服，还洒了古龙水，他说话细声细语，温文尔雅，跟你有点像。"

我说话算是细声细气，但跟温文尔雅不沾边吧，这一身上下邋邋遢遢的，他是瞎了吗？但他自说自话，他的口鼻之处似乎扣着个玻璃罩子，N95口罩似的，玻璃内壁上挂着细白的一层水雾。在那层水雾的掩盖下，他的面部显得不太清晰。

"我这个人没读过什么书，十几岁开始做外贸生意，从日本进口猪脚，运到内地，从小到大，看得最多的就是白花花的猪脚，后来一闻到猪脚味就想吐，特别是蹄子上的味道，谁跟我说猪脚炖花生好吃，那就是故意得罪我。去年进口货柜码头工人罢工，别人哭天喊地，我高兴极了，可算能休息几天。"

说着，他扭头看了一眼那个司机，笑了笑，两人眼神交流得颇有默契，像是一前一后两个引号。

"我们知道，"他又对我讲，"香港有个快要死掉的大佬把你请来，查个两三年前的案子，既然他都把你请来了，我们也省得专门派人去北京找你了，我们也想雇你，做同样的事情。"

"你们是怎么知道的？"

"香港就这么大，谁家晚餐炒螺蛳，几条街都闻得到。"

"你认识雇我过来的人？"

"不熟，我就不跟他打招呼了，不过，他出多少钱，我们也出多少钱。"

第五章

对我来说,不要说一菜两吃,两菜一汤、四菜一汤甚至满汉全席都无所谓,我不着急死,也不着急活。既然他做猪脚生意出身,我心里已经给他起了个昵称,就叫"猪脚老板",起个外号容易记,我的记性可没他说的那么好。

我这辈子见过不负责任地把自己的身体交给别人去处理的人;见过对着那些身体放声哭泣的人;见过被擦洗干净,用解剖刀划出倒人字形,又用粗重的线缝合上的人;见过被投入熊熊燃烧的烈火,被噼里啪啦烧出油脂的人。但我还会见到更多稀奇古怪的人,活的不多,基本上都是死的。

他拿起茶几上的手机,拨弄几下,递给我。

那是一段视频,我按了播放键,屋内的气温比外边还要低,坐了一会儿便觉得骨头发冷,我觉得应该来杯度数特别高的酒。

"麻烦你,给我米杯喝的,随便什么。"我一边盯着屏幕,一边对他们说。

"茶,还是咖啡?"司机问。

"都不够劲,有酒吗?"

"开瓶十五年的纯麦,给我也倒一杯,放松放松。"猪脚老板吩咐。

司机去取酒的时候,我看起了视频,就着落地窗外那一望无际、深灰青的海平面，玻璃上密布着雾气，这种密度的雾不容易散去，尤其是在冬季。

视频的开头是一段空镜头，空荡荡的房间，镜头定在地面，毛刺刺的水泥地面，那房间像是毛坯房刚刚抹过第一层灰，不白，也不暗，灰蒙蒙的，这样至少过了五分钟，毫无动静，摄影师像是睡着了。

我打了个呵欠，幸好司机拿来了酒，一瓶日本Nikka威士忌和两只威士忌杯，没有冰块，这屋子一点儿烟火气都没有，想要冰块有些过分，何况，我从来不挑剔喝法，煮沸了喝或者放只蟑螂在里边，对我而言，都无妨。

"你知道西洋人为什么管烈酒叫灵魂吗？"猪脚老板突然问。

我咧咧嘴，等着司机给我倒上一杯，什么灵魂不灵魂的，比起这浅黄色的液体，简直就是屁，他也不等我回答。与此同时，我禁不住盯紧手机屏幕，像是被一个拙劣的剪辑师剪辑过，屏幕上突然出现了三个人，确切地说是一个死人，一个半死的人和一个活人，屏幕之外，还有一个拍视频的人。

视频是无声的，镜头扫过那个女人，她脸上混合着痴呆和惊诧，肌肉微妙地抽搐。她躺在一张深咖啡色的按摩床上，头发凌乱，只穿着一条浅色内裤，是一体成型的无痕内裤，冰丝材质。

那个皮匠模样的人，用一只裁皮子的锋利的刀，在女人的腹股沟上做了一个切口，长度目测五六厘米，他将上面的肌肉和脂肪切开，皮肤之下那淡黄色的脂肪层露出来了。而后，他找到了大腿上股三角区域的股动脉和股静脉，在动脉上做了一个纵向的小切口，静脉上亦如是。

这是专业的放血方式，抽血的泵就在附近，那只泵似乎是专业解剖室的用品，我没见过这种型号的泵，比较复古。女人的大腿内侧插着插管,一根长长的红色输液管,另一端连接着一台简易的医用体外循环机,循环机上的塑料罐已经装满了血。

我端起威士忌杯,喝了一大口,温吞的麦香和烈酒的刺激混合在一起,让我忍不住打了个寒战,把一块烧红的炭扔到冰水里也不过如此。

镜头推近,死去的男人全身呈惨白状,皮肤薄薄地紧贴着肌肉。他中等身材,但腰部显然有不经常锻炼导致的赘肉,腰部的脂肪向下沉,他也躺在一张深咖啡色的按摩床上,按摩床是pvc材质,看起来已经很旧了,上面带着血迹,擦拭过的血迹。凶手很重视操作台的卫生,随时擦拭干净,也像个诗人,擦拭的时候,态度漫不经心。

那个活人,脸部被打了马赛克,个子不高,穿着一件材质发亮的夹克,正把男人搬运到房间一角水泥槽的台子上,把后者翻过来,用一只记号笔在背上画了个图形。他画得精确而熟练,然后从一边铺开的工具刀内挑了一会儿,挑出一只趁手的裁皮刀,在男人背部工作起来。

他没有戴外科手术手套,那种紧贴着皮肤的橡胶手套,也没有戴口罩、医用帽和护目镜,更不要说防护屏了。

那些工具不是人体解剖或者外科手术用的工具,是皮具制作专用的,如果是解剖刀,我就非常熟悉了,看起来眼生但是复杂的刀具,除了皮具制作专用刀,似乎也没有别的了。也因此,那屋子里唯一活着的人的身份不应该被定义为外科医生,他可能是个皮匠。

这一男一女是我在北京时,快递来的照片的男女主角,他们都是被活活抽干了血,抽血之前,也许被施予了中效局部麻醉。实际上这很矛盾,他们的结局就是一个死字,施加麻醉仅仅是为了增加死亡过程中的仪式感。通常，短效局麻用普鲁卡因，中效局麻用利多卡因，长效局麻可用的药就多了，诸如丁卡因、布比卡因、左旋布比卡因和罗哌卡因。比起其他的麻醉药，利多卡因性能稳定，起效的速度比较快，扩散穿透能力都很强，其毒性与药物浓度有关，是可以用以各种局麻的药，我无法看清远处置物架上有没有它的小瓶子，它们应该是十毫升一支的，小小的一支，放在哪里都不起眼。

对切割的迷恋，对切割过程中美感和仪式感的迷恋，是这类凶手的特质。他只是为了杀戮，为了满足自己在杀戮之中的心理上的需求，这种需求包括性的欣快感，他可能通过正常的途径无法获得性满足，或者有性功能障碍。所以，他极有可能是连环杀手，没有外力阻止之前，他会一直进行下去。"猎物"对于他来说，是唾手可得的。

从这一男一女来看，凶手并不以性别为标准来选择他的"猎物"。

他这样不挑剔的原因何在？通常变态连环杀手对于"猎物"的性别、体貌特征甚至年龄段会有一定的偏好，这个诱因也许来自他早年的情感伤害，杀害的人都类似于那位曾经抛弃过他的初恋女友，或者来自他的某种性癖好，比方特别喜欢和金发或者圆脸的女孩做爱，鉴于女性连环杀手比较少见，在这里，我就不用"她"了。

恍惚之间，我想起了自己当年对于解剖的痴迷，一向厌恶背书的我，居然能够记住六百多块肌肉，记住每一块肌肉的起点、走向和神经的分布，我能够记住神经，能辨识出它们是颅神经，还是脊神经，或者是感觉神经，或者是运动神经。我能够记住从心脏发出，又回到心脏的几百条已经被命名的动脉和静脉。记住这些静脉和动脉的起点，它们的分叉和相关的软组织。我能记住上百个关节，还能记住肠道的走向，组织胚胎学、神经解剖学和各种神经束的三维关系。

那个看起来工作态度专注、勤勤恳恳的皮匠，个头不高，发量稀少，他穿着森林绿的厚针织帽衫和深灰多兜长裤，围着赭石色皮围裙，衣物都很旧，穿了许多年的感觉。围裙上有些血污，已经干了，他连手套都不戴，跟外科医生不同，皮匠通常是不戴手套的，影响手感。然后视频突然中断，像是信号不好停留在一个画面上，皮匠的右手，皮肤很白，青筋凸起，手背上有一道难看的疤痕。

福尔摩斯的原型约瑟夫·贝尔医生认为，几乎所有人的手都会有自己的职业痕迹，矿工手上的伤痕和凿石匠手上的痕迹是不同的，木匠手上的老茧和泥瓦匠手上的老茧是不同的，鞋匠和裁缝手上的痕迹也是不同的。

这是一双典型的皮匠的手。

"为什么这房子里听不到海鸥叫？"我问他。

他愣了一下，说："海鸥？海鸥这个时候睡着了吧。"

"什么鸟，大白天也睡觉。"我信口说了一句。

我已经喝完了第三杯威士忌，每一口酒经过口腔的时间不超过十秒，我不回味酒在口腔中短暂停留的感觉，比起小小的口腔，我的整个身体更像一大片史前荒漠，而且是自带了三个红色月亮的外星荒漠，高挂了一个，低低悬浮了两个，那三个星体悬浮的模样，像是剥了壳的茶叶蛋。

"这段视频，你是怎么拿到的？"我问猪脚老板。

"E-mail，E-mail 收到的。"

"对方提条件了吗？"

"没有,你看这个人,像是喜欢钱的样子吗?那么认认真真切别人缝别人,这就是个十足的变态。"

"也是。"

"何况人已经死了,没资本要钱了。"

"你跟这两个被害人中的哪个有关系?"

"当然是女的,我老婆。"

"你老婆?"

"被杀的这两个,一个是我老婆,一个是她的情人——你另外那个雇主的亲弟弟,他也是有家有口的,谁会无缘无故地把两个陌生人缝到一起?用你的尾椎骨想想就知道。"

"我的雇主是为了他弟弟,你是为了你老婆。"

"为了?戴了这么绿一顶绿帽子,够得上绿荫遮天了吧?我都不知道是不是为了她。"

"这就是为什么你们双方在收到照片和视频后,都选择不报警。"

"香港就这么大,报了警等于也举报了我这个房子,我老婆出事前都住在这里。但我不知道你那个雇主不报警的理由,是不是怕身败名裂。"

"明白了。"

"要硬说为了什么,那就是为了她肚子里的小孩。"

"她怀孕了?"

"是的,但是不是我的都不知道,就当是我的吧。"

"干吗这么说?"

"我和她不同房的,但是要生孩子,唯一的办法就是去找个懂行的医生,失败了很多次,花了不少钱,终于成功了。"他一边说,一边不经意地环视了一通屋里,好像担心突然走进来什么人听到。

"不同房？"

"不同房。"他重复了一遍，口气淡漠而随意，"你看我，天天各种运动，又是高尔夫又是壁球又是马球，体力都消耗光了，哪里还有力气做别的？"

"那娶这个老婆干吗？"我问。

"我有这么多的财产，至少需要有一个儿子来继承，我爸就我一个独子，姐姐移民去了加拿大，现在父母都不在了，我孤零零一个人，我要是死了，这个家族就没有后代了，我有这个责任。"

看不出女被害人腹中有个胎儿，大概是因为身材纤瘦，皮匠放了她的血的时候，胎儿也失去了营养供给，他像只干瘪弱小的小猫，被一枚冰冷的图钉钉在子宫壁上。

"那她是怎么失踪的？"

"她说她去逛街买东西，要逛一整天，司机把她送到铜锣湾的名店坊就回来了，到了夜里也没消息，当时我们倒是报警了，警察无能为力，到我们提供的城里的房子瞎翻了一番也就不了了之了。"

"她离家那天是哪一天？"

"那天日子还比较好记，二〇一二年十一月四日。"

"好记的点在哪里？不懂。"

"那是个礼拜天，每个月第一个礼拜天，我都记得比较清楚。再有两天就立冬了，那我就记得更清楚了。"

"还是不知道你为什么会记住这一天。"

"我记性好得很，刚才你走进来，从门那边到这里坐下，走了几步，我都记得一清二楚，我们中国人讲究耳聪目明，我父亲从小就训练我,这是从小训练的结果,可以说是一种童子功了。"

"几步?"我忍不住笑了,这是一种恶作剧式的追根究底。

"不会超过二十步,也许二十一。"

"行。她走的时候,是几点?"

"哦,她一般吃完午饭就出门了。不过她睡醒也很迟了,说不上是早餐还是午餐,十二点半左右?收拾停当就走了。"

"每次她出门,需要提前跟你请假吗?"

"当然了,我相当于是她的主人,这种基本的从属关系还是有的,她得提前好几天跟我打招呼,我确定这个家里没有其他的事情,她才能走。"

"所以,那天她走的时候,没有显示出有什么异常对吧?"

"好像跟平时差不多,司机说,她上了车会化妆,化个妆吧,女人逛街,不奇怪了,至于为什么不在家把妆化好,我就不太清楚了。"

"赶时间?"

"真没有细想过,我很少琢磨她,脑子里每天都是生意,这些年来,生意越来越难做了,这个那个事情,没工夫琢磨一个女人。"

"她逛街刷你的卡吗?"

"不然呢?她说喜欢自己先逛一通,然后集中采购,所以,刷卡的时间特别集中,感觉半个小时能买好多东西。她也只有我的卡,不过后来我发现,她拿走了自己的港澳通行证,这个有点奇怪。"

"你扣留了她的港澳通行证吗?"

"这是我们婚前协议的一部分,她的身份证件必须由我保管。"

"你一般放在哪里？"

"卧室的床头柜里吧，我记得是。"

"上锁吗？"

"一般会上锁，那天可能钥匙忘了拔，插在上面了。"

"你连我走过来需要几步都记得一清二楚，不可能会把钥匙落在床头柜的锁孔里吧？"

"智者千虑必有一失。"他说，说得别有深意。

"好吧，那天司机本来跟她约好了几点去接她呢？"

"通常是她在外边简单吃点东西之后，八点多？最晚九点。"

"她会约上闺蜜一起去逛街吗？"

"闺蜜，会有吧，她好像还是有几个朋友的，不多，以同学为主吧，这个我倒是不会去干预，给她留点私人空间。那段时间，她交往比较多的闺蜜好像是个律师。"

"律师？"

"律师香港满地都是的，不知道哪里冒出来那么多律师，男的，女的。"

"那我们继续捋一遍时间线，你们发现她失踪那天，八点钟左右，司机去了铜锣湾名店坊，但是联系不上她了？"

"对，说是手机关机了。最后司机自己回来了，我记得。"

"第二天你们就报警了？"

"是的，我们去了一趟警察局。"

"从那天起，你再也没有她的音讯了是吗？"

"是的。"

"那你是什么时候收到 E-mail 的？"

"十天前，差不多十天前。"

我在心里估摸了一下，跟丁先生收到照片的时间差不多。

"你觉得是凶手本人给你发的？因为男方死者亲属那边也收到了照片，有没有视频我还不清楚。"

"不知道，有人把它发到我的 E-mail，超大附件，开头我还以为是色情电影，差点儿懒得下载。"

"把发件人的邮箱给我，另外，把这个视频拷给我一份，拷到我的手机上吧。"

"可以，电脑的事情我搞不清楚，还是让他去拷贝一下吧。"他扭头，看着司机，司机恰好也正看着他。两人正如踏上了同一班东方快车。

司机把两个手机一起拿到其他房间去，我的手机也没什么秘密，所以没有设置任何密码。看来这个司机，同时是他的助理，什么杂活琐事都会办，多功能手下。

"我想去看看你太太的卧室。"我跟猪脚老板说。

"什么太太？"

"就是你说的老婆。"

"哦，就在楼上，我带你上去。"

说着，我们俩不约而同地把杯中酒一饮而尽，我是怕可惜了这杯酒，他应该不在乎这点儿液体燃料。

我们两人沿着刚才司机带我进来的路线原路返回，从走廊侧面的一扇小门上楼梯，楼梯是急促而旋转的石头台阶，台阶特别细碎，如果规规矩矩拾阶而上，人的步态多半会跟个跟跟跄跄的点钞机一样。

"这个会客厅呢，是整个楼的一层，我们现在去二层，二层是厨房、餐厅和用人房，她的卧室在三层，我的在四层，最顶上。"猪脚老板介绍整个房子的结构，我很好奇这个楼的设计图，有机会应该看一看。

猪脚老板在前面走,楼梯太窄,我时不时碰到粗粝的墙面。接近半瓶威士忌下肚,我的步伐已经有点儿踉跄,胳膊肘和肩膀撞了墙壁好几下。

到她的房间,只是为了近距离感受一下这个被残忍杀害的女人。

第六章

那个卧室比我想象中小很多，侧面是个单人床，一米二的规格，床品铺设得舒适齐整，深色玫瑰碎花的衍缝被褥。床边上是个小梳妆台，摆了些护肤品和香水，另一侧是衣柜，上楼后，猪脚经理按了墙上电动遥控，一股清新的风从中央空调口灌入。

"我们整个楼都不能有直接对外的窗户，通风全靠专门设计的通风系统。干燥的季节，比如冬天，风从悬崖底下抽进来，夏天反过来，从悬崖顶上进来。哦，香港好像不是这个规律，我可能说反了，冬天潮湿，夏天干燥吗？也不对。俄国人给的产品说明书只有俄文，这么多年了，我也没找个人帮我翻译出来。"他解释道。

"俄文？你确定那是产品说明书吗？"

"不然是什么？"他恍然大悟，"那可能他们发给我几首普希金的诗，我也不知道啊。"

我扭头，司机不知道什么时候已经随我们上了楼，静悄悄地站在身后。但他面无表情，脸色还是那么苍白，在悬崖下的房子里春夏秋冬四季捂出来的，在斜斜照射的灯下，他的脖颈处似有痕印，我再眯眼看，又消失了。

"她就住这里？"我问猪脚老板。

"这些年来这个房间没人来过，我也不许家里的菲佣来打扫，或者动任何一样东西。所以应该是她走前的原样。我为了保持菲佣的忠诚度，给她们的薪水是外边行情的一倍以上，当然了，她们都来自菲律宾边远省份最贫困的家庭，就是为了让她们不想辞职，不暴露我的这个住处，所以她们没有年假，每次合同签五年，五年后倘若回去了，就回去了吧，临走前我还会奖励前面五年全部工资的总和，这一点，她们一开始就是知道的，所以不管多么难熬，都要熬够这五年。"

"你真是深谙管理之道啊。"

"我是个凡事喜欢做细的人，游戏规则的制定也是如此，一定要环环相扣，让对方一丝破绽都看不出来，逻辑链条严谨至极。"

"光是菲佣这一项，我就服气了。"

"还没说完呢，这期间，不瞒你说，我会留住她们的一样东西，可能是罪证，让人犯罪还不容易吗？这样，五年回去之后，她们也不敢到处声张，在这个房子里，菲佣是不允许拥有任何拍摄设备的，无论是相机还是手机。甚至不允许她们画个海景什么的，曾经有个菲佣，她小时候是学画画的，不知道从哪里找来一支笔，画了悬崖那边的一棵树，我们发现之后，就把这棵树砍掉了。"

"你真是一个很酷的老板，可惜了栖息在那棵树上的鸟了。"

"什么鸟？关我鸟事。"他下意识地看了一眼站在我身后的司机，他们俩总是对视，弄得我恨自己不能变成一片薄薄的亚克力板子，恨他们不能是一枚硬币的两面。

"你们这附近，应该有很多不同的鸟，不过像白腰燕鸥那样的鸟，也不常见，能遇到一次不错了。你们离米浦近不近？还有后海湾。"

"这个,我就无可奉告了。"

"应该是相反的方向,一路上我没有闻到湿地的气息,海边的湿地和内陆的气味还不太一样。"

"我还是继续说我们家菲佣的事吧。香港的菲佣周末要休息的,我的菲佣不休息,周末三薪,不过丧失了跟老乡们到铜锣湾坐在地上吃小鱼儿的机会。一年回国一次,第二年她还得回到这里,没有比这里更舒服更宽松的去处了,回国之后,房子,给孩子的教育金,甚至自己的养老金,全都有了。"

"菲佣的情况我基本上了解了,我想知道的是,你现在还保持房间的原样,是为了什么?听起来你跟余小姐并没什么感情。"

他说:"有没有感情,是条人命,她跟家里人关系不好,从结婚到失踪,从来没听她给家里什么人打过一个电话,我可没反对她跟家人联系。之前我说过,我们报过失踪,我在城里还有一个住所,用那个家庭住址报的,但我们已经很久不住在那里了,我带着警察去看了看,什么都查不出来。"

"她又不住那里,当然查不出什么。"

"那个房子是真实存在的?"

"自然,在红磡。"他忍不住笑出声来,"我这样的人,在香港有几套房子不奇怪吧?"

"不奇怪,有多少都不奇怪。"

"当时警察进去虚张声势地查了一通,还问了几个邻里,人家都几乎没见过我们,监控也看不到我们,把警察搞得一头雾水,也就不了了之了。"

"也真是古怪。"

"我保存了这里的原状,是觉得也许还有点用,当时也觉得她说不定会回来。"

"那么长时间了,回来的概率不高了。那,你们为什么不睡在一起?"

"结婚前就说好了不睡在一起,我睡眠不好,屋里有其他人我没法入睡,略微有一点动静就会惊醒,也不知道为什么,你看这里已经很安静了,夜里只有隐隐约约海浪的声音,还有海轮的汽笛声,这放在别处都是专门录制白噪音的素材,用来催眠的,我住在三层隔音玻璃的房子里面,还得戴上耳塞,外加降噪的罩耳耳机,这还不够,屋子里绝对不能有人,甚至不能养一只猫,一只猫要是在离我一两百米的屋子里,从桌子上轻轻地跳下来,我都能数出它的脚步,走了几步路,走了多远。"

我发现猪脚老板是个聊天高手,聊着聊着就跑偏了,都要我想办法给他拽回来,他神经衰弱不说,还很寂寞的样子,似乎是很久没有跟陌生人说过这么多话了。

"那我问得直接一点吧,说白了,你和死者,哦,余小姐,是无性婚姻?"

"可以这么说,可是她完全接受啊,所以她在外面有什么情人,我觉得也是情有可原,人总是会有情感需求的,何况她是那么敏感、感性的一个女人。有段时间她经常去逛街,我也不太干预,我们那辆车,别看外表平淡无奇,也是用卫星监控不到的材料做了伪装,车子改装好了之后,我也就不限制她出门了,毕竟是年轻女孩子,总关在屋子里也不是办法。但是她怀孕之后,我就觉得不应该到处乱跑了,她也不听话,重庆女人,脾气大着呢,她不发脾气,她不高兴就板着个脸,那脸僵硬得跟石膏做的差不多。"说毕,他笑出声来,似乎想到了她当日板着脸的模样。

"能理解,住在你这个房子里,虽然很大很酷,但时间长了,天天看着海面上云蒸霞蔚的，也挺无聊的，你又不写诗又不拍照。"

"当然了，结婚之前，我也跟她说好了，要能接受人工受孕生子，至于她愿不愿意抚养孩子长大成人，就另当别论了。离婚的话，小孩的抚养权归我，她得离开香港，她住在这里，也就是两年左右，两年之后，我可以资助她去欧洲读个博士，然后她就彻底自由了。"

"一般女人不会同意的吧？"

"一般女人开始也许不会同意，但是坐上我的车兜兜风，就会改变主意。"

"车上有什么神奇的东西？"

"有个保险箱，在后座座椅靠背上，其实是藏在后备厢里的。"

"那你知道你是个有作案动机的人吗？这个被害人是你合理合法的妻子，虽然你一直在跟我说你们之间有这样那样的婚前协议，但她毕竟有了外遇，这个案子很像是一个不守贞的妻子被丈夫报复，连带婚外情人一起杀害的样子啊。"

"你觉得是我杀了她，再请你来调查这个案子？那我图什么，我躲在这里不是挺好的？警察也不会来找我，我过我的太平日子，像你说的，看看云蒸霞蔚、风起云涌。"

"话是这么说，不过不能排除一种可能。"

"哪种可能？"

"我分析的你是凶手的可能。"

"我也读过几本日本美国所谓的推理小说，无论如何，还没有闲到杀自己老婆解闷的地步，如果要杀她，在这个地方静悄悄地结果了不是更好？还放她出去铜锣湾啊尖沙咀啊，多此一举。

何况，我跟她结婚为了什么？为了孩子有个合理合法的妈，将来小孩长大了问起来，不至于没有个交代，不然我找个代孕母亲不是很简单吗？印度的，越南的，柬埔寨的，哪个穷国家的女人不乐意为了几万美元替人生个孩子？"

"你想要一个好的基因，一个受过高等教育的女性的基因。"

"也有这个方面的考虑，必须要看得见摸得着的人，原味儿，我可不信精子库卵子库说的那些，搞不好是瞎编出来的，说是瑞士人，说不定是索马里的，孩子生出来黑乎乎的一只，送到哪里去合适？"

"只能冲进马桶了？"

"别，一条生命。"

"对了，你们，你和余小姐，到底是怎么认识的？"

"认识的过程有点儿诡异，她那段时间疯了似的找香港人结婚，因为想要留下来，我呢，也正好在物色一个合适的老婆，娶妻生子，全世界男人的理想都差不多，而能够同意我这种婚后协议的，恐怕还得是像她那种心急火燎的女人，她就是那么撞到枪口上的，像一只惊慌失措的兔子。"

他这个小兔子的形容，确实贴切，她长得像兔子，活得像兔子，死得像兔子，肚子软软的，粉白色的小兔子，连尸体都像一只死去的兔子。

"那她又是怎么撞到枪口上的呢？"

"香港这么小，任何一个发了疯似的想结婚的女人，都逃不过我的眼睛，我坐在车里，看到了马路上的她，她坐在灯柱边上，守着好几件行李，外面在下雨，她像是在搬家，又不太像，雨把她淋得湿漉漉的。她不像一个游客，会慌慌张张地过斑马线，我让司机下车去问她怎么了，需不需要帮忙，她说她不知道哪里有便宜的住处，我让司机把她的行李放进后备厢，带她去找住处。她回过头看了我的车一眼，走了过来，又看了车里的我一眼，就同意了。一个女人都敢跟着路上遇到的搭讪的男人走，那她就没有什么不敢的了，她一定是走投无路了。结果到了所谓便宜的地方，其实也不便宜啦，她说不用住这么好的地方，我就明白了，她身上没有钱。看她的样子，也像是受过很好的教育的女孩，不是那种来洗碗洗盘子到按摩店打工的，她告诉我她是香港大学硕士毕业的，找不到工作，我就替她交了三个月的房租。"

"就这样认识的？"

"就这么简单，既没有媒婆也没有婚介，简简单单，直接有效。"

"捡了一个老婆。"

"确实是捡的，帮她租了房子之后，她说她不知道怎么感谢我，只能请我喝咖啡，我也就去了，她说每两个礼拜就要回深圳等通行证的签注，我就问她想不想和我结婚，结了婚就不用跑来跑去了，我说了自己的条件，包括不用同房啊，帮我生个孩子到小孩三四岁就可以办离婚，离婚还有一大笔赡养费，去欧洲读博士，等等。所有的条件都特别符合她的需求，她又惊讶又高兴，答应考虑一下，当天傍晚她就给我打电话说她考虑清楚了，离我们见面不过几个小时，可见她对于这样的机会，绝对不想错过。既然可以结婚，我就说那我喊上律师草拟一份婚前协议，就这样结婚了。"

酒喝多了，除了脚底发飘，我还打了一连串的饱嗝，喝粮食酿造的酒，就跟吃了一顿饱饭一般，于是我到她的小卫生间里撒了泡尿。

一个人的秘密有一半在卫生间，另外一半在他们自己心里。

卫生间是日本风格的，抽水马桶有个单独的小间，她使用未经漂白的本色厕纸，小麦色的厕纸像又长又薄的舌头一样，从墙上垂下来，末端还残留着不规则的断痕，马桶盖板是掀起的，没准儿上一个使用者是男人，最近这个房间住过男人，他习惯性地掀起盖板。

"你从来不睡在这个屋子里吧？"我大声冲外边喊。

"她活着的时候？当然。现在更不用说了。我刚才跟你说了，我的卧室是绝对静音的，墙壁上的静音材料都是特制的，实验室级别的。房门也是如此，屋里有除我之外的人的话，我必须要开着房门睡觉，这跟我的洁癖有关，因为其他人呼吸的气息，在我看来都是脏的，我自己的呼吸说实话也挺脏、挺吵的，要是能够停止呼吸还不死，我愿意……"他在外面一直叨叨，不管我听不听，总是能滔滔不绝地说下去，从天亮说到天灰，再到天黑，而后周而复始，他就像是一个爱在湖底咕咕噜噜的怪兽。

我打开马桶侧面的一只小壁柜，通常，这里会放着经期用品，里面一无所有，也难怪，她是个孕妇，除了一瓶洁厕液和一瓶用过的欧莱雅染发剂。我检查了染发剂的生产日期，拿起来瓶子手都是抖的，使劲看了几遍才看清楚，那个颜色，确实是她死时头发的深栗色。

外边的白色盥洗池小巧玲珑，像个尼泊尔颂钵的形状，水龙头倒也没有出奇之处，始终没法拧紧，我打开水，尝了一口，感觉口中有铁锈的味道。但我的舌头已经太麻木，有没有铁锈实在分辨不出来，倒是有股奇怪的近乎女人下体的气味，久违的气味。

盥洗池下边的木头柜子，是个老式核桃木柜子，雕花铸铁的把手，盥洗池是后来安装上去的，柜子曾经另有用途，里面有股浓重的中药味。

我把每个抽屉都打开,挨个儿排查,除了一些化妆品,女人的家伙什儿,没什么值得特别留意的。有个玻璃罐子,装满了各国硬币,拿出来检查一遍,至少有十几个国家,都是些冷门的国家,看不懂的语言、国徽和领导人头像。

我想了想,把它放回原处。

"我晚上可以住在这里吗?"我出来后问猪脚老板,他坐在窗边一只单人沙发上,看着外边的海平面发呆,天色已经黑了,海上的波浪泛起银灰纹,显得更冷更安静。

"没问题,我给你安排个客房。"

"最好就住在这个房间,我保证不搞得乱七八糟,反正你的菲佣也不止一次打扫过房间了,能保留下来的痕迹也不多了。"

"好吧,"他迟疑了一下,"那什么都别动,尽量什么都别动,这方面,我有点强迫症,不好意思,目前为止你已经知道了我三个毛病了:神经衰弱、洁癖和强迫症。"

"知道,另外,给我弄点儿吃的,多来两瓶酒,来点咸的东西,咸肉,咸萝卜干,别的什么也不需要。"

"可以。"

"明天我待到什么时候,我说了算,谁也别来打扰我,对了,定金还是给我现金吧,百分之三十。"

"可以,明天等你睡醒,带你去弥敦道喝早茶。"

"明天的事明天再说吧。对了,余小姐卫生间的抽屉里有个装了好多国家硬币的罐子,那些硬币是你给她的?"

"我去哪个国家都是刷卡,一路刷过去,别人找给我硬币,我随手就给了 waiter 们。"

"她没告诉你这是哪儿来的?"

"搞不清楚。还是菲佣发现跟我说的，那时候她已经失踪一段时间了，菲佣问我能不能拿走几个，她儿子喜欢收集这个东西，我说没问题啊，你随便挑走几个。"

"菲佣拿走了多少？"

"一小捧吧，不过那个人的雇用期还没满五年，还没离开，你随时都可以问她的，她的东西也寄不回去。"

当晚，我把屋里所有的灯都打开，把司机送来的酒摆在小沙发跟前的玻璃茶几上，那里正对着大海，算是最好的观景点。这里的生活条件比重庆大厦好多了，找了个借口住下来倒也不错，房间比较大，床比较软，还是海景房。

我站在窗前，发了半天呆，天上似乎飞着一只凤尾鹰，目测翼展六十厘米到七十厘米，它可能住在这个悬崖上方的林子里，被什么东西惊扰了，围绕小圈盘旋。尾巴长长的，末端有横纹，非常优雅的棕色羽毛，胸部的花纹尤其好看。这种鹰不怕人，尤其不怕隔着厚厚的玻璃、压根儿也看不见影子的人。

夜里我留意屋外，司机并没有把车开走，他也住在这里。有个房间开着电视，播报粤语新闻。整个晚上都在播报新闻，用这个单调的声音，掩盖其他更单调的声音，把万籁俱寂压在最底下，压实。

我喝了会儿司机送来的红酒，看样子是不错的年份、不错的成色，商标都有些脱落，三色套印木刻风格的商标，像是私人酒庄印的。黑黑胖胖的女人正采摘葡萄，每一颗葡萄都丰满而健康，跟这个采葡萄的女人一样，不太健康的葡萄酿不成好葡萄酒。

跟两瓶红酒一起送来的还有菲佣做的菜，把炖好的猪腩肉过油炸，倒算不错的下酒菜，还有一大碟干煎细长条的鱼，一大碗玉米糊，一块三明治，这些，足够我度过漫漫长夜了。

我讨厌一边喝酒一边吃东西，喝酒就得专心喝，一门心思喝，心无旁骛地喝，这种对于酒的忠诚，唯有长年喝的人才能做到。红酒在血液中行进的速度相对和缓，在脑袋还不是那么沉之前，我去卫生间把那罐子硬币拿出来，按照铸造风格分门别类，摆在地上，用手机拍下来。其实可以把它们带走，但我嫌重。

房间里有个台式机，放在靠近窗边的工作台上，开机后，风扇轰隆隆响，硬盘内空空如也，二〇一二年十一月十八日，它的系统被重装过，我在北京见到的现场照片上，日期是二〇一二年十一月十一日，那个重装系统的人，在凌晨两点多干这件事，似乎是个夜猫子。

我看着电脑边上一个贝壳镜框里那个女人的照片，她有一张五官紧凑的脸，天生神情紧张。拍照片的时候她还年轻，额角平整，充满活力。

如此而已。

她祖籍重庆，此前在重庆大学学建筑学，这些东西都在她的硬盘内，一份求职简历，这差不多是她硬盘内残存的唯一文件。

次日中午，有人来敲我的门，我房门其实压根儿也不用敲，一直虚掩着，这是我到别人家做客的规矩，基本上不关门，省得因为我醉得乱七八糟，主人入门不便。

"老板让我来喊你。"司机站在门口，从地上看他显得格外修长，从他那紧实的臀部看，像是有健身的习惯。

"干吗？"我已经从地上转移到卫生间，半夜口渴，无意识地挪移，我喝了水龙头的水，然后吐到马桶内，他站在跟前时，个头不小，裤裆处鼓鼓囊囊，他把我脑袋拨拉开，按下按钮，将马桶内的呕吐物冲干净。

"喝早茶啊,昨天说的。"

我再次戴上旅行用的眼罩,离开了那所房子,一路上,猪脚老板在副驾上也陷入了沉默,他们俩都累坏了。车里阵阵飘着两个疲惫不堪的男人的体味,他们发散的气息有相似之处,混合了一点儿猪脚、钱和情欲的味道。

第七章

车停在弥敦道七六〇号跟前,弥敦道很长,一路上全是高楼。

在此之前,猪脚老板就帮我摘下了眼罩,他坐在后排的右侧,我坐在左侧。

我跟猪脚老板下了车,司机去找地方停车。我们去往四楼G45的好彩海鲜酒家,这个酒家内部的装修风格就跟老派香港贺岁片里一样,主宴会厅正中贴着个夸张的金色双喜,还有不小的舞台,这里兼做喜宴生意。

比起底下的那些茶餐厅,这里的店堂算是特别大了,但还是人满为患,猪脚老板没有预定位置,需要跟人拼桌,两位交情甚笃的老太太坐在我们的对面,她们不紧不慢地吃着烧卖和虾饺。

司机不久也来了,服务生是大嫂级别的人物,她们始终处于半跑的状态,嗓门高,态度粗鲁。我们要了糯米鸡、牛肉丸、虾饺、烧卖、叉烧肠粉、素肠粉、黄金糕、萝卜糕等物,喝猪肝粥、状元及第粥,外加一壶铁观音。若要喝酒,恐怕只有泡的蛇酒,我打消了这个念头,受不了扁扁的蛇头在酒中浸泡,喝完不亚于误吞纯铅子弹。

他们一直在用粤语讲生意上的事,有一大集装箱的速冻猪脚,次日早晨抵达码头,需要知会分销商,让他们准备好现金。

"为什么进货猪脚要现金?"我忍不住插嘴。

"你听得懂香港话？"

"识听唔识讲。"我勉强说了一句不标准的粤语。

我不喜欢跟不熟的人讲起我的过去，我的过去布满了尘埃和蛛丝。

"唔，难怪。"

然后他们开始窃窃私语，我独自一人吃着那些茶点，虾饺不热，粥微凉，凉薄世道的特产。

"方便的话，送我回重庆大厦。"吃饱了，我说。

"没问题，还想吃点别的什么？不介意的话，给你打包？"

"好像也没别的了，打包算了，我这一顿顶一整天了，这顿饭你们结账，我没带多少钱出来。"

"给你的定金，改日让他上门给你。"猪脚老板轻抚司机的肩，像在帮他治疗肩周炎。

有句话我憋在心里没说，既然分销商上缴现金进货，他们家里肯定不缺现金，这区区一点儿定金，昨晚就可以给我了，干吗要改日？

回到重庆大厦，坐在通往新英格兰旅馆的电梯上，夹在一个貌似嫖客的高大白人和一个貌似妓女的矮小印度女孩之间，我被一阵没来由的凄凉感裹挟。

进了房间，给手机充上电后，打开邮箱，猪脚老板给我发来了那段视频，还告诉我发来视频的邮箱是：freeman@gmail.com。

自由人，不上班的吗，还是以自由为己任的人？

以前说过，我有个名叫老K的朋友，是个黑客，此人居有定所，生活规律，二十四小时宅于北京二环西直门北大街索家坟的小单元房内，跟他名叫小K的十三岁老猫一起，小K最近应该已经奄奄一息了，但总也没能死掉，老K为此哭了好几场了，每次都要给我打电话。我可能是他唯一的朋友。

"小K这两天怎么样了？"我问他。

"今天吃了一个罐头的一小半，虽说罐头很小，能吃一小半我也心满意足了。"老K最近的心情完全被小K的生死存亡左右。一个一百八十斤块头的大胖子，爱他的小猫像爱这世上仅存的亲人，他甚至扬言如果小K有个三长两短，他可能会自杀，不会跳楼也不会割腕，而是狂吃一顿直到噎死。

我打电话，是想请老K帮我查查这个E-mail的来头，能黑到信箱里面看看还有些别的什么就更好了。请老K帮忙他从来不要我的钱，钱对他来说就是一些干巴巴的数字，对我，他只想要友情。但我还是会给他除了友情之外的金钱，他需要钱买好食材，他的第一爱好是做饭。

老K一如既往地答应了，看来那一小罐罐头起了至关重要的作用，本来最近他根本什么也不想做，即便他最喜欢接我的活儿，说是刺激又提神，让他不至于每天在饥肠辘辘和饭饱神虚之间来回切换。

我又把视频看了一遍，这一次看得比较慢。从画面看来，皮匠的行动不算敏捷，他的手脚有些不协调，尤其当他搬运男尸体时，身体的重心随之下倾，差点儿扑倒在对方身上。似乎，他的右后腰受过重伤，这是重伤的后遗症。

他切割男人背部的皮肤时，多数时间匍匐在那里，但抬了两次头，好像被外边的什么声音惊扰，他向着同一侧抬头，望向那里，但视频没有声音。

这个用来杀人的房间有个窗户，窗户面积不大，上面拉了一根绳子，绳子上搭着一块巨大的鞣过的皮子，像是油浸疯马皮，呈未经染色的浅褐色。挂上这块疯马皮是为了遮光，还是要遮住对面建筑物内其他住户的视线，不得而知。从皮帘子的缝隙，无法看到窗外的情景，但是有光漏进来，这是夜晚，光线会变换，带着不易察觉的蓝红紫绿光，外边有一排霓虹。

房间里没有一件多余的家具，没有一棵草，也没有一条用来歇脚的板凳，当然了，很有可能其他物件都在摄影机的视野之外，他们不想暴露任何蛛丝马迹。

我注意到女受害人的发色，果然是深栗色的。

她微睁的眼睛，瞳孔忽大忽小，颜色也呈深栗，比一般女人浅，也许她戴了美瞳，或者是天然的颜色，一个有着栗色眼睛的女人，在人群中一定显得格外迷离而又绝望，就色彩所指向的情绪而言，栗色比黑色散漫、悲观。

她肩膀瘦削，脖子细长，就她的身材而言，延伸向两侧的乳房，不算小，胸线有些外扩，乳房是天然的，没有做过隆乳手术，她知道自己胸线的缺陷，经常穿带钢丝托的内衣，用以矫正胸型，那个位置留下了两道不浅的压痕。她做过切除阑尾的手术，术后疤痕还在，皮肤还算细腻，疤痕因此显得有些扎眼。

好看的女人都是大自然的产物，不应该有臭烘烘的男人趴在她身上，更不应该被那样粗大的针管插入动脉。我仔细查看视频内她的身体，这种时候不能有任何邪念，但适当的邪念有助于我观察得更细致入微。

那位掌镜的摄影师是用手机拍的，他能轻而易举地把镜头转来转去，不稳，也不耐烦，他像是拍着玩儿的，他的呼吸均匀而充满活力，他不会在掌机时控制呼吸，是个业余选手。年纪轻轻，肯定不会超过三十岁，三十岁以上的人，呼吸的力度变得略微厚重和犹豫——肺用久了的缘故。

我有一副用了超过三十八年的肺,那个年轻摄影师在手机镜头后随心所欲地呼吸,我用比他陈旧的肺跟着他的节奏,体会他是个什么样的人。

他跟皮匠是什么关系?同谋?助手?亲属?一个能够进入凶杀现场并负责记录的人,肯定跟虐杀者本人有非同一般的关系,他们构成了事实的同谋。

第八章

第二天，我去往位于湾仔军器厂街一号的香港警察总部，那里有三座大楼，一座比一座高，从十四层到四十二层，玻璃幕墙高耸入云，里面躲藏了七八千名警察，说躲藏有一种鬼鬼祟祟的感觉，其实是隐藏。在前台，有位长着细长眼睛的女警接待了我，我说明来意。

"请问这位余爱媛小姐跟您是什么关系？"

"我表妹，我是内地来的，她失踪有些年份了。"

"哪一年失踪的？"

"二〇一二年十一月初，具体哪天我还真想不起来了，上旬吧。"

她让我去往东九龙总区失踪人口调查组，说二〇一二年报案时这个案子分属那里，她还给了我地址：西贡区宝琳北路一一〇号。

我离开警察总部，走路到地铁金钟站，从那里坐上港岛线，在北角站转到将军澳线，抵达宝琳站，从 B3 出口出来。一钻出地铁口就觉得有一道强烈的光线照亮了电梯侧面的整面墙，还有昏昏沉沉的我。

如神迹呈现般，那面墙的边沿，像是一个女人低头沉思的影子，永恒圣母，引领着我们。我站在她身边，一伸手就可以够到她的头顶，我摸了摸她的脑袋，感觉头发毛糙又干枯。东九龙总区失踪人口调查组的接待警员，是个看起来很认真的半老头，我说明来意，他调出电脑里的资料。

"余爱媛小姐，二〇一二年十一月五日，家人报请失踪，在铜锣湾名店坊，我们立案调查了。证据不足，应该说是取证不足，无法推进。"

"没错，是她老公报的案吧？也就是我表妹夫。"

"应该是，杨少康先生报的案。"

"是她老公。"

"但是，"他从电脑屏幕那头，老花镜的深处抬起眼睛看我，"十一月八日，销案了。"

"销案了？"

"是的，余小姐本人亲自来警局销案了，我们有记录。"

"不可能。"

"怎么不可能，我们规定失踪人口销案，唯有被报失踪人本人亲自来警局，带着自己的身份证件，才可以销案，这是多少年的老规矩，不会有问题。"

"她一个人来的？有人陪她来吗？"

"从记录上看，是她一个人来的。不过就算是有人陪她来，我们通常也不会记录，反正法律规定失踪者本人来销案就可以，必须要本人，要有身份证明，她拿的还是内地的港澳通行证。你看，还有她当时留下的照片，按规矩是不能给你看的，但我快退休了，你大老远从内地跑来找亲人，很不容易，失去过亲人的人都懂得，你就看看吧。"

他把屏幕转向我，上面有她的照片，正面，侧面，跟给犯罪嫌疑人拍照的规矩一样。照片上她消瘦且憔悴不堪，两眼无神，像失眠多日。

离开警局,我打心眼里只想找个地方喝上一通,然后栽倒在随便什么犄角旮旯昏睡过去。我的人生没有指望,没有指望的人生才有必要过下去。没等走到地铁口,我已经七拐八拐找到了一家小酒吧,酒吧里昏黄的灯和破败的桌椅正合适我,只有一个小伙计在看店。

我进入酒吧的时间也许是傍晚六点不到,整个晚上身边的顾客轮转,有人过来跟我聊了聊去越南芽庄潜水遇到海底旋涡的恐怖经历,他残存的四个手指头上刺着四个字母"MEMO",备忘录的意思。

"你觉不觉得M、E、M、O,放在一起,有一种奇怪的效果?"

"能有什么效果?"

"MEMO,M-E-M-O,你试下,拖长音发音,每个音都读得饱满一点。"

我试了下,没觉得空气中有旋涡出现,或者宇宙射线从天花板穿透进来,天灵盖更是完好无损。后来我们说着酒话疯话,高兴起来也圈着彼此的脖子,他用那只刺着MEMO的手,使劲地捶打着我的前胸,捶得那四个字母微微地变形。

再后来,他先走了,把我一个人孤零零地扔在那里,继续喝。小伙计呵欠连天,他一个劲儿地用呵欠暗示我该走了。

我眼前有只看不见的飞虫,飞的速度跟我步行的速度基本一致。虽然看不见,但我知道它的翅膀是橄榄型的,翅膀上有暗褐色的水波纹和细小的米色鳞片。有人扶着我路过深深的巷子,他一直用香港普通话说:"快到了,小心看路啊,再坚持一下,以后不要再喝这么多了。"

那只飞虫没有停止嗡嗡作响,我猜我栽倒在什么地方,把眼睛砸烂了，视网膜开裂，进了一颗尘埃。这种事发生过太多次，我已经习以为常，浑身上下都是喝多了之后不知道在哪里摔烂磕破的伤疤。我全身上下的伤疤像一部喝醉的编年史，每一年都有所记录。到达宝琳站地铁口时，我握紧那个过路人的手，想塞给他一张百元人民币，但口袋里什么也掏不出来了。

现在是凌晨三点十分，要等到六点的首班地铁，还需要将近三个小时。这人不认为我有钱打车回家，事实上我的钱全被那个酒吧里的小伙计掏走了，他说他想拿这笔钱去买游戏点卡，这种行为在他眼里不叫抢劫，叫拿。

掏完钱后，他挥拳往我眼窝处来了一下，真痛快。

我满脸鲜血，血干了以后，脸上形成了个洼地。

当天下午，没等我从新英格兰宾馆的小床上睡醒，房间门就被黑哥们儿敲成了蜂窝煤。

"嗨，哥们儿，快去医院，丁先生醒了，他说可以见你了。"

"谁醒了？"我还没醒。

"请你来的丁先生，你的老板啊，他从重度昏迷中醒来了，又一次从死里逃生，离开了ICU病房。"

"我还以为我得在这里等一辈子。"

"不会的，我就知道他会醒来，丁先生一直都很强壮的，他会潜水，还登顶过喜马拉雅山，干什么都是一流的，他的身体一定扛得过。"

"他得的是什么病？"

"人人都知道的那个SARS，现在是后遗症。"

"那当年又是怎么得上SARS的呢？"

"淘大花园你知道吗？香港当年最大的SARS暴发社区。"

"有点印象。"我想了想，其实没有。

"他那段时间好死不死,在那个地方有个情人,天天去找人家,一来二去的,不知道在电梯间还是在楼道,就给感染上了,奇怪的是,情人还没事,这就是命。"

"哦,那你见过他,他手上只有四个指头,且刺着四个字母?"

"MEMO?M,E,M,O,对,你怎么知道的?"

"瞎蒙的。"

昨晚做了一个悠长又诡异的梦,从东九龙总区失踪人口调查组回来后,我一直睡在旅馆里,既没有去那家酒吧,也没有喝过量的酒,更没有见过手指头上刺着MEMO四个字母的男人,以及抢了钱的酒吧小伙计。

所有的钱都还完好无损地装在小信封里,压在枕头底下。

我们去往玛嘉烈医院传染病医疗中心,丁先生派车来接我,那是一辆老款奔驰,开车的老头老得不能再老,背驼成一座拱桥,那老态龙钟的样子,仿佛随时可能趴在方向盘上与世长辞。

我回想着那个如幻如真的梦境,那个梦太真切,像是能闻到梦中飘来的气味,感受到它的包裹。这时,我接到老K从索家坟K宅打来的电话,他的家门口真的挂着块锈迹斑斑的厚铁,上面用高强度硫酸腐蚀出一个大写的K字,一个低调的黑客,大隐隐于市。

"跟你说,小K还活着,奇迹,宠物医院的医生都说是奇迹,给老子高兴坏了,熬通宵玩游戏庆祝一下,然后大半夜游戏输了,气得我就在淘宝下单,买了一把一万多块钱的OKAMURA人体工程椅,OKAMURA你知道的吧?同城商家,我要他连夜给我送过来,嘿,人家还真的不到一个小时就给我从仓库拉过来了,说是仓库就在德胜门外。电游玩家专用,日本产的，爽死了，坐在上面一个晚上，浑身上下一点感觉都没有，我都没起来做夜宵吃，整个人就粘在上面了你懂吗？但是我一大早已经给你打过八次电话了，你他妈的一次也没听到，手机又他妈静音了？"老K的声音都熏成烟嗓了，估计抽了一夜的烟。

他打电话从来不走寻常路，都是用自己编程搭建的踏雪无痕网络电话，且可以拨到我的手机上。

"我昨晚花了不到一分钟就黑入了那个邮箱，那个freeman狠得要死，你看他杀人就跟杀清远鸡似的，突然想起来我很久没吃清远鸡做的辣子鸡了，你知不知道贵州人都是用清远鸡做辣子鸡？这家伙却很勤快，随时清空邮箱，但我毫不费力地帮他把删除的数据全都恢复了。我跟你说，这人精神绝对不正常，这不是他拍的第一个变态视频了。"

"以前还有？"

"从这个邮箱发送的邮件看，至少以前还有两个，你想不想看？"

"发过来。"

"别怪我没提醒你，恶心爆了，我看完把头天吃的重庆小面都吐光了，我特地花三十块钱请美团跑腿去西四晓得29号买的。"

"少他妈废话！"

"我还可以想办法把这些视频的声音恢复，但还得一段时间，声音可不是那么好恢复的，我得去找高手帮忙，但是除了我还有什么高手呢？我可是海淀区黑客第一老男孩。那些八大胡同前拐棒胡同东西棉花胡同的，统统不是我的对手。"

老K在电话那头干笑，他要不做黑客，搞不好也会成为杀人凶手，精力过剩，几乎不睡觉，每天头顶冒烟脚底流汗，鄙视世俗生活，不结婚，不生子，不做生活的奴隶，说自己是个精神上的"渐冻人"。

传染病医疗中心在玛嘉烈医院EF座大楼的对开斜坡，是座十七层的大楼，看起来就是个普通建筑物。

我们去往八层，标示上写着负气压隔离病房。一个穿着白色太空防护服的护士在玻璃门后面等候我们，她示意我们走入侧门，在那里另外有个护工，帮我们换上探访专用的浅蓝色防护服。穿过隔离病房，隔离病房有准备室、前室和隔离病室三道门。

"实在有些麻烦你们，我们的隔离病室气压永远要保持低于前室，前室的又要低于准备室，这样病房内带感染病毒的气流，才不会向走廊那边泄露了。"护士一边引导我们穿过一道道门，一边解释，她的语速慢到大洋底的鲨鱼都听不下去。

"泄露泄露又有什么关系？"我心不在焉地想。

路过长长的、死气沉沉但灯光明亮的走廊，终于来到深切治疗病区。当然了，丁先生住在有钱人才住得起的单间，房间竟比香港多数住好几口人的面积大。

"二〇〇三年你多大？"他一字一顿问我。

"我？记不清了。"

"不管你多大，当时我不小了，春节过后非典流行，我倒了大霉，得了这个传染病，过去叫瘟疫啊，九死一生，但当时算是治好了，只是后遗症太严重了，治疗过程中还采取过激素疗法，激素疗法的后遗症你知道吧？"

"我不太懂。"

"无所谓啦,不说我的事了。我光是遗嘱都立了三次,现在全身的关节换了六处,从股关节开始,左边换完换右边。"

说完这串话,他转过头大口呼吸了好一会儿,如果不是生病,我相信他会是一个很健谈很爱交朋友的人。不过在香港,总感觉这里的人个个都患有孤独症。

一边的护士上前,拿起氧气面罩罩在他脸上,那面罩居然是即戴即用的,一罩上,他的神色便舒缓了许多,面罩轻巧,看起来很舒适,并不妨碍我们继续交谈。

"这三次遗嘱的内容变化大吗?"我问。

"能有什么变化,就是改改句子改改词,前后的语序对调一下,我觉得区别不大。"

他的声音变小了,我凑近了一些。

"那你修改遗嘱的用意何在?"

"我也不知道,我的脑子也不完全清醒,修改遗嘱只是为了说明,我确实是九死一生。"

"哦。"我心不在焉地说。

第九章

我让他略微休息了一会儿。他取下面罩,那个非同寻常的面罩上,一丝雾气也看不到,可能有除雾的装置。他的耳侧有明显的冻伤痕迹,应该跟他喜好爬雪山有关,不出意外,他的脚趾头也有损伤。

但我总不能掀开他的被子一角看。

"我是土生土长的香港人,客家人,老家在飞鹅山的茅草岩,那个地方你一定没听说过,整个村子才十二户人家,姓丁的只有我们家,其他十一家都姓等,不,邓,我普通话发音不准,邓小平的邓。"丁先生接着说。

我担心他漫无边际地痛说家史,把探视时间浪费掉了。

"我们这种原住民,还沿用大清律法,遗产跟土地传男不传女,香港至今还有大清律法,英国人承认的。你们内地人一定不知道,你内地哪里的?哦,山东,山东哪里?蓬莱啊,蓬莱我去过,蓬莱仙境很美的,海上望过去灰蒙蒙的一片,很美。你不知道香港还部分执行大清律法?哦,不知道没关系,不重要。总之,丁屋说的是,我们只要有儿子,就可以盖个屋,这个东西呢,就叫作丁屋,我当年盖了自己的丁屋,盖得好,别人也求我帮他盖,七弄八弄,居然进了地产业,其实房地产有什么神秘的,就是你盖完自己家房子,帮别人盖他们家房子,越盖越顺手，越多，开始卖单位卖楼，炒楼。"

他压根儿就是憋了一ICU的话要说，我和他并不熟，只是他难得见到一个大活人。

"运气不错。"我想了想，说。

"运气是不错，但钱没有用的，现在钱对我来说就是累赘。我在家也吸得起氧，开最大其实就是等死，看怎么能死得好看一点，将来去海岛上等死，可以看着漂亮的风景死掉，比家弟的死法好一点。"

"小丁先生成家了？"

"成了，早成了，我逼他成的，这个人生活不能自理，必须要有女人照顾他，老婆孩子都有，两个孩子。"

"他失踪后，您为什么不报警？"

"报警了，警察象征性地查了查，毫无线索，人都不知道哪里去了，尸骨无存，就只有这些照片。我们就兄弟两个，我无儿无女，跟前妻早就离婚了，她都再嫁了，我的钱不留给他留给谁？"

"这是多大一笔钱？"

"多大一笔钱？"他下意识地看了一眼边上的护士，她正聚精会神地听着。丁先生于是小声说："买两三个重庆大厦也足够了。"

我没说话，不知道一座重庆大厦大概值多少钱，只知道自己连重庆大厦的一间房都买不起。

"房产业太虚浮了，后来我去做了实业，开纺织厂了。灯芯绒你知道吧？当年很红的一种面料，香港街上人人穿灯芯绒裤子，粗的流行过了流行细的，细的流行完了再流行粗的，粗的细的都不流行了就流行半粗不细的，我卖了一些房屋，投到灯芯绒制造业。家弟一辈子不做正事，到死都不知道他会干什么，我是说，干什么有用的事情。他一直说要搞发明，发明一种可以飞上天的东西，还不是飞机，是小飞行器。我跟他说，飞行器，有大疆公司不就够了？人家就在深圳南山区，占了好几层楼。他说，他要研究能执行更复杂的任务的飞行器，比方用来救人的那种飞行器，谁知道是什么，是什么也没用，一分钱也挣不到，只会烧钱。"

"飞行器？"

"我不懂，也懒得懂。"丁先生吐出一口大气，眼眶转红。

"你收藏古董锁？"我打算换个话题。

"是，你说的是R锁吧，在你房间里的旅行箱上，扣了一个。"

"箱子里放了什么？"

他原本黯淡无光的眼睛，突然闪现了一丝电光。

"这个箱子里放了什么我也不知道，家弟失踪前留了个字条，说他要去北美参加一个飞行器大赛，让我们等他拿奖回来。"

"你都不知道他去了哪里？"

"压根儿就没有出境记录，他连香港都没离开。过了一段时间，快递公司送来了他的旅行箱，就是你床底下那个，上面贴了一张字条，不许我们打开箱子，说只是把这个东西寄存在我家里。"

"他带走了钥匙？"

"是，我舍不得破坏那把R锁，他一定知道我把那把R锁看得比命还重，才用它来上锁，免得我毁了旅行箱。我也怕一不小心毁了证据，加上我的身体已经是一座危楼，随时都有坍塌的可能，还是留给懂行的人去开吧。"

"你做得对，而且我坚信钥匙放在某个地方，只是我没有精力去找。"

"比如哪里？"

"哪里，会是哪里呢？我得认真想想，有想法了一定告诉你。"

"好，不急。"

"上次进ICU之后，我担心自己过不了这关，所以把箱子留在你那里，不如说，焊在你住的那个房间里。那个房间只能算是个储物间，条件太差，对不住你了。"说完这段话，他肺里的氧气似乎又不够用了。

"不破坏锁，又能打开旅行箱的方法，也确实是有的。"

"我担心箱子打开了，里面也许什么都有，但混在一处，东西散失，线索也随之遗失，他到底是怎么死的，真相就再也没人知道了。"

"也对。"

"我们这样的家族，我一旦身故，亲戚们势必连一根牙刷都要分成两半，抢包山你知道吧，那种盛况，我可以预料到。我就更不敢打开箱子了，也不敢将它留在家里，旅馆虽然简陋，却是个安全的地方，谁也想不到那里放着那么重要的东西，平时这个房间我是不许人住的，不管旺季淡季，就是个空房子，一个储物柜，你懂吧？"

这时，刚才的护士敲门进来，示意我探视时间结束了，病人需要休息。

在走廊上，我问她丁先生的状况如何，她叹了口气，无奈地摇摇头："不好说。"

"他有什么家人会来看望他吗，通常？"

"昏迷期间？我想想。"

第一层门合上时，她告诉我，有个三十来岁的女人来过不止一次，说是弟媳妇，也就是被杀害的小丁先生的太太，自然是小丁太太了。

"我记得第一次，是丁先生的律师带她来的，人还是很客气的样子。"她说。

"个子不高。"她又追加了一句。

返程，医院到重庆大厦并不远，不到二十分钟就到了。司机没有走外边那条沿着海岸线而修的快行线，而选择了靠里边那条路，使我无缘多看一眼夕阳下的海面。

黑哥们儿等在车里，他在车里吃光了一袋油炸食物，不知道是鸡架还是糯米团子，总之我坐回车里的时候，闻到了一股浓腻的味道，他的嘴还没擦，看起来油光光的。

"邓律师的电话你有吧？"我问他。

"有啊，他说随时恭候，律所也在尖沙咀。"

"第一眼看到你，我就知道你不是个普通人。"在电梯里，黑哥们儿跟我说。

可我只想赶紧回到房间，自己静静地待会儿。

"要是我死了，你也会帮我查出来谁杀了我吧？"他又说。

"有人想杀你？"

"想杀我的人多了，这个楼里有一多半儿人都杀过人，这里面有一半儿还想再杀，还有一半儿在想杀谁好，在他们想好之前，谁都有死掉的危险。"

"哥们儿，做人要乐观，要看到别人好的部分。"我抢先一步走出电梯。

走进自己的房间，深陷阴翳之中的房间吞噬了我，窗外迅速地暗了下来。

当然了，当时我不会知道，几个月后，他果然死了，尸体被发现于消防楼梯，我曾经走过的那段，在十三楼和十四楼分界的楼道平台上，当时他趴在地面上，口鼻流血，后脑勺上有木棍锤击造成的骨裂，死亡原因是外物敲击导致的颅内出血。警方查出他的护照是假的，紧急联系人是他在澳门赌场做清洁工的表姐，说不定只要是同一国籍，他们就认为是表姐弟。但这个表姐形同虚设，出了事完全联系不上。一整套身份都是伪造的，最后他以无名尸的身份火化于歌连臣角火葬场，食物环境卫生署出的火化费，骨灰存于那座七层楼内的一个无人知晓的小角落，他的结局和一条狗并无二致。

回到旅馆，我躺在床上用手机看老K发来的另外两个视频，都不长，都只有三分多钟。同一个房间，同一个皮匠，根据镜头摇摆的速度和频率可以断定，摄影师也是同一个人，我已经能够适应他那细微无比的呼吸。

同一块疯马皮挂在窗前做帘子，它并不能像旗帜一样飘展，其中有一段视频拍到了天花板上的日光灯管，灯管发黄，一侧已经发黑，灯本身有年头了，可见这屋子也没有新到哪里去。

第一个视频里，皮匠正俯身在一具庞大的、肌肉发达的身体上工作。从体表颜色看，那是一个已经被抽干了血的大胡子男人，全裸，身高一米八五以上。他朝上躺着，有胸毛、腹毛，全身上下的毛发都很浓密，而且肤色很白。镜头拉近，是个白种男人，气质像个知识分子，而且是那种家境不错、养尊处优惯了的雅痞。皮匠从他的耳朵下侧开始切割，沿着颌骨，一路向下巴，正在剥离他脸上的皮，连带大胡子。

他切割得娴熟而仔细，在大胡子脸上划出的线条流畅至极，我怀疑他干活的时候，嘴里还哼着小曲儿，因为大胡子在他呼出的气息之下，震颤的节奏像一首歌，我跟着那节奏打了一下拍子，像是张国荣的粤语歌《风继续吹》，但也只是我胡猜的。

第二个视频里，他正切割受害人腹部的皮肤。一个十分年轻的女孩儿，看样子中学都没毕业，瘦削，未发育完全。看这样的东西真是太折磨人了，我暂停了几次，喝了至少满满两搪瓷缸伏特加才能够把它看完。

这期间我数次想到我的女儿，如果有人胆敢把她放在这样硬邦邦的台子上，我一定会喷发出足以让地球爆炸的能量，让他和这个房子瞬间炸个粉碎。我跟女儿已多年没有见面，她在我脑海中的模样，永远停留在六岁零三个月，留着齐刘海，垂着头和长睫毛，坐在屋子一角吃黑巧克力馅的马卡龙。

皮匠的脸部依旧打了马赛克，我猜测他也不是每天都刮胡子的勤快人，脸的下部颜色要深一些，是一个长了络腮胡子的皮匠。

在这两个视频里，他穿着风格相似的衣服。一套是夏天的装束，纯白棉T恤，黑白花短裤。一套是初秋的，深灰针织长袖套头衫，卡其色的工装裤。那些衣服都像是穿了不止一二十年，跟他的身体完美地贴合。除非他长了两个脑袋，这种打扮的人走在街头，连贴满小广告的电线杆子都比他引人注目。

老K在E-mail当中告诉我，这两个视频拍摄的时间分别是二〇一〇年六月二十三日和二〇一一年十二月二日，他还给我发了收信人的邮箱地址，不出意外的话，是两个受害者家属的E-mail。跟发出小丁先生和余爱媛的视频是同一天发给家属的。从皮匠穿的衣服所指向的季节看，教授模样的被害人，死于热浪滚滚的盛夏，他的大胡子和一身浓密的体毛，在盛夏显得尤其燥热,但房间里应该有空调,一扫而过的镜头,没有扫到中央空调的出口,如果是挂机或者立柜机,可能在房间的另外一侧,镜头拍不到的地方。总之,香港的六月下旬,倘若没有空调,人的整条曲曲折折的肠子都会像是灌满了汽油一样,扔进一根火柴,顷刻之间,就会熊熊燃烧起来。

为何他要让明显是同伙的那个人录下这些视频?通常变态杀人狂,录下杀人全过程,是为了事后再播放回味,享受因此带来的源源不断的刺激和快感。变态杀人狂不以获利为目标,将视频发给家属,这种行为更像是绑架勒索,但是,这时候人质已被撕票,因此毫无要挟价值。

如果仅仅为了让家属感到痛苦和恐惧,他又看不到这种痛苦和恐惧的场景,毕竟他是通过 E-mail 发送的,除非他当面交给家属,当面等着对方看完,听着对方发出的尖叫声、哭喊声,感受那种撕裂和愤恨。

为了找到更多的线索,我又播放了一遍视频,在某个画面中,雅痞模样的白人受害者的身体另外一侧,露出了一只塑料杯的影子。我将那一帧定格,可以辨认出是星巴克的 logo,墨绿色的海妖塞壬,那杯咖啡已经喝掉三分之一,是一杯加了冰的摩卡星冰乐。录像拍摄过程中,他因为专注于切割受害人脸上的皮,没有再举起杯子喝,否则那牛皮纸隔热垫上,势必沾上血迹。

而此刻,那上面是干净的,可见他开始动手之后就没有再喝过,星冰乐的冰碴子本来就细小,已经化得差不多了。他是"上班"路上顺便到附近的星巴克连锁店买了杯咖啡,还是由摄影的人帮他跑腿买的,留着在杀人的"课间休息"时喝?

我忍不住胡思乱想,星冰乐这么甜,他铁定没有糖尿病。这时候需要喝咖啡，是睡眠状况不佳的人。因为我很快瞥见，在后面的一只小台子上，星巴克的大纸袋有一侧鼓鼓涨涨的，里面可能还有一杯等着他的咖啡。一查起线索，我的心思就像处女座一样缜密。

我让老K分别给两位受害人家属发了邮件，老K除了菜谱，什么也不愿意写，发E-mail都需要我给他在电话里口授。我在邮件中说明我在调查同一个凶手的另外一个案子，如果他们都在香港，希望有空见一见，为了表示诚意，我让老K用一个真实的邮箱，而不是神龙见首不见尾的别的什么。

这邮件发得残忍，它通向两家人破碎的心。

拍摄时间，即凶案发生的时间不同，为何最近同一天将这些视频分别发给受害人家属？

还有一个问题：这位皮匠，怎么会有家属的E-mail？如果他不打算敲诈受害者家人，仅仅是为了满足自己杀人的简单欲求的话，他的目标何在？种种问题让我头昏脑涨，而我床下仅仅剩下了一瓶威士忌，我拿出来，扭开瓶盖，咕嘟咕嘟往喉咙里灌了两口。

第十章

深夜，我照例在楼下的 7-11 买酒。这里不是一个买酒的好地方，但我懒得走路。白天人太多，酒买得不清静，夜里人少，即便如此，当我提着一塑料兜酒走出 7-11 时，还是被站在路边的司机吓了一跳。他把自己藏在阴影之中，依旧戴着鸭舌帽，嘴角拉得长长的，舌上像含了发着幽光的刀片一般，虽然我看不见他的舌头。

"喂！过来。"他从怀里掏出信封，"给你这个。"

我刚接过信封，还没来得及摸摸厚薄，他又从怀里拿出一张纸和一支笔。

"收条，请签个字。"

我把酒放在地上，腾出手，蹲下来在膝盖上签字，纸是淡黄色的 B4 大小的信签纸，笔是日本最常见的百乐签字笔，我写了一份字都扭结在一起的收条。眼前闪光灯一闪，我抬头，看到司机正拿着一架小傻瓜相机给我拍照。他又让我举着签好名字的收条，拍了张照，然后是他跟我和纸条的自拍。这一系列动作他做得行云流水，特种兵出身也不过如此。

我还没来得及发作，他已经收起了相机，接过我的纸条。

"老板让我跟你说，辛苦你了，再见。"

他转身走入尖沙咀深深的地铁口。

司机脚步迅捷，像是在躲避着什么，很快，连背影都消失不见了。

夜里的重庆大厦，商铺都打烊了，一个个店门紧闭，无论是铝合金卷帘门、磨砂玻璃门，还是实木门。阴白的灯照着过道，过道上几乎没有人，大家都收摊回家了，他们的家基本上也都在这座巨无霸的大厦内，他们白天是一盆水，在一楼到三楼讨食，到夜里便蒸发到空气之中。斜上角亮着监控器的小红点。

我在屋里待了片刻，觉得房间实在窄小，打算提着酒上天台。

从B座坐电梯到十七层，那里是一排小公寓，我进了电梯侧面的楼梯间，楼梯间再上一层就是天台。我此前走上来过，通往天台的门并不上锁，上面隐秘地盖了一排小旅馆，是简易搭建的临时建筑物，屋顶不是铁皮的，是略微讲究一些的夹带着隔热层的铁屋顶。这么晚了，住客都睡着了。

小旅馆房间前面铺了户外防腐木，沿着这条防腐木走廊走到尽头，便是空空荡荡的大露台，我攀爬着又上了一层，过去的巨型储水箱还在，生了厚重的锈。我坐在水箱上，看底下灯光依旧璀璨的尖沙咀，更远处的天星码头和大海，夜晚的海平面在近处灯火的映衬下，陷入黑暗之中，那儿就像一大片曾陷落无数大型动物的远古沼泽地。

我开了一瓶古巴女郎朗姆酒，对着瓶口喝，在更远的海平线上，有夜航飞机飞过，它们会往海里投掷什么吗，我不知道。这时我见到一只巨大无朋的袋鼠，从隔壁那个大厦的天台上站起来，它弯下脖子，认真地从远处看着我，看了好长一段时间。

除了我，没人看到它。我向它发出"嘘嘘——"的声音，它眨了眨眼睛，看了一眼自己身后，然后盯住我，那眼神既天真，又悲悯。我以为是酒后幻觉，但它是真的，它甚至还吐了吐舌头。

我在那里一直喝到天蒙蒙亮,瘫倒在地睡了一觉,下午回到房间,洗了个澡出门。

要到位于薄扶林道的香港大学本部,得坐地铁后转九七〇路双层大巴士,座椅刷成蓝色加黄色的大巴车内异常冷寂。通常,双层巴士最佳位置在上层的第一排,可以体会树枝戳入前面和侧面窗玻璃的惊悚之感,只不过坐了四站地,渐入幽静之处,树枝越来越多,两边的车窗玻璃上尽是划痕,是树枝渗出的淡绿的血。

建筑系在校园内的钮鲁诗楼,从东门进去比较省事,拐几个弯,在图书馆边上。八楼是行政层,楼道内带着风。

我找到了建筑系的职员,说明了来意,说自己是余爱嫒内地的一个老朋友,失联多年,只知道她最后在这里读书。

"这个叫余爱嫒的学生,我有印象的,她很有礼貌,说话带川渝口音,是成都还是重庆的,我搞不太清楚。是个很懂礼貌、长得蛮漂亮的女孩子。"

"余爱嫒毕业后去了哪里?"

"毕业后,她去一家建筑师事务所做助理,工作时间很短,连试用期都没结束就辞职了。后来怎么样,我就不知道了,她留在校友通讯录上的信息就是那家公司的。近些年,她再也没有音讯,我以为她回内地工作了。她人是很漂亮的,亦舒说章小蕙小姐长得像只水蜜桃,这个余爱嫒小姐就像是一小颗白杏子,可惜事业运不太好,总是找不到合适她的地方。"

"我们老同学老朋友都听说她留在香港了,但是谁跟她也没有实质性的联系。"

"我们也是的,每年校庆前夕,更新历届校友通讯录总是没有她的最新联络方式，总之失去音讯了。"

"那在校期间，她有没有关系不错的同学？"

"她独来独往，内地来的学生容易独来独往，他们之间也不太交朋友。最多就是我们北京来的在一起玩，说话带北京口音的容易聚到一起，其他省市的我倒是没有看出来，刚才说她是重庆的吧，重庆的那一届就她一个，据说家里把房子拿出去抵押给她交学费，她必须得还这些债。"

"连一个略微好一点的朋友也没有？"

"哦，对了，有个室友，是马来人，她倒是留在香港工作了，你需要的话，我可以给你她的联络方式。"

我犹豫了一下，没有告诉她余爱媛已经死了四年了。任何行政办公室，都是小道消息集散地，我不知道现在散布这个消息是好还是坏。

"穷人最大的善就是挣钱，而最大的罪恶就是继续保持贫穷。"我想起了这么一句话，陀思妥耶夫斯基说的，大概是。

我跟她要了余爱媛室友和那家建筑师事务所的联络方式，她打开电脑，认认真真地把联络方式和地址写在一张便笺上，这张便笺只有十厘米见方，她的字娟秀可喜，像是画建筑设计图出身的人那么严谨细致。

"你既然是内地来的，那么去过山西五台山佛光寺没有？"

"没有。"

"值得一去，国之瑰宝，可能是中国境内仅存的三个半唐代古建之一了。"

"为什么还有半个？"我接过她递给我的纸条。

"那半个是正定开元寺钟楼，正定在河北。此外还有山西广仁王庙，还有一个也在五台山，比佛光寺还要早七十五年，叫作南禅寺。"

"南禅寺？日本京都也有个南禅寺。"

"不一样的。"她说。

到校园里溜达了一圈儿，港大的学生宿舍楼是香港十大鬼楼之一，也算是值得去的景点，大白天站在楼前，那里有一座石造的四不像，不知道是心理作用还是其他，隐约感觉风比别处更凉，四周散发的气场也比别处深邃。

我视力不错，左眼1.5，另外一只0.5，这种差异乃是出生时视神经被产道挤压所致，不影响日常生活。一转两转，到了李嘉诚为了纪念亡妻庄月明而盖的庄月明楼群前，这一大片楼里，庄月明文娱中心最为别致。两条白楼梯，后边一连串的长楼，据说从空中俯视恰如一只棺材。拾阶而上，进了楼里，左手边上行的手扶梯窄小异常，下行的楼梯却宽阔而又复杂。我随着电梯上去，看到几个匆忙下行的学生，手里抱着书和球拍，头上汗津津的。

我一只手扶着扶梯，一只手掏出手机，给余爱媛工作过的建筑师事务所打电话。

接电话的人很客套，说她大概上班时间只有两个多月，说起来也算敬业，但总觉得她心不在焉，离开的原因就是因为算错了一个老房改造项目的修缮预算，至少少算了一个零，虽然她只是初算，但也是个难以原谅的错误，说明她实在心不在焉。

"除此之外，还有什么特别之处，在她身上？"

"她很关心能否长期留在香港，一般来说，如果她有工作签证，五年之后留在香港就很自然了，但是她焦虑极了，觉得自己在香港干不了五年，要想别的办法，要上双重保险。"

"有别的办法吗？"

"跟香港人结婚算一个吧，我猜她选了那条路，女孩子嘛，这是最简单的了。"电话那头的中年男人开始带着一丝讪笑。香港人瞧不起内地人，内地人瞧不起东南亚人，东南亚人瞧不起非洲人，鄙视链比比皆是。

"有人送花给她，还是下班开车来接她？"

"有，不止一个，我们开玩笑说，她是助理里边桃花最旺的，不过她总是招惹已婚男人，谁会为了她离婚呢？这样的女孩。"

"有没有这么个追求者，个子不高，肤色比较深，有司机，开了一辆老款奔驰，车窗上挂着黑色天鹅绒帘子？"

"有吗？我记不清了，我也不是天天盯着她看的，那都是五六年前的事了，她很吸引男人，这是肯定的，要不是已经结婚，老婆脾气还很大，我都差点儿约她。"那位人事部经理在电话那头笑了起来。多数人在电话里的笑声显得别扭，他是个例外，可能是因为鼻音比较重。

我坐在那个从上空俯视是个长条形棺材的建筑物里，里面安安静静的，别有洞天，虽然是学校，也没几个人，空旷的声音从天灵盖处倾泻而下，那是光，是静电，还是我所不了解的灵魂？坐在轮椅上，在我边上，是这座楼的悲剧女主角，她的无名指上戴了一只硕大的祖母绿戒指。产自哥伦比亚的猫眼祖母绿，那么大的不注胶的祖母绿本就稀少，更别说加上"一线天"的猫眼了。她一直没跟我说话，可能说粤语我也未必听得懂。

脚步声从很远的地方传来，也许是楼上，也许是天上，冬天还没有樱花盛开，不知道从什么地方飘来一丝早樱的香气。

坊间流传，庄明月死得蹊跷，所以，李嘉诚要将纪念她的楼盖在大学里面，让来来往往的大学生的阳气，冲一冲她的怨念。

当然了，多数樱花是毫无气味的，只是在这座楼里坐着，主观上竟然觉得它们是油漆味的。无所事事的我感到有些饿，到自动售卖机前买了一包薯片，又回来坐在那里，直到整栋楼的人跑得一干二净，我这才慢慢走出校园，坐上来时乘坐的双层巴士，上二层时，我往驾驶室看了一眼，开车的似乎还是那个司机，从侧后方看去，他的耳朵像是被削了一半，变成了一个奇怪的矩形。

稍晚，其实已经很晚了，晚上十点半，我在旺角一间小茶餐厅见到了余爱媛的前室友米娜，一个马来籍的女人，肤色深，眼睛明亮，但看她的眼袋不像是个三十不到的人，大概工作常年熬夜。我是在双层巴士上约的她，说明了自己想要跟她见面、了解一些余爱媛的情况的急切心情，她犹豫了一会儿，约在这个时间地点。等她下班的那些时间，我在旺角吃了几串鱼蛋，一次塞进嘴里很多个，撑得两只腮帮子滚圆的。

这时候我恍惚看到一个熟悉的人的背影，远远地走在街上，当时一只鱼蛋就噎在喉间，我想跑上前去认一认，但被那颗该死的鱼蛋呛得当街大吐，竟拉住一位过路的女人，将秽物尽数吐入她的敞口 LV 大包，她尖叫着不停地捶打我的脑袋和脸。

所以，等我见到米娜时，脑袋上都是那个女人的指甲痕，像是偷情刚被老婆抓了现行。她倒是落落大方，一副处变不惊的样子，解释说自己住在大埔，每天加班到这个时候，还得坐将近两个小时的车回去，不能久留，喝杯奶茶就走。

我一边听她说话，一边不停地眨巴右边的眼睛，那只眼睛快要睁不开了，那个该死的女人下手真重。

"要不要个冰袋敷一敷？"她问我。

"不用了。"

"回去跟太太好好道个歉，不如。"她笑着说，声音带着广阔的甘蔗地一般的尾韵。

滚烫的鸳鸯丝袜奶茶让她紧绷绷的神情和缓了下来。丝袜并不是真的丝袜，而是一种白棉布，做这杯茶的人，得要完成冲茶、焗茶、撞茶三个步骤。以一两种杂茶为底，取其茶色，再加上比较高档的红茶，取其香，按照一份奶三份茶的比例来配，最后要决定放在厚瓷杯碟，还是坑纹玻璃杯之中。

"你有多久没有余爱媛的消息了？"我直截了当地问她。

"我只是间接听人说她结婚了，嫁给了一位香港男人，突然认识了就说要结婚。"

"闪婚。"

"对，挺奇怪的。"

我不知该点头还是摇头，点头的话上眼皮疼，摇头的话，左右太阳穴疼。

我只好再问："你跟她同住了那么长时间，一定很了解她，她是个怎样的人呢？"

"内地来的学生，都很勤奋，余爱媛基本上都在图书馆用功，我很少见得到她，我们也就临睡前能碰上一面，说是室友，其实作息不一样。我都是夜里不睡觉，她按时睡觉，早早起床，到庄月明楼的美心食堂买份三明治当作早餐，就去教室或者图书馆，中午不回来，晚上临睡前才回到房间。天天如此，节假日也不例外，香港的节假日很多，很多学生与其说是来香港读书，不如说是来旅游的，一放假就去澳门，去越南，去印度、尼泊尔，只有她从来不出远门。"

"她没出过香港？"

"在我印象中，几乎没有，她家境一般，没有闲钱出去玩，日常生活也很节俭，吃穿用度看起来只是勉强不失体面。而且她在打工，一对一教人家中文，教中国人也教外国人，大人小孩都教，为了上课每天奔波在路上。"

"她有没有什么关系好的朋友，还是去哪里都独来独往？"

"嗯，差不多，但是男人喜欢她。喜欢她的男人很多，她有点儿冰美人的气质，冷里带着温柔，发起脾气也不得了。重庆女孩，皮肤特别好，像婴儿的皮肤一样的。越这样，男人越喜欢，建筑系女生本来就少，像她那样长相不错的更稀罕。但她对人时时刻刻都保持着距离，功课算不错，就是毕业工作找得很不顺利，她很不开心，连我都找到了，她还毫无结果，也可能我们找工作的时候，刚刚金融危机过后没多久，各行各业都不太景气吧。"

她喝了口奶茶，茶餐厅这个点人不多，她把餐牌仔仔细细看了一遍，要了份牛河炒粉。看她吞食炒粉，好像很多天没有好好吃顿饭了。到香港后，我发现很多人处于一种莫名其妙的饥饿状态，吃饭速度极快，如虎吞食，像是在吞咽一艘艘集装箱货运船，之后，从身体的另一头开出来一辆装满废弃物的小火车。

"没有一个男的曾经成功地追求到她？"

"我不清楚，她几乎不在外边过夜，除了有一天居然在图书馆的书架边坐着睡着了，被关了一晚上。第二天，她醒来后，也不走，继续在里面待了一个白天加一个晚上才回来，她说的，那是写毕业论文期间。"

"真够用功的。"

"她只有一个目标，留在香港，再也不要回大陆。那得找到一份好工作，拿到工作签证，雇主得多有爱心或者多喜欢占便宜，才会雇佣我们这样的非香港出生的人？你看我现在，累死累活，还拿比别人少的薪水。"

即使她的肤色深，假如有好生活滋养，还是会散发光芒的。但眼下除了一脸榴莲色的倦意，我不知如何形容她。这样的女孩在香港很多，非常多。如果不好好工作，永远也买不起房子，不能够成家立业，必须把自己的命，每一分钟都悬挂在屠夫挂猪肉的、锋利的挂钩上。

一刻也不得喘息的，锋利的，挂钩式的生活。

"那，余爱媛的毕业论文写的什么题目？"我随口一问。

"重庆大厦。"

第十一章

"重庆大厦?"

"是的,重庆大厦,论文题目好像是《多元文化聚合与重庆大厦楼宇保护的博弈关系》,大概是这样吧,记不太清楚了,这种论文标题一向强调学术性,其实都是瞎起的,我们自己知道。"

"她为什么要写重庆大厦?"

"她刚来香港的时候,以为重庆大厦是重庆驻港办事处,想去那里找找,看看能不能找到做川渝菜的餐馆,回来后,被吓坏了。"

可以想象她被什么吓到了,满楼的咖喱味儿和酷似黑社会的来来往往的住户。他们看待女人的眼神,有的冰冷有的热烈,即便是来大陆进货山寨手机,回到喀麦隆出售的手机贩子,从幽深的走道走出来时,他们的眼神,也有某种野蛮人般的进攻性。

"她怎么说?"

"她说,随时随地觉得自己是猎物,那个大厦里布满了狩猎的野兽,人们走在里面,像是套着人类皮肤的凶猛动物。也许是因为那里的空间狭窄,光线昏暗,加上年久失修的墙壁、吊顶和楼道。任何一户人家洗澡,整层楼的水管都会发出奇怪的响声,那种响声像是黑漆漆的深海传来的怪叫,又缓慢又沉重,像个细高个儿女人拖着一具死尸路过铺满旧木地板的院子。"

"这些都是她的原话?"

"是,她太阳双鱼,月亮天蝎,上升巨蟹,全是水象。庸俗一点说,特别感性,特别感情用事,最会形容这种谁也说不出口的微妙感受了,她应该去当作家,写小说。"

"她这些话,听起来像首诗。"

"没错,从那以后,她突然对重庆大厦产生了特别的兴趣,像斯德哥尔摩综合征,对于对自己有致命威胁的事物带着奇怪的、变态的迷恋。她每个周末都会过去转悠一圈儿,一转就是一整天,直到人家打烊,她开始做细致的访谈计划,列出了长长的访谈对象清单。从来不在外边过夜的她,居然每个月都会在里边的旅馆住上一晚,她说想要体验和了解大厦夜间的生态和氛围。据她说每次都住在不同的旅馆,为了更了解那个地方。她决定做这个毕业论文的时候,导师很惊讶,香港人都觉得重庆大厦是个乱糟糟的地方,尽量避而远之。你在里边很少碰到香港人,碰到的都是'阿差',香港人把南亚、东南亚人统称为'阿差',也不管是印度人还是菲律宾人,反正肤色比他们深的,一律如此。"

我办过很多奇奇怪怪的、复杂的案子,如果你有足够的耐心,它们无论如何杂乱无章,最终一定会兜回来,会有一根看不见的鱼线穿过所有的珠子,那些看似无关的线索,最后会跟一家人顶着同一盏灯、坐在一张餐桌上吃饭一样,聚到一起。我喜欢一个个刺穿那些胖瘦不一的线索的身体,穿过他们的颌骨、锁骨和胸腔。

现在,余爱媛这块颌骨跟重庆大厦这副胸腔,穿到一根鱼线上来了。

"为了写这个论文,她开始大规模采访大厦里各色人等?"

"那是自然,差不多里面的业主、物业管理人员、保安、租户、商铺主、住家、旅馆主人,还有来来往往的游客,她都得一一见面调研。她可真是自讨苦吃,我每天都得提醒她随身带着瑞士军刀和防狼喷雾,她从来不听,她外表柔弱,手捏起来软绵绵的,像是那种脾气很好的女人,可胆子一点儿都不小。每次她从那里回来,我都嘲笑她身上带着一股浓浓的咖喱味儿,问她是不是交了个印度男朋友,她根本就不在乎,第二天眼睛一睁开又去,她甚至连早餐都等到去重庆大厦吃,要让自己从内到外浸泡在里面,连自己的肠子和胃都不放过。"她一边说,一边忍不住笑出声来。

"不疯魔不成活。"

"什么?"

"不疯魔不成活。"

"对不起,我听不懂。"

"没事,你接着说吧。"

"总觉得随便路过个什么人,就能一把把她扛走,她还没有一只熨衣板重。但是,当时我们每个人都自身难保。学建筑的,不管是设计还是建筑史,都忙到发疯。我为了好找工作,一开始就给自己选了很多设计方向的课,我们那个教渲染图的教授是从美国宾夕法尼亚大学回来的,宾大的传统又是严格遵循法国巴黎古典主义学派的渲染图做法,那不是一遍两遍地渲染,是八遍九遍,十几遍。宾大建筑系以前一直不收女生,梁思成先生的夫人林徽因当年就没能被宾大建筑系录取,她是先上了美术系再跑去选修建筑系的课的。学校的理由就是建筑系总是要熬夜制图,怕女生人身安全有个闪失。"

在调研重庆大厦的过程中,余爱嫒可能见过了大业主丁云长,跟物业工作人员混熟了,他们自然会把她介绍给还单身的、和蔼可亲的丁先生,让这位年轻漂亮的女孩,去访问他一下。话痨丁自然免不了好好跟她聊一聊,不知不觉大半天就过去了,相谈甚欢,于是相约再聊,再聊。

总有一天,小丁先生会去这个大厦里他哥哥的办公室。

至于小丁先生,这个长不大的男人听起来不谙世事,她某次见丁先生的时候,也许小丁先生正好来了,他们因此结识,这是缘起,一段凶险的孽缘就此开始,但这也不过是我的推测。

"我也读过她的论文,重庆大厦这五座连体楼宇,七百七十个单位,一九六一年盖好使用,七十年代也曾经算是个高级楼宇。有个叫作唐君毅的人,号称'新儒家大师',买了其中的E2单位,因为他祖籍重庆的老母亲喊他'毅儿',他买下那个房,就为了让老母亲住进去养老。"

"重庆人对重庆大厦有别样情感,倒是可以理解,但它为什么叫重庆大厦?"

米娜有着非比寻常的记性。"因为那块地原先是重庆市场所在地,一九二〇年修成的重庆市场,专门卖外国货,有几十间铺子吧,专门卖东西给外国水手和水兵。一九四一年日本人来了,香港沦陷,尖沙咀半岛酒店变成日军总部,重庆市场歇业了四五年时间,直到战后。后来就有个菲律宾回来的华侨买下这块地,修了那座大厦,起了名就叫重庆大厦。"

"这样啊。"

"余爱媛还见过那个买地修楼的福建华侨,她跟我提过,约到蔡先生的后人她特别兴奋,那位创始人叫蔡天宝,我有印象,蔡先生家健在,家族产业主要做房地产。"

"她可真是追根溯源,一个也不放过。"

"是啊,她那阵子对重庆大厦跟着了魔似的,不过谁不是呢？我写的是现在要发展成艺术中心的域多利监狱，刚才不是说我为了好找工作想转设计方向吗？所以就选了这个古建改建的选题。那段时间，我也天天过得一会儿像囚犯，一会儿又像狱警，自己跟自己演戏。我们这些非香港学生，都要比香港本地人更拼命一些，所有人都想能够留在香港是最好的选择，谁也不想花这么高昂的学费，最后灰溜溜地回到老家。但她好像入戏更深，我笑话她好像在跟重庆大厦谈恋爱，那一年多，她沉溺其中，入戏特别深，不像是为了应付论文，像是完成一个跟她的内心有什么关系的事情一样。"

"你觉得会有什么关系？"

"我没问过她，但她说过，那座楼有魔力，知道得越多，越吸引人，恐怕她连楼里有多少个窗户，多少个门，多少级台阶，多少个空调，开张和倒闭过多少商铺、食肆和旅馆，生下来和死去过多少住户，都了如指掌。我记得她的论文英文大纲里，把这座楼称为HE，一个男人，像是跟她死生与共抵死缠绵的爱人。"

她会用"抵死缠绵"这么不容易用好的成语，也一定会把切碎的东西复原。

"死去的住户？包括非正常死亡的住户？"

"那就不好说了，你想想，要是你搬到一间房子，打开壁橱，里面的隔层夹着个已经完全干瘪的人，你想想，那么多房子，那么长的年头，得有多少秘密隐藏其间。我们母校有个搞人类学的教授，在里面实地调查了一年，发现这个大厦里头住了持有一百二十个不同国家护照的人，你搞得清楚哪些是合法，哪些是非法的吗？每天有那么多垃圾箱装满垃圾，你能知道有些什么混在里面？针管，婴儿，破碎的尸体，谁知道？"

女人的直觉和想象力真是一刻不得闲，我跟茶餐厅的服务员又要来餐单，让她再点点什么吃的喝的，不要客气，我来请客。她又要了一份叉烧饭，一碟白水煮芥蓝，另外点了杯咖啡，她好像几天几夜没好好吃饭，胃口好得不得了。

我们不知不觉地聊了接近一个小时，再聊下去她可能都要赶不上末班地铁了。

"你随便说说，2012年11月11日，有什么特别的意义？"

"2012年我不知道，2011年11月11日，重庆大厦完成了外墙翻新工程，那天大厦业主立案法团，举行了亮灯仪式，那天也是大厦落成五十周年。"

"这也是余爱媛的论文里提到的，不太可能吧？她已经毕业了。"

"当然不是，是我从那以后特别留意重庆大厦的一切新闻，记住了这个时间，太特别了，三个11，所以重庆大厦是个富有冥王星气质的天蝎座老男人，复杂，深刻，阴郁，很有掌控欲。"

我也是个跟11特别有缘分的人，前妻莫莉生日是1月31日，香港女友CAT，也是莫莉之后我最认真的一个女人，白羊座，生日是4月11日，她们恰好连成了1314这串数字，我自己是1月2日出生的，我们仨就是"121314"。

但说这些有什么用呢？都是过眼云烟。

说到最后，她笑了，跟前的碗碟已空，鸳鸯丝袜奶茶也喝下去了一多半儿，然后她一口气喝完杯中残留的奶茶，起身向我告辞，说要去赶地铁，路上得写设计方案阐述。

我几乎什么都没吃，得回去喝点饱含营养的酒精，我的主食。

2012年11月11日，重庆大厦落成之后五十一年，凶案发生。这仅仅是巧合，是内中有造物主设置的密码，还是凶手想要借此警告某个跟重庆大厦有关的人物，诸如大业主丁云长？

不过，我还是选择来捋一捋这逻辑关系吧，皮匠选择这一天杀害小丁先生和余爱媛，重庆大厦的生日，那么这种选择应该指向了重病中的丁先生，也许在亮灯仪式之后，皮匠留意了这个日子。

米娜说得没错，三个11，是个容易记住的特别数字，两个11，也不例外。

众多的1并列在一起，有一种示威效果，也相当地孤寂。

我突然想到了丛林中的那匹马的眼神，它和这些数字也有奇妙的默契。

见过米娜之后，我又放纵了一整天，从大厦对面地下一层的惠康超市买了品类不同的酒，惠康超市大多在地下层，晚上六点之后挤满了来抢购限时特价商品的家庭主妇，诸如蔬菜、点心和油盐，她们小步跑着抢特价货架的商品，神色慌张，在收银台排起长长的队。

我还买了一大袋礼品包装的苏打饼干，两个吞拿鱼面包，一大袋越南产的速溶咖啡，苏打饼干干燥如部队里的压缩饼干，吞拿鱼酱夹在面包里，又腥气又噎人，难吃，但可以填饱肚子，几天的饭和催醒剂都有了。

不管世界多大，各处的生活都一样具体。

超市里一定有东西卖，人一定会像野狗一样，扑向那些食物、卫生纸和毛巾。

这恍如春梦的世界。

不解何故，我又买了一只小小的黑色户外手电筒，铸铁的硬头，既可以照明，又可以做防身用品。可能是米娜的话多少对我有影响，我可不想被切碎了装在黑色大垃圾袋里，运出大厦。

如果真的有那么一天，我希望他们轻拽轻送，配合一段平克·弗洛伊德的《艾伦的迷幻早餐》作为背景乐，虽然我还是更喜欢他们在第一个主唱、后来发神经成了隐士的西德·巴勒特时代的那张叫作《黎明之门的风笛手》的专辑。

这些年来，生活像一条皮鞭抽打着我，让我越来越老实，我逐渐认同了吃吃早饭煎煎鸡蛋的生活观。

这是个理想化的葬礼，被装在垃圾袋里拖出去扔进垃圾车，顺着夜间香港的街道，在暗黄街灯的掩护下，去往打鼓岭垃圾山。

不错的结局。

第十二章

次日,我再度去往香港大学建筑系,让那位接待人给我一份余爱媛毕业论文的复印件,说无论如何找不到她,想有一样她的东西作为纪念,毕业论文算是不错的纪念品,我也是学建筑出身,后来改行了,等等。

这种一听就是随口胡编乱造的理由,她居然相信了,也同意了。一般来说,学生的毕业论文倒也没有什么值得保密的,她叮嘱我不要四处传阅,或放到网上。

我们一起到走廊尽头的小复印室,那里也是个杂物间,几乎密不透风。

"我算是跟学生接触最多的了,这个余小姐,我总觉得她不是一般人。"

"特别在哪里?"

"说不清楚,就是跟别的学生不太一样,特别是不像学建筑的学生。"

"你是不是觉得她永远也得不到幸福?"

"什么?"她被我问住了。

"没什么,多数人都很难得到幸福。"

"幸福不是轻轻松松就可以得到的,今天你觉得得到了,没准明天就会失去。"她停了一会儿说。

"是。"

然后我们一起听着复印机沉重地来回运行,吐出来的纸张,墨迹不均匀,我拿起来看了看,可以读,这就够了。她拿出订书机,帮我简单地装订上,我想要付给她复印和纸张费,她说什么也不肯要。

"如果余小姐有消息,麻烦告诉我一声,最好有她现在的联络方式,我好更新到学生通讯录里。"

"我会的。"

当夜,我一直在读她的论文,说真的,她小有才情,文字功夫在理科生里面不算糟糕。如米娜所说,她在论文里下了大功夫,将重庆大厦翻了个底儿朝天,从过去讲到现在,巨细无遗,而且饱含感情。

"靠近它就像靠近龙卷风。"她在后记里说,"认识这座大厦,就像认识一片星云,走在里面经常会迷路,会遇到不可思议的陌生人,会担心自己遇到危险,人们之间互相提防,紧闭门户,不敢随意跟人打交道,听到敲门声都会害怕。很多次,为了入户调查,开门的住户小心翼翼,担心我是个看似无害的诱饵,后边会跟着打手或者抢劫犯,而我内心,也担心门后隐藏着出人意料的人物,这种紧张关系,在重庆大厦内无处不在,因为'世上所有丑恶的行径都能在这里找到'。"

但她在文中也说,重庆大厦未必有那么高的犯罪率,因为这里警察和便衣密布,很多貌似在咖喱店吃饭的游客,也许是警察局派来的线人,某个兜售墨镜的非洲人,没准儿也收了警察的津贴,固定向负责大厦的警察汇报可疑人等。在这种环境当中,随随便便发生凶杀案是很难的,这里好像一个密布探照灯的空地。

空地？重庆大厦不是空地，是个迷宫。

我仔仔细细地读了两遍她的论文，做了笔记，把文中提到的人一一记录下来，这其中，我唯一认识的是雇主丁云长。

我算了算，至少有一百八十二个人名，如果我用同样的耐心找他们一一谈话，可能可以找到什么，我还不知道的什么。这一百八十二人当中，也许就有凶手，得留意其中会做手工活儿的，过去身体受过伤的。也许凶手无意中发现她是理想被害人，而后发现她和小丁先生的关联，他们的婚外情。

我跑到医院去，在非探访时间去，直接去找那位长着金鱼眼的护士，我记得她的名字，也记下了她的手机号，她不喜欢这么快见到我，从她略显不耐烦的表情可以看出来。

"丁先生还醒着吗？"我问。

"理论上是。"

"什么意思？"

"他处于有时清醒有时半昏迷的状态，他可能记不住一些人，因为大脑受损的区域越来越大，负责记忆的那个区，越来越趋近于海绵体。"

"海绵体？"

"海绵蛋糕你吃过吧？就是那种一团一团的小洞，这种小洞越来越多，面积越来越大。"

"所以我赶快再来，就是怕他能记住的东西越来越少了。"

"上次你来，是他让你来的，这次呢？我们这里的病人约见没有那么简单，毕竟是传染病院，而且丁先生是重症监护室的常客，还是贵宾。"

"差不多，我在替他办一件要紧事。"

她居然同意了，让我填写访客登记表。

天气不错，丁先生被他们放在顶层的阳光房晒太阳，附近有个看护，保持着一定的距离守着他。我穿好防护服，戴上口罩、护目镜后走进去，衣服上有粗体醒目的"Visitor"的字样，看护看到我微笑了，透过她的护目镜，看得出是个年轻的女护士，有一双温柔而又细长的眼睛。

那个阳光房有四五十平方米，四周种满了高大绿植，密密一排白色泰国蝴蝶兰，在木栅栏围起的花坛内，有塑料花的质感，说漂亮吧，又不是那么真实。到底没有蝴蝶泉边的蝴蝶兰，在蝴蝶的聚拢之下，那么天然、自在。

一只纯白的沙滩椅，丁先生独自一人坐在那里，斜靠在一只松软的枕头上，身上盖着浅色的珊瑚绒毯子，穿着看起来还挺舒适的软塑料拖鞋，脚上一双松松垮垮的袜子。

金鱼眼护士带我到了那里，她也穿戴停当，才进了病房。她递给我一沓纸巾，嘱咐我如果他流泪或者鼻涕，随时帮他擦掉，隔着防护服和手套，彼此都很安全。

躺椅上的丁先生看起来比上次要消瘦，眼球的颜色变淡了。

"醒着太消耗体力了。"他说。

"我们尽量长话短说，虽然我有很多问题。"

我拿出手机，翻出在余爱媛卧室翻拍的照片："这个女人，你肯定知道，她和你弟弟……被缝在一起了，应该说被杀害了。她生前，你见过她吗？"

他的嘴唇抿成一条坚硬的直线，阳光直射他的脸，让那条线闪出锐利的光。那并不是他嘴角留下的口水，尽管我误以为是，差点儿拿起纸巾去擦拭，但他嘴角干干的，我把纸巾举到半空中，只好擦了擦自己的护目镜，无奈雾气在里边不在外边，这个动作有点尴尬。

"见过,她写个什么研究生论文,来找我。"

"见过几次?在哪里?她怎么找到你的?"

"两次,都在我的小办公室,我在大厦有个小办公室,其实就是想自己待着的时候,有个去处。"

"这两次见面,都是你们单独会面?"

"第一次是,第二次,不是。"

"第二次,你弟弟在场。"

"是的。"之后是长久的沉默,突然沉默的他像一只接近腐烂的、长满斑点的香蕉。

"他们两个因此认识?"

"这是我最后悔的事。"

"你感觉他们一见如故,特别有话说。"

"我弟是个怪人,他不是那种见了女人就两眼发直的男人。"

"那这个余小姐怎么跟他好上的呢?"

"这个余小姐应该是有什么东西打动了他。"

"那当时,你感觉他们之间有什么不寻常吗?"

"我弟从来不懂得人际交往,但那天,那天,我记得他一反常态,送余小姐去坐电梯,去了足足半个小时才回来。"他换了好几回气,才把这段话说完,比起上次见面,他的体力越发不支。

"你觉得,他们有没有可能,在电梯间聊了很长时间,互留了联络方式?"

"那我就不知道了。"

"你可否把你小办公室的钥匙给我,我想去看看。"

"可以,我会让人把钥匙给你,不过看我的办公室,跟调查我弟弟的事情,又有什么联系呢?"

"纯属好奇,办案子有时候像写作,也需要一个莫名其妙的灵感来启发。"

"哦,对我而言,都是身外之物了。"

说完这句话,他闭上眼,张着嘴,张大到可以放下一只鸭梨,像是睡着了。

只是身体微微起伏,微小到难以察觉。

我伸出一根指头探了探他的鼻息,即便隔着防护手套,还是能感受到一丝热气。还好,人没事,我用手里的纸巾帮他擦了擦嘴角流下的口水,将纸巾放在他皱巴巴的手里,起身离开。

第十三章

我现在有两个雇主,我既要为丁先生查他弟弟小丁先生如何死去的事,也要了解一下余爱媛的失踪和死亡。

因此,我有必要见一下丁先生的代理律师邓律师。

邓律师在油麻地的一栋写字楼里办公,我约好他,和所有律师见面都尽量约在午饭时间,那样省得占用他的晚饭时间,一个好律师得按时回家和妻儿共进晚餐。

他的办公条件算不错的,自己拥有一整张长一米八宽一米的大办公桌,窗户外是另外一座紧紧贴住的大楼,楼上写着"我主耶稣",还有一只拉长了的十字架。

律师虽然姓邓,但据他自己介绍,他跟丁先生是一个村子出来的,就是丁先生在病床上告诉过我的茅草岩村,十二户人家当中的一家。

他的办公桌上全是文件资料,各种案子堆积如山,只有极少数涉及死亡,活人的事情他都还料理不完。他是民事和经济法领域的律师,不承接刑事案件。

多数律师样貌微胖,面白无须,发际线特别忧伤,他似乎也不例外。

他几乎来不及看清楚我,就已经开始跟我说话,他的声音像是从液晶显示器后面发出来的,有着电流的滋滋声,和忽明忽暗的微弱的光。

"以先生,对不起对不起,我实在太忙了,照理你来了以后,我应该早点见你,哪知拖到了今天,还让你主动找我,实在不好意思。"

为了显示这个忙的程度,他手里不断地、下意识地把几份文件叠在一起,反复整理,直至每份文件都服服帖帖地在他手下。

"理解,我恰恰相反。"

"我来是受丁先生之托,不好意思,跟丁先生说几句话实在不容易,他今天是清醒状态。"

"是啊,最近一直反反复复,病情还相当不稳定。"

"是不是随时可能……"我发出了一声"xiu",表示一命呜呼。

"确实不好说,这些年来,我每时每刻都做好他可能离世的准备,心理上的,法律事务上的。"

"他说,你将会是他的遗嘱代理执行人。"

"哦哦,对,"他清了清嗓子说,"不知道以先生是不是大致了解了丁先生家里的一些状况,他的至亲其实就是这个弟弟,就像你知道的,他遇害了。余下的都不是直系亲属,好在他的弟弟还有一儿一女,丁先生现在最新一版的遗嘱,嗯,我还得问问他合不合适把细节告诉以先生你。"

"实不相瞒,我就是来问这个遗嘱为什么要修改好几遍,丁先生自己说不清楚,也可能他现在脑子其实不太清楚了。"

"每一版,我都是严格遵从他的意愿的,丁先生为人呢,"他停顿了一下,别有深意地强调,"比较谨慎,毕竟从商多年,当然啦,我们俩很熟,非常熟,无话不谈,跟亲人一样熟悉。"

"你能用比较通俗的语言,给我解释一下吗?这三版的遗嘱到底有什么不一样。"

"好的,"他清了清嗓子,"不好意思,最近嗓子不太舒服,雪茄抽多了,工作压力大。"

"雪茄?"

"您想来一根吗?"他飞快地打开抽屉,从抽屉里的雪茄木盒里拿出一根,我倒也不拒绝,看包装便知价格不菲,他也给自己拿了一根,将一只精致无比的雪茄专用打火机递给我。我们相对抽了起来,我喜欢闻好雪茄的气味,虽然抽不起。

我点完火,用左手夹着烟,将打火机拿在手里端详。

"以先生也喜欢这个牌子的打火机?"

"喜欢谈不上,我只是喜欢随手拿个东西把玩。"

"中年男人的通病,到了这个年纪,开始到处找手把件,扳指,北京的最喜欢扳指,翡翠的,白玉的。"

"这些我兴趣不大。我们来聊聊遗嘱的事情吧。"

"哦,对,他还很想和过去的丁太太复合,想要争取对方的心,对方还没有和那位英国人结婚,按你们内地人说的,还没拿证,所以,有相当一部分财产是要留给她的。"

"有没有搞错,人都要死了,怎么复合?"

"丁先生其实是一个很痴情的人,他希望对方在他临死前,到香港来陪陪他,把复婚手续办了,就足够了。然后她就能坐等大宗遗产了,前任丁太太短暂地变成现任丁太太,然后过了不多久就会变成遗孀,也就是恢复自由身了,你看,多好的事。哦,我是从她的角度来说的。"

"然后呢?"

"然后我把这份遗嘱通过 E-mail 发给前丁太太看了,过了很长一段时间,我想有一个多礼拜吧,她终于回复了。"

"欣喜若狂?"

"哪里，人家用最标准的英式英语回复了，非常感谢，但她跟丁先生法律上的夫妻关系也早已终结，谢绝了。"

"真可以。"

"在香港人看来，这简直是不可思议的。"

"受过西方教育的现代女性，就是这个样子。"

"然后，这个事儿，就没法办了，我跟丁先生商议，只能修改遗嘱了，这就是第一版的经过。丁先生当时真是，堂堂七尺男儿，在我眼前哗哗地流眼泪，我都受不了。"

"能理解，她是他的一生挚爱。"

"对对对，一生挚爱。"

"这是什么时候的事？第一次立遗嘱。"

"非典是二〇〇三年，二〇〇四年第一次立遗嘱吧。然后他的病居然奇迹般地转好了一段时间，他本来体质也比一般人要好，恢复得比较快。"

邓律师不愧是丁家的家庭律师，对每件事记得仔仔细细，认认真真。

他抽雪茄的样子，和缓而又优雅，但这种和缓是刚刚学到的和缓，优雅也不是祖传的，他像是荆棘丛中长出的多肉植物，最像一种叫作"钱串"，生长能力超级旺盛的多肉。

"那这一版的遗嘱改成什么了，谁是受益人？"

"小丁先生，当然是小丁先生一个人。"

这时，电话铃响了，邓律师一边接电话，一边说着"好好，马上，马上"一边站了起来，而后他把手机放下，放入怀中西服的暗袋里。

他满脸歉意地说："不好意思啊，以先生，有一位重要的客户突然来访，已经到楼下了，我们恐怕不能继续谈下去了，改天,改天,好不好?"

我也知道对于律师们来说,每一分钟都是钱,但还是有些不情愿地站了起来:"遗嘱和财产的事情,和我办的案子关系还是比较大的,希望我们尽快再见一面。"

"是的是的,这毕竟涉及丁先生的隐私,在他身故之前。"

我们一路走往电梯间,他送别我,所幸,电梯上行得很慢,好像是在二楼卡住了,卡得死死的。我无意中看到在邓律师的肩膀上,有一根长长的女人的头发,但这不重要了,我不想多管闲事。

"根据香港的法律,如何确认小丁先生过世?"我问。

"得有法医证实,并开出死亡证明。"

"可是找不到遗体。"

"对啊,找不到遗体。"

"您有没有路子,帮我找找尸体?"

"你知道,我主要代理丁先生的遗嘱和遗产分配,丁先生应该是把关于他弟弟不幸身故的具体调查事务,交给你了,这点他也跟我说过。

"我虽然帮不上你,但是你是北京来的,你知不知道北京要是有人杀人抛尸,通常会扔在哪里?"

"房山一带,最可能。"

"每个城市都有这样的抛尸圣地。"

"抛尸圣地?"这个说法相当特别。

"是的,抛尸圣地,就好像长洲岛的东堤小筑是香港的自杀圣地,香港有个抛尸圣地,在飞鹅山。"邓律师说这句话的时候,措辞格外严谨。

"哦,飞鹅山,我记住了。"这时,电梯来了。

"以先生,慢走,再会!再会!"

第十四章

  我知道,我正在落魄当中,过去现在将来,都不例外。
  他肯定是注意到我穿着很长时间没有换过的衣服,也许内衣散发着臭味,连香喷喷的烧鹅香味也掩盖不住。需要新衣服的时候,我会去找个街边的男装店,从内到外来一套,越便宜的越好,然后把换下来的衣服扔掉。
  从邓律师看我的眼神里,我意识到自己该换套衣服了,从油麻地的窝打老道,拐到弥敦道,去往旺角。这段路不过七八百米,一路上人潮熙攘,弥敦道店铺虽然多,没有多少不重复的,不是周六福金店,就是周大福金店。
  到了亚皆老街的街口,我向左拐,凭着直觉一路采购,避开那些正经店家,专门到了大排档区,买了双杂牌的户外鞋,像模像样的冲锋衣和多兜裤,还有一套保暖内衣裤,两双高帮厚袜子,藏青色毛线帽,戴上后只剩下两只眼睛,窃贼的经典行头,每买上一样东西,就把换下的扔到垃圾箱去。
  与此同时,我拿出旧衣服兜里的手机,给小丁太太打电话。
  小丁太太在电话里的声音听起来很年轻,她一边接电话,一边哄着边上的孩子。
  "我一般下午比较方便,孩子们都上学了,你来家里?"
  "当然,最好是去家里聊聊。"

"家里很乱，菲佣请假回家了，不如这样，我们就在家附近的街心花园坐坐吧，孩子还可以在那里玩一玩。"

她所说的街心花园，大概只有二十平方米，一棵树下放了一把很旧但是依然非常结实的公园椅，如此而已。附近就是庙街，离尖沙咀警署也很近，对我而言，警察局、派出所这类场所会发散出硫酸的气味，十里开外我都能闻到。路过警署，一路找到我们约定的地点，她已经在那把被无数附近住户坐得油光发亮的铸铁扶手椅子上，等候我多时了。

"我就是打电话给你的那个人。"

"以先生你好。"

她十分客气，是个身材非常矮小的女人，带着一丝惊惶地看着我，像是担心我身后还站着一个谁，她惶惶然不是一天两天了。

"你也知道我为什么来见你。"

"为我老公的事吧？邓律师跟我打了招呼了，他说有一些情况你想来问问我。"

"嗯，主要为了多了解了解他。"

"他很特别，跟谁都不一样。"

"为什么这么说？"

"他是个沉溺在自己的世界的男人，完全不像那种会在外面搞七搞八的男人，他最讨厌的就是撒谎，宁可剁掉自己的手也不要撒谎，他自己说的，我也相信他从来都不撒谎。"

"你相信他的人品？"

"我觉得，就算全香港的男人都背信弃义，背叛家庭，他都不会。他是一个很单纯的人，像个小孩子一样，有时候我都觉得他像我们家这个老大，你要多了解了解就会发现他的心，而且，他对这些别人很在乎很热衷的那些事情，一点兴趣都没有。"

"比如，在外面有女人？"

"对，百分之九十九的男人闲不住的，连货柜车司机往返香港深圳，都能在深圳形成一个什么二奶村，我也是听其他人的太太说的，但我老公不是这种人。"她又重复了一遍，虽然语气尽量平淡。

她憔悴得跟去年的红葱头一样，干瘪、枯黄，说话的时候，眼睛一动不动，看向下方四十五度角的方向。她也并不年轻了，近四十岁，深紫带帽卫衣配浅藕荷色卫裤，上一次梳头发至少是两天前，任由发梢开叉，枯黄。

她的两个孩子，小的蹲在地上玩小电动车，另外一个坐在她身边不太动，眼睛不知道看着什么地方。

"老大有孤独症，孤独症，不知道你懂不懂得。"她又说。

"嗯，自闭症。"我看了一眼老大，那个胖乎乎的男孩，他把一只手放在妈妈身上，眼睛依然看着别处，像是心里在酝酿要哼一首谁也听不到、听不懂的歌。

"是，跟他爸爸一样，不喜欢跟人聊天。"

我没问她见过那些照片没有，这不该是我问的问题，丁先生应该不忍心给她和孩子看那样的照片，或许我跟她略微熟悉了再问比较合适。

"小丁先生平常做什么？"

"他很少在家，都说去朋友的工作室，他有一些喜欢制作飞行器的朋友们，他们在一起讨论怎么做飞行器。他都很少回来吃晚饭，中午之前出门，自己在外边的茶餐厅吃午饭，一直到半夜回家，半夜两三点，三四点，他会走路回家，他不搭的士，觉得太贵了。每天都是这样，我几乎碰不到他，我送孩子出门的时候他还没起床，我回家后，他已经借着那个空隙走了，他不喜欢跟我碰面,我们很少讲话,他说说话会耗费他的元气,会让他注意力不集中,有什么实在要说的话,他就留个字条在冰箱上。我跟他生活了这么多年,发现他确实不喜欢说话,甚至到了讨厌的地步。但他依然是一个特别简单的男人,除了不爱交流,他就是一个特别好的男人。"

"朋友的工作室在哪里?"我尽量不想被她带偏。

"我不知道,我也不认识他的朋友,几乎一个也不认识。"

"他出国干吗?"

"参加各种跟飞行器有关的会议、论坛、比赛,去各种各样的、数不清的国家,他特别愿意去,不管人家发不发邀请函,他只要知道这类消息就会自己订好机票酒店跑过去,只有在这件事情上他特别舍得花钱。"

"一个人去?"

"当然,一个人,他去哪儿都是一个人。"

"那么,他有收集各国硬币的习惯吗?"

我拿出在冲印店冲洗出来的硬币照片,给她看。她看了看,说自己没有在家里见过这么多奇奇怪怪的硬币,何况放在一个玻璃罐里。

"有时候洗衣服能摸到他兜里的一两个硬币,哪个国家的都有,他收集不收集我就不知道了。"

听起来像个科学怪人,不谙人情世故,他一定善于独处,一个人可以待很长时间,去哪里都独行,像一只形单影只、常常夜行的野鸟,所以被人盯上了。

她继续说:"有时候跟他说好去哪里,比方说,周日带老大去特殊教育中心——菲佣周日都要休息的,不上班,我要抱着老二,还要拖着老大,我怕老大半道上走丢了,就让他陪我一起去,走路只需要十五分钟,他牵着老大的手,走到半道上,突然说不去了,就要走。把老大的手交到我手里,他自己就走了,一秒钟也等不了,死活都不去。"

"然后就走了。"

"就那么走了,一点解释不给。"

很难想象这样的男人,会是个善解人意的情人,他对余爱媛会有足够的耐心?

"他有自己的爱好,他可能对此最痴迷。"我安慰她。

"是啊,他制作飞行器,但我从来没有见到过,他也不给我看。"

"你们靠什么生活?"

"我们也有物业,是他哥哥给我们的,把重庆大厦里面的几个店铺租出去。"

"你结婚前,是做什么的?"

"护士,我是个养老院的护士,专门照料老人的,是那种很高级的养老院,所以我的薪水还不错。"

"那你和小丁先生是怎么认识的呢?"

"我们是相亲认识的,就是为了结婚而相亲,跟这样的人结婚有安全感,安安静静的,你说什么,他也不一定听得进去,但是就是很有安全感。"

"你对照片里跟小丁先生一起出现的那个女人,有些什么了解?"

我终于还是问了这个问题,不问是不行的,针尖总是要跟麦芒见面。

瞬间,她脸色变得煞白,像是被灌下了一整壶冰凉的水。

"我不知道她,从来没有见过她,也不想知道具体怎么回事,你也不要告诉我任何关于她的事情了,我什么也不想知道。"

她的额头上渗出了细密的汗珠。

第十五章

这时老二跑过来,她拿出水瓶喂给他水喝,也给老大喂了几口,两个孩子用一个透明的蓝色塑料水瓶,瓶身上带着海豚图案,是海洋馆的旅游纪念品。她好像喜欢透明的袋子,随身带着一只特大号的透明妈咪包,里面放着带孩子出门需要的各种物品,包括零食袋,装着洗好的葡萄的塑料乐扣盒,湿纸巾,衣服裤子,护肤霜,还有一只万圣节的鬼头面具。

过了一会儿,老二来要那个面具,戴上,爬到椅子上,再往下跳,嘴巴里发出呜呜呜的声音,她用粤语教训他,不让他淘气,又忍不住拉着他的裤带,以防他摔倒。

这样的女人,有一天就会像葡萄晒成干,皱巴巴,只剩一颗完好的籽,再也生不出新葡萄。

我突然口渴难忍,问她喝不喝东西,我可以到附近小超市买点什么给她,她说自己什么也不想喝,喝多了水又想上厕所,孩子在身边,想上厕所也走不开,只好忍住不喝水或少喝水。

我到边上的小便利店给自己买了两瓶嘉士伯啤酒,想了想,给她的孩子买了两盒巧克力,榛果味跟杏仁味的,我注意到她的手因为干家务活开裂出小血口子,又带了罐凡士林,便宜又耐用。

我们一起在街心花园的椅子上坐着,孩子们拆开一盒巧克力你一块我一块地分着吃，她接过我递给她的啤酒，小口小口地喝，也把凡士林放到透明妈咪包的一角，也许会永远放在那里，不记得用。

这个街心花园乍一看很小，很拥挤，坐了一会儿之后，我发觉那棵树落下的树荫，正好是那只长椅所需，连带坐在椅子上的人的膝盖和小腿，都被罩于阴影之中。

小丁先生是个怪人，即便他在世，他的妻子也形同寡妇。

"我要赶紧去菜市场，今天会有十块钱三条的乌头，去晚了就没有了。还有，这个小的，每天都要去美都餐室吃一份红豆冰，离这里没几步路。"小丁太太带着歉意跟我说，而后她牵起完全神游天外的老大，又去喊已经钻到灌木丛中的老二。

这个街心花园在甘肃街上，我告别小丁太太后，沿着甘肃街向北，左手边是个不小的篮球场，甘肃街和上海街夹着这个篮球场，篮球场上的绿色硅胶地面看起来像刚刚翻修过，篮球场上有几个穿着校服的男孩在打球，球落到地面发出沉闷的砰砰声。我走到一家叫作义和堂的茶餐厅，看装修有年头了，坐下要了一份鲜虾云吞面，鲜虾云吞面和牛肉炒河粉是我在茶餐厅最常点的两样东西，百吃不厌。

我管店家要了一支笔和一小张纸，画了一张人物关系图。

鲜虾云吞面的鲜虾云吞，虾肉的块头又大又弹，面是香港广东一带特有的细面，吃起来也韧性十足，但我吃不了太多东西，起床后，没喝酒，吃饭对我变成了多余。

实际上，我已经知道了小丁太太他们的住处，这并不难办到，她在老大胸口挂了一个胸卡，上面有家庭住址和父母联络方式，可能是担心他走失。在我们交谈的过程中，我盯着那个牌子看了许久，记住了上面的公寓名和房间号。

饭后,我溜达到那个公寓,离庙街并不远,门口站着一位上了年纪、个子不高的老头儿,穿着管理员的藏青色制服。我没有门卡,只能报了房间号,等着他去联络业主。

"三十八层啊,升,发,很好的楼层。"老头儿和善有耐心,听我说完,一边按着对讲机按按钮,一边自言自语说,"丁太太,有两个仔,出出进进都带着两个仔,大的,看起来就憨憨傻傻的,小的,特别爱吃蛋挞,隔一段时间就要去澳门吃蛋挞,就要那种滚烫刚出炉的蛋挞。"

小丁太太的声音从对讲机内传来,我俯身对着对讲机说:"丁太太,刚才我们见面,你在椅子上落下了一只卡包,我给你送上去吧。"

她犹豫了片刻,同意了。

这个公寓从入口到每一层,装修都很有格调,三十八层到了,向右边就是3814的所在,我拿着她的小卡包,站在门口按响了门铃,开门的小丁太太围着带着橙色小象的围裙。

"我能不能顺道进来参观一下?"我问她。

"当然,当然。"她请我进去,我把刚才乘她不注意从她透明的妈妈包中顺走的卡包交还给她,她连声道谢。

这个公寓在寸土寸金的油麻地,不算小了,面对着客厅电视墙的是一条摆满了玩具的沙发,大多是男孩喜欢的枪械和公仔,两个孩子都坐在地毯上玩玩具,我进来他们也不抬头。

厨房飘出龙骨藕汤的香气,小丁太太慌慌张张地跑去关了炉子,又跑出来。

"那我带你看看吧?家里乱七八糟的。"

我环视一圈,作为一个离开四年的人,小丁先生的衣服没有挂在玄关的衣帽钩上,鞋架上一双男人的鞋也没有。

"他的卧室，哦，我们过去的卧室。"小丁太太推开电视墙一侧的隐形门，门做成了墙纸的效果，后边是一条有些暗的走廊，有四个深色的木门，最里边是主卧。

卧室并不大，窗帘还没拉开，小丁太太先走进去拉开了窗帘，光线斜照入藕荷色的床单上，照理在别人的卧室里晃来晃去是很别扭的，我却安之若素，离被害人失踪时日良久，我请小丁太太打开衣橱，里面挂的全是女装，和一些被褥床品。

"他的衣服呢？"我问。

"我都洗干净，捐给慈善机构了。"

"全部？一件也不剩了？"

"留了两套西服，打算留给两个儿子一人一套。"

"我能看看这两套西服吗？"

她打开衣柜上面的置物层，从上面取下来两个盒式的软袋，放到床上，打开，里面是两套西服，一套藏青色，一套深灰色细条纹，都是中规中矩、毫无意趣的款式，像是上班族穿的。但翻开一看，奥妙都在里边，这是在高级西服定制店制作的，唯有从内衬、内袋的细节才能看出不同。

"他的西服虽然不多，但每一套都是在尖沙咀弥敦道华敦大厦的Sam's Tailor做的，那也是他哥哥做西服的地方，那个西服店一九五七年就开了，他哥哥有很熟悉的裁缝，每次都是他哥哥要做，拉上他一起。"

"丁先生是很讲究的。"

"是啊，他们俩兄弟性情完全不一样，我老公相比之下，简简单单，普普通通，走在街上都没有人多看他一眼。"

"你有家庭影集之类的吗？"

我在卧室又仔细看了一番，房子虽然不错，陈设却极其普通，卧室里挂着一台不大的电视，电视底下放着老式的DVD碟机，一看就很长时间没用了，虽然房间里灰尘不多，碟机上却有一层明显的灰，我从一边的纸巾盒抽出一张纸巾，垫在指头上按了碟机开机的按键，它吱吱啦啦开始运转，我又点了一下出碟片的按钮，它送出了一张DVD，一部电影，《迎春阁之风波》。

"这个机器确实是从我老公走后，再也没用过的。"小丁太太说。

"只有他看DVD？"

"嗯。我不看，没时间，我白天操持家务，带小孩，一到晚上能睡觉的时候倒头就睡。他有时候睡不着，会一个人戴着耳机，看看DVD，他也会去逛逛DVD店，租一些碟片回来看。"

虽然小丁太太这么说，但我发现，从头到尾，她的眼眶甚至都没有红，她好像只是在描述一些客观事实，一些曾经发生过的客观事实。

我们回到客厅，客厅的架子上放着一些他参加各种飞行器竞赛得的奖杯和纪念品，也都蒙上了一层灰，但架子却是干净的。

"我不让菲佣动属于他的东西，我担心他不高兴，他过去从来不让我们动他的东西，连小孩子都不行，他会翻脸，好像抢了他心爱的玩具一样。"

"他失踪之后，你接到过什么奇怪的电话或者E-mail没有？"我看了一眼正在玩耍的两个小孩，小声问她。

她使了个眼色，拉着我的胳膊，把我拉到厨房，给汤锅点上火，然后才低声说："快递，装着那些照片的快递是送到这里来的。我当时抽出来看了一眼，吓得赶紧躲到卫生间，害怕小孩子看到。我只看了那么一眼，再也不敢看第二眼，但我一眼就认出照片上的男人是我老公。"

"快递的外包装袋还在吗？"我一边问，一边下意识地打开厨房橱柜，一个，两个，直到煤气炉上方放调味料的那个柜子，在里面巡视了一番，看到了一瓶花雕，我拿起那瓶酒，向她示了一下意，然后打开瓶子喝了一口。

"应该还在的，我找找，照片我不敢留在家里，交给了哥哥，他之前清醒的时间比较长，后面的事情都是他去安排的。"

"旅行箱，旅行箱也是送回到这里的吗？"

"不是，旅行箱是直接送到他哥哥的办公室的，大哥委托邓律师告诉我，不让我去碰那个旅行箱，后来我也不知道哪儿去了。"

我想了想，没告诉她旅行箱就安然无恙地放在我的房间里。

"对了，你之前说过记信用卡上的账，账本能给我看看吗？"

她可能没想到我还记得这件事，愣了一下，去厨房打开抽屉的第一层，找出那个本子来，本子是皮面的，开本不大，但是很厚，我接过来打开细看，上面是密密麻麻的小字，按着时间顺序，账本做得很细，她的和小丁先生的支出，用不同颜色的会计笔记录下来，红色的都是小丁先生的。

自然，到了他出事前夕，红色账目戛然而止了。

我问她我能不能带走这个账本，她同意了。我对当事人提出类似的要求时，大多不会被拒绝，也奇怪。于是我将这个账本揣在后裤兜里。

厨房的空间非常小，抽油烟机不知道哪里坏了，运行起来呼噜噜的，我的屁股垫在大理石台面一角，那大理石台面摸起来既冰冷又滑腻，她贴着洗碗机和烤箱站着，烤箱内挂着一只圆形、红色的烤箱专用温度计，烤箱上全是蒸汽，雾气蒸腾，连她戴的眼镜似乎也雾蒙蒙的。

我走过去取下她的眼镜，从后边挂着的厨房用纸上撕下来一张，帮她擦了擦眼镜，再给她戴回去，她惊诧地看着我，细小的眼睛发散出柔和的光，像一只从黑暗的地下世界钻出来的疲惫不堪的鼹鼠。

"你知道丁先生的遗产数额有多大吗？"

"非常多，可能几辈子都花不完，但是具体我也不太清楚。"

"他说有几个重庆大厦那么多。"

"几个重庆大厦那么多是多少，我也没概念。"她眼睛里涌出了一些泪水，"我只知道人死不能复生，多少钱都没有办法让我老公起死回生，包括他哥哥，多少钱都没有办法治好他的病。"

"死生不由人，所以你是压根儿不在乎这笔钱？"

"不，有了这笔钱，"她深深地吸了一口气，"我的孩子就安全了，特别是老大。"

第十六章

没喝酒的我，心里空荡荡的，我已经习惯了回到重庆大厦后，全身散发着酒精的香气，深深地浸泡在咖喱的烟火味儿里头。

回到房间补上了一整天的酒，坐在地上痛痛快快地喝，整个上午浑身上下的不舒服瞬间消失，每寸皮肤，每个毛孔重新有了活力。我体内开入了一列燃料充足的火车，那列火车是运货的，车上有煤、有炭、有汽油、有火药。

"人的嘴里突然泛起一股气味，感觉生活就像狗屎。"这句话突然浮现在我脑海中，电影里的台词。

次日十点，我照例还没睡醒，昨晚开着一丝窗户，窗外的咖喱味不容置疑地，像毒气室的毒一样缓缓进入我的房间，把我的鼻子熏得又痒又辣，不管是什么印度咖喱，一定要有姜黄、香菜籽、小茴香，还会有诸如肉豆蔻、胡椒、肉桂、咖喱叶、阿魏、洋葱等物，有些咖喱配方多达四五十种香料，实在像是有几十双脚同时跳上味蕾这条舞厅的地毯，同时以不同的节奏，蹦起了不同的舞步。

所以，咖喱味能够这么刺鼻，这么催醒。

于是我从昨晚脱下后扔在地上的裤子的后裤兜里掏出了那本账本，拿到眼前翻了几页，用这个提神醒脑不是什么好主意，于是我又给它扔到床底下，那里传来闷闷的一声，像是有沉睡在地底的怪兽被猛然惊醒,从喉间发出了嘟囔。

然后,我听到有人敲门,敲门的声音不急不缓,非常柔和。我挣扎着起来,头发乱蓬蓬的,眼睛只有半只是睁开的。

门外站着一个年轻女孩,穿着全套户外运动衣,桃红色的弹力面料,一身桃红,像是在催促自己早日找到理想对象。

"我是邓律师的助理,他按照丁先生的吩咐,让我把丁先生办公室的钥匙给你。"她面带热带植物一般的微笑跟我说,而后恭恭敬敬地将信封递给我,说了句"再见"就转身离去了,白白的牙齿在我眼前一晃而过。

我回到床上躺下,将信封放在床单上,用单只手摸索着撕开,果不其然,钥匙放在信封里,我再举起信封,勉强睁开第二只眼睛看了一眼,上写着地址:A3-1503室,我猜测,这是邓律师的笔迹,用的是奢侈品牌钢笔,万宝龙的,甚至更贵更好的。

既然就在一个大厦,还有什么好说的,我可以磨蹭到傍晚再去,于是又裹着那条已经臭烘烘的被子昏睡过去。

再度醒来的时候,整个楼都像是咖喱炸弹爆炸了,冒着腥黄色的烟雾,窗外到处都是咕咕咕、嘟嘟嘟的声音,楼下的小餐厅个个都在熬制自家的咖喱,用他们自以为独家实则混在一起后毫无意义的秘方,为了即将到来的晚上的那顿饭。我怀疑天井的外立面已经被熏黄,不,黑黄,确切地说。

我爱这无边无际的回笼觉,一次又一次从睡眠的深渊醒来,像是听到了地狱当中诸恶灵的嘶喊,又像是天使拿着各自的竖琴与大提琴,还有古钢琴合奏,他们像是在演奏巴赫的平均律,有一些时间,又飞升而起,带出了人声,意大利文艺复兴时期的牧歌。

恶灵与天使,拉扯着我作为普通人的肉身,一会儿睡一会儿醒，沾满血迹的花瓣的碎片从天而降，降落的过程中伴随着头发，与残肢的碎屑。

我的生活就是这样构成的，狂暴与残忍，甜蜜与温柔，交织在一起，像一条毛毯，真人毛发的织物。

下午四点半，我终于从大厦里走了出来，弥敦道那个出口，右边有一架上二楼的电动扶梯，站在扶梯上往上到二楼，右手边就是大家乐，我要了一份炸鸡，两包番茄酱，就这样，一边走一边吃，徒手，油腻腻的。重新回到大厦里，A座的电梯在入口向着右边走，也没多远。还在吃着炸鸡的我站在一群上电梯的人群之中，望着缓慢的数字切换：2……8……12……电梯里的人陆续走掉了，当！十五层到了。

电梯口略微一拐，走向一道不算那么宽敞的走廊，我看着门牌上的数字，走到头，迎面，就是1503室，门与其他地方的材质有所不同，是个哑光黑漆的防盗门，我拿到的钥匙也比普通的门锁钥匙要更沉重，体积更大。

门很厚，当然了，里面是一个欧式的从地板到天花板被护墙板包围的，有着厚厚的带流苏天鹅绒窗帘的屋子，虽然身处重庆大厦这样的龌龊之地，但这里依然保持了贵族气息。

我看着屋子里的陈设，东西很多，但是混乱中带着自己特有的秩序，窗帘留着一条缝，透进来一道光，光里尽是灰尘。

我首先注意到这个巨大开间的一角，有房门紧闭，我戴上一次性手套（惠康超市的主妇落在购物车里的），旋开那道门，里面黑漆漆的，伸手在右边墙上摸到了电灯开关，复古黄铜钮。

镜子前的盥洗台是西班牙黄的大理石台面，堆满了男用护肤品和形形色色的香水，多数香水瓶是古物，像是仅仅为了陈列而购买的,马基雅维利①说过:"上天堂的最有效的方法,是熟知去地狱的道路。"

浴室里有马桶和淋浴设备,是站着淋浴的玻璃房,没有浴缸。此外就是储物柜,打开后,里面是各种浅色的浴袍、睡衣和浴巾,颜色基本上是烟灰、浅咖和灰绿这类,一看就是质地良好,且经常更换。鉴于主人很长时间不来了,这些东西的崭新度真是让人惊诧,好像昨天刚刚换了一批新货。

我走出浴室,进入偌大的工作间,靠近浴室这侧的是一张带床幔的欧式宫廷风架子床,像是古董,床靠背的织锦是有年头的英伦风,带鹦鹉与花卉图案,旧绿和发暗的金线交错而成,被子上盖着床盖,看不清下面有什么,我当然还是掀开看了看。没有残存另外一个女人尸体的幻觉,正常的,干净的,舒适的床品,也是新得令人发指,新到枕套和被罩上包装时的折痕还在。

床前是一块中世纪风格的地毯,狩猎的君王贵族在山地上、野地里狂奔,呼号,士兵追随着他们,虎豹豺狼,各种野果,天上的天使,地上的泉水和山川河流,皆历历在目。地毯的尽头就是工作间,密密匝匝直到天花板的三面墙的橱柜,当中一排伸出了台面,三四张椅子,椅子的材质是小羊皮的,三种颜色:浅棕、炭灰和泛黄的象牙白,这三把椅子构成的景象像哈默休伊的一幅画。然而架子上全是锁,有挂着的,有排成一排穿在一起的,有放在展示柜里,而柜子又上了锁。我怀疑那些打不开的底柜都是保险箱,最珍贵的东西放在里边。

我对这些锁兴趣不太大,我只是觉得,不彻底查看与本案相关的空间,有点儿对不起受害人,何况,我高度怀疑,小丁先生

---

①尼可罗·马基亚维利(1469—1527):意大利语名字为 Niccolò Machiavelli,意大利政治思想家和历史学家,佛罗伦萨人。

可能有奸情。

小丁先生没有其他的房产，按小丁太太的说法，他们未来的财产还都还在丁先生的名下，如果丁先生不去世，是绝对拿不到的。实际上，我也让老K查了，小丁夫妇俩仅有庙街附近的那一处公寓，买房子的钱，当然了，是丁先生所付。小丁先生一辈子没干什么养家糊口的营生，其生活状态类似于富二代。

我回到工作台前，拧开一架复古工业台灯，将光线调到最亮，灯泡居然还能用，没有坏掉，然后从柜子里拿出一些锁来，一只一只地试着锁上又打开，每只锁都曾经被主人上过油，过了那么长时间，在锁孔里，这些油依然奏效。

他有很多书，杂七杂八的，有中文书，有英文书，也有不知道什么文的书，一些西方的古书和中国的线装书，杂糅在一起，他买书更多的像是为了要收藏，而非经常翻看。在这个房间，我几乎没有得到什么想要得到的东西，也没能从枕头上发现一根女人的头发丝，拿起放在床头柜上的空调遥控器，空调的温度调节停在一个尴尬的数字上，二十一度。

室内唯一的挂钟还没有停止走动。

第十七章

"你好,我是米娜。"深夜,大概已经快要十二点了吧,我接到了余爱媛的室友的电话。

"明天星期六,我休息,如果你没什么安排,我们再喝个咖啡?"她的声音听起来十分疲惫,嗓子似乎撒了盐一样沙哑。

"好,在哪里?"

"我这里太远了,你过来不方便,那还是我去找你吧。"

我们相约于第二天下午三点讯号山花园入口处不远的美味园,她说她去过,那里的鸳鸯奶茶还算不错,重要的是一整天都营业,下午也不休息。

我次日早上醒来,隐约还记得这个电话,就又痛痛快快地睡了一个回笼觉,一直睡到中午时分,挣扎着起来,脑袋沉得像一泡隔夜的屎。

午间的重庆大厦,各种各样的声响从四面八方聚集起来,有一些声音是明目张胆的讨价还价,有一些是建筑物本身的钢筋水泥在微微地裂变,有些是空气中热气腾腾的部分和冰冷的部分相遇。

我把脑袋放到水龙头底下,把头发浇得湿漉漉的,这样才能让我彻底醒来。

见到米娜的那一刻,我感觉她和第一次见面相比没有那么浮肿憔悴了。

"实际上,我们做过两段时间的室友,我住在那样破的一个地方,余爱媛跑来问我,她能不能也来住,她说她找不到工作,学生签证过期了,没拿到工作签证,只能换成一年两签,每七天就要回深圳罗湖去重新登记,可以连续登记两次。然后,她要在深圳等十几天,等新的签证申请下来,她只能找个很破的旅馆住下,在深圳等着,哪儿也不能去。"

"哦。"

"那时我租在一个三百平方英尺,也就是不到三十平方米,那样大小的天台屋,租金也要五千元一个月。"

"典型的港漂生活。"

"我虽然很同情她,但也告诉她,住一段时间可以,希望她可以尽快找到工作。她不在深圳的时候,其他两周就住在我这里。"

"就为了签证?"

"是的,我只记得她开头的时候说在我那里住一个月,后来变成三个月、半年,最终住了一年又两个月。每次她从深圳回来前跟我联系,我总是心软,总还是让她住下。她十分窘迫,不要说平摊房租了,连水电费煤气费,她都没有能力ＡＡ。我看她这么难,也不好开口要钱,怎么说,我还是有薪水的,她吃饭自己想办法,经常出去吃点儿,带点儿回来。"

"然后呢?"

"那个天台屋是个开间,说是三百平方英尺,实住只有二百,厕所小小只,厨房小小只,睡的是上下铺,我睡下铺,余爱媛睡上铺。后来我谈了个男朋友,他也经常来。"

"三个人一起住?"我说。

"我男朋友家也很拥挤，我们约会也不可能去他的住处，或者在外面开房。所以，有时候他在我家过夜。还是我们睡在下铺，余爱媛睡在上铺。每次我们都，你知道，努力迅速结束战斗。"

"战斗？"

"就是男女之间的战斗。我们开始的时候还觉得很诡异，很不好，渐渐地，大家都习惯了。"

下午时段，没什么客人，美味园掌厨的老板从后厨跑出来，和前台的两个老阿姨一起大声聊天。

米娜喝光了一杯鸳鸯奶茶，又要了一杯，这次聊得正欢的老板特地给她来了一满杯，热乎乎的奶茶让她脸上泛起了红晕，这才有了一个女孩儿的感觉。

就在这个时候，我又接到了一个电话，司机的声音在那头响起。

"以先生，老板让我联系你，问问看有没有什么进展。"

"暂时还没有。"

"他最近没有那么忙了，手头的事告一段落了，想找你。"电话那头似乎有海浪拍打岩石的声音，风呼呼地吹，还有海鸥的啸叫。

"过几天，过几天你再给我打电话。"我说。

"几天？我当然要给老板一个确切的时间。"

"三天，三天吧。"

我回到座位上，米娜正在看墙上的菜单，她问我要不要吃点什么，我说我喝啤酒就是主食了，于是她自己要了一份茄汁意面，她用叉子在意面当中打卷，卷成一团，然后一点点放到嘴里咀嚼。她脸上夸张的五官，在那一团又一团猩红的面跟前，像叼着一只尖嘴鱼的巨唇海鸟。

"然后呢?"我等她吃了几口面后问她,她拿起桌上粗糙廉价的餐巾纸,擦了擦嘴角。

"我问她为什么不回内地去找工作,她说,她在香港见了世面了,无论如何不会再回重庆,更不会回老家那个小镇。"

"上一次我们见面,你干吗不说?"

"因为我和男朋友订婚后,很快分手了。有一天我加班回来,房间门是反锁的,房东怕天台屋失窃,装了三重锁,我打不开那个房门,就知道不对头了。"

"余爱媛和他在里面?"

米娜停顿了好一会儿才说:"是的,我后来才知道,他们在一起不是一天两天了。"

"你气坏了?"

"对,我当然不会让这个女人,哦,这个居心险恶的情敌,再住在我家了,我就把她赶了出去。"

也许就是猪脚老板说的那天,米娜把余爱媛赶出家门,她在下雨天带着行李坐在路边,被坐在车里的他看到,他不单看猪脚在行,看女人也是一眼便知。落魄潦倒的余爱媛坐在自己的行李堆里的样子,一定惹人怜爱。

第十八章

老K给我打来电话的时候,我正好在街上溜达,打算从弥敦道一直向海边走,走到海里的星光大道,看看两边海水波光粼粼的模样,这是我少有的头脑有几分清醒的时候。如果向另外一侧走的话,可以一直走到九龙半岛南侧的九龙公园,我知道它是因为它是个观鸟的绝佳场所,尤其是每年的四月初,天气半好不好的时候,正是观察过境鸟类的绝佳地点,特别是九龙清真寺后方那一带。

"今天想卤牛肉吃,我买了潮州的卤料包,二十四种调料啊,你想想,结果我煮不熟那包牛腩,买到了一头老牛,这么老的牛肉怎么会放在超市里卖?真他妈的。"老K在电话那头骂骂咧咧的。

"卤牛肉配东北小烧,你的最爱。"

"别提了,我最喜欢的内蒙闷倒驴,今年朋友还没送来,他人已经死了,肺癌,查出来的时候已经全身都转移了,骨扫做一遍,全身到处闪着磷光,一个月不到就死掉了,连那瓶闷倒驴都没法给我寄出来,也可能忘了。"

"多事之秋。"

"不提了不提了,反正肉也没炖烂,酒也没送到,我他妈的还得给你弄杀人的视频。"

"我还没空去联系另外两家的家属呢，反正也不急，除了我的雇主随时可能死掉之外，你不能不说这是在跟时间赛跑。"

"我给你把视频里的声音恢复了，费了九牛二虎之力，数码文件就这点好，想办法总是能够恢复的，你自己听听吧，发到你邮箱了。"然后老K咔嚓把电话挂了，他挂电话就跟老人一样，连"再见"都不说。

我用手机打开了视频，基本上开头的时候还是一片寂静，只有皮匠将剪刀或者刀子放在解剖台上的声音。然后外边传来敲门声，他抬头看了一眼，敲门声又重又闷，从摄像机右后侧传来，他又抬头看了两次，然后示意摄影机后边的人去看看。

那人站起来，蹑手蹑脚地走到了门边，没有应声回答，敲门声过了一会儿就消失了。冷光荧光在室内忽而发出一阵电流声，闪了一下，这个房间的电路老化问题严重，皮匠在这样的光源条件下工作，说明他的视力不错。

摄影机后面的人，又回来了，坐下，椅子挪动的声响被收录到视频当中。除此之外，一切如前，我仔细看了三遍，将耳朵凑近手机听了一遍纯声音版，敲门声像是一个上了年纪的人敲的，虽然又闷又重，但是和缓，后来有体力不支的感觉，听敲门人的脚步声，似乎腿脚也不太灵便，中间穿插着极其轻微的拐杖触地的声音。

通过视频基本上可以断定这里是杀人的第一现场，男女被害人被绑架至此，这个绑架者不一定是皮匠本人，他更像是蹲在现场杀人的人，摄像机后边的人可能参与了绑架，此人呼吸声虽然重，但是行动敏捷，从他走到门边的脚步声可以推断，他是个年轻力壮的人。

他们在杀人事件过后的第四年，将行凶过程的照片和视频发给家属的理由何在，我至今也想不出个所以然。

也许这个小团伙内讧，也许有个人良心发现。

而一个有人来敲门的房间，首先，它不是在荒野；其次，它不是有几重门层层隔绝，而是一个可以让人轻而易举去敲门的普普通通的地方。

皮匠从头到尾都面无表情，他的头发稀疏，脸上浮肿而且泛着油光，即便有人敲门也丝毫不感到恐慌，此人心理素质极其稳定，像是个职业杀手。

而屋子里几乎空无一物，说明平日这里并没有什么用处，几乎处于闲置的状态，成了一个专门的人类屠宰场。

傍晚时分，我乘坐电梯下楼，在E座二层一家巴基斯坦人开的小餐厅吃咖喱肉饼饭，黄得像屎一样的咖喱辣得我嘴唇直哆嗦。

余爱嫒也曾经坐在这样一家再普通不过的小馆子里，仅有五六张桌子紧紧地挤在一起，前后座的人你坐得下，我就坐不下，总要互相按照身形大小来容让。我在这座楼已经滞留了三个礼拜，吃腻了附近的茶餐厅，喝遍了7-11货架上的酒，我活得有点不耐烦，但两个雇主左右夹击，让我又觉得失去这一单有点可惜，百年难遇的买一送一。

吃完咖喱饭，用现金买单，出了馆子，在二楼闲转，这里除了餐馆就是小店铺，还有各种旅游代理，澳门赌场押注的手表首饰等物取件处，兼具地下钱庄的功能。

我转完二楼，沿着荒僻的楼梯走上三楼，三楼店铺稀少了不少，有一些像是用来做仓库的，都关着门，上了锁，里面堆满了高高垒起的纸箱，也有一些人在这里包装货物。四楼以上就不是铺面和通道了，转为单元房，每一层都有小旅馆，不止一家，这些旅馆在携程、去哪儿都能订到，价格低廉而且局促至极，是各国背包客的首选。通往旅馆的走廊光线幽暗不堪。这里面混杂的公寓里住着不少偷渡客和难民，有一些在楼里已经住了很多年了，他们以大厦为孤岛，视隔绝为故里，在这楼里倒也过起了日子，有些两口子还能新添人口，婴儿在小单间里哇哇啼哭。

人如果真的像蟋蚁，那他们就会伴随着蟋蚁的生存能力，有一滴水一口食物，一个躺得下一个人的铺位，就能活下去。

我决定去飞鹅山碰碰运气。一方面，像这样的连环凶杀案，将遗骸扔到一个公认的抛尸胜地可能是一个不错的选择，何况是在香港这样逼仄的地方。

另外一方面，这实在是因为案情调查毫无进展，所有的线索都像是走到了一条死胡同，前面是一堵又高又厚的墙。由于家属未曾在警局报案，从未有人去查找过他们的尸体，四年前的尸体，在香港的天然气候下，必然已经成为骨骸，除非他们被放入冷柜。

从小丁太太口中，我知道小丁先生大概一米七二，体重约七十五公斤，不算瘦，他曾经摔在楼梯上，门牙磕掉两颗，后来装了德国进口的烤瓷牙，品质不错，正如定制西服，他的奢侈品都是哥哥带着去采购的，这个牙医也是丁云长常用的，账单他帮着付，这两颗牙足以成为辨认他遗骸的证据。饭后，我又去庙街的公寓，找了一次小丁太太，找她拿了看牙医时候拍的片子，没有拿原件，仅仅拍了张照片。

米娜告诉我，余爱媛约莫一米五九，体重不过四十五公斤，瘦削可怜，她虽然小巧玲珑，身材比例还是不错，手脚细小而修长，作为装饰挂在墙上也不煞风景，这些特征都是有用的。

到野外寻找陈年旧尸，我需要帮手，于是给深圳那位调查所的朋友打电话,让他派过来他曾跟我提过的学会计的实习生,我还在私家侦探的QQ群里找到早先闲聊过几句的香港本地的一个野探,他没有执照不说,在江湖上无名无姓,估计是过去打算做古惑仔混黑道,没人带,只好进了我们这行。

他让我喊他Don,Don看起来窝囊废一个,连我都不如,他正苦于手头没活儿,下个月的生活费都没有着落,招手即来。我让他们次日在马鞍山郊野公园门口跟我碰头,穿好适合户外行走的鞋、衣服,有根手杖就更好了,没有手杖就带把长柄雨伞,我不指望这两个家伙还能带来一只警犬。

对我来说,还需要一瓶取暖用的白酒,揣在怀中。

他们一人带来了一把长柄雨伞,分别穿着夹克和羽绒服,牛仔裤与运动鞋,五色斑驳,站在我跟前。

"老师,叫我小高好了。"他笑着说。

"小高?不高啊。"

"老师,我想问一下,我们这个实习将来有没有实习证明?"

"什么?"

"实习证明,就是那种……"他形容不清楚,只能在空中用手比划了一张A4纸大小的框框。

"哦,明白了,可以。"

"上面会盖公章吗?不好意思啊,学校要求的。"

"有!"我不耐烦地低吼了一声。

我拿着丁先生送到北京给我的照片,分别复印了一份给他们,他们拿在手里,愣愣地看了一会儿,各自吸了一口冷气。

"这是两年前的照片,我们的寻找目标不是这样的。"

"你付多少钱,找几天?"Don问。

"今天开始找,先找三天,一天五百块港币,外加一百块伙食补贴，怎么样？"

"我跟他可不能是一个行情，我有五年的从业经验。"野探继续发难。

"你说几年就几年，那你六百他四百，我的预算总的就这么多，伙食补贴一样。"

深圳来的小高每天晚上还要赶回深圳去过夜，所以，我规定每天的搜索工作，到天擦黑后结束，大概是六点半，早上九点开始，中午就在山里自行找地方吃东西休息，最好带上面包和水。

"要是工伤呢？比如摔下悬崖或被毒蛇猛兽咬伤。"野探真不是个省油的灯。

"工伤？难道我们还要签个合同？我看免了吧，你没执照，合同上一定要有执照号。"

即便我是信口开河，他听到这话也就闭嘴了，只顾咔呲咔呲地嚼口香糖。

当然了，我也没有执照。

我们分头的时候，约定有了线索给其他两人打电话，山里信号不好，就等到六点半回到公园门口来汇报，但是要确定下地理坐标，深圳来的小伙提议，可以一人到附近垃圾站要个大号垃圾袋，直接把尸骸往回背，但那情景，想想都可怖，那两个人又不是圆咕隆咚的轮胎。

"我看行，但是别忘了拍照，在那个地点做个标记，在手机地图上定位更好。"我叮嘱他们。

我们跟真的会找到什么似的认真地演戏。

我们兵分三路，开始漫无边际地查找，我脚力算是不错，但怀中的酒让我分神，飞鹅山基本上只有一条行车道，但我们在行车道上最多只能找到一些被压扁的蚂蚁和昆虫，那些无端死去的昆虫，羽翼在树木的枝头颤抖。

必须到崖壁上和山沟里去找。我从一条小道走下去，从旺角户外店买来的手杖这时候派上了用场，可以用来探测脚下的石头松动的程度。必须到荒无人迹的那些角落去，越往那些地方走，我的心情变得越复杂难言，冬季的太阳热量变低，像是在一杯浑浊的水中泡了很久的一颗汤圆，边沿泡化了，中间烂糊糊的。

我也不是第一次参与这种搜寻尸骸的事，不知道为什么，一旦外出找尸体，天气立马变得阴沉沉的，少有艳阳高照，也少有刮风下雨，天空跟个屡赌屡输的老赌徒一样，阴沉着脸，法令纹重得可以夹死蚊子。

有几次我钻到密密的林子里去，里面藏着更多见不得人的东西：一些瘾君子留下的针管，偷情的人用过的安全套，甚至有一件破破烂烂的套头衫挂在树干上，保持着主人伸懒腰的姿态，我拿手杖拨弄了一下那件衣服，里面飞出一群蚊子。

我从密林中钻出来，嘴巴里有一股浓重的苦味，我怀疑张开嘴就会有五十年前的空气，从腹腔内跑出来，这可不是我故意夸大其词，在这样的纬度，这样的气候环境里，空气是可能被瞬间密封在丛林当中的。

我们这么大张旗鼓地忙活了三天，当然了，一无所获。我经常会做一些无用功来消磨时间，找点儿事做，这样可以写在给雇主的报告里，显得工作量满满，成本不菲。

当然了，飞鹅山也许真的是抛尸圣地，它具备了一个优秀的抛尸场所需要的一切条件。

第十九章

我们仨像三条野狗一样在飞鹅山上蹿来蹿去,这与其说是一种迟到的搜寻,不如说是我在百无聊赖当中组织的小规模群众户外体育运动。

在手机信号略好的某个时间点,司机打来的一个电话惊醒了我,他已经比之前约定的时间晚了两天,在那个信号时好时坏的电话里,他再度追问我整个事情有没有进展,我反过来问他,老板打算什么时候见我,他说:"明天下午我来接你,弥敦道上的出口。"

"明天不行,明天我得好好睡个懒觉,我不想出门。"

"那后天吧,后天下午三点半。"

远在北京西直门索家坟的老K一直没有闲着,他似乎是这个世上唯一一个干实活儿的宅男。

他恢复了给家属们发E-mail的邮箱的一些数据,别的没有,只有一封信,是发给一家海外易贝商家的,一个美国人,代购限量新款耐克鞋,对方也回复了,要他给个发货地址,他回复说,发站内私信给商家。

如此而已,当然了,这个商家是存在的,老K和他联系上了,问他某年某月某日有个香港买家,买了一双什么样的鞋,他的寄送地址是什么?对方当然没有给他,但是承认确实在那个时间，有个香港客人来买了一双鞋，这也难不倒老K，他黑进了商家的后台，看了他的站内私信。

"狗日的，"老K一边嚼着新卤的牛肉，他最近似乎对于卤牛肉的热情超过了网购，一边骂骂咧咧，"这个地址估计不是他自己的，哪个职业杀手会留下自己的真实地址呢？"

"但不管多么职业的杀手都免不了买限量版球鞋。"

"我把地址给你，你上门去看看，我看你在那个什么山上啥也没找到吧？"

"找到了一条死狗。"

"死狗？"

"对，就在路边，大摇大摆地躺在那里，黑的。"

"黑狗不吉利，黑猫还好点儿，不过也不太吉利，反正你就是个倒霉蛋，一个死变态，碰到你就是一个死字，就算是一只白龙马遇到你都上不了西天，都得挂。"

"也不见得，你他妈不是活得好好的吗？"

说毕，我挂掉了电话，老K跟我太熟了，他怎么评论我都不足为奇。

从飞鹅山回来后，我累成了一坨死面。我恶狠狠地睡到下午四点，然后喝了醒来后手边能摸到的第一瓶啤酒，在啤酒里面勾兑了一杯威士忌，两个都是黄澄澄的，用来催醒，正合适。醒来后，我又跷着脚，迷瞪了一会儿，这样就五点多了，起床后，出门去找那双耐克限量款球鞋的收货地点，看位置，走路就可以了。

那是个酒店前台，酒店就在尖沙咀金马伦道，叫作金马酒店，一个很小的旅馆，对面就是十八狗仔粉店，前台小到不能再小，玻璃窗上贴满了各种告示，坐在前台的那个女孩像是父母在她幼年就离婚了，带着一副闷闷不乐的神情。

我敲了敲玻璃窗，笃笃，笃笃，啄木鸟一样。

她把窗打开了，只开了三分之一，刚够说话。

"请问，贵店帮客人收快递吗？"

"住店的可以，其他的就不可以。"她头也没抬。

"我有一双网上买的鞋，能不能寄到这里？"

"住店的可以，其他的就不可以。"她又重复了一遍。

"我两年前住过店的，住了很长时间。"我信口胡诌。

她看了我一眼，说："我才来这里工作一年不到，嗯，九个多月。"

"你之前，谁在这个岗位上？"

"另外一个人，一个老太太，中风了，哦，死了，上个礼拜死了。"

老K说得没错，我所到之处都是噩耗，都是死讯。

我离开了十五分钟之后，又回来了，给她带了一份双皮奶外加姜撞奶，还有一只菠萝包，以及一只叉烧包。我要拿走热热的菠萝包的时候，店主人喊住我，帮我把菠萝包用餐刀切开，往里面塞了一块足足五毫米厚的四方牛油。

回到金马酒店，我又敲敲玻璃窗，她再度打开了三分之一大的玻璃窗，我把这四样东西递了进去，放在她跟前的桌上。

"你挑你喜欢吃的，剩下的归我。"

她犹豫了一下，拿走了菠萝包和姜撞奶，所有的女人首选都是菠萝包和姜撞奶，可能是因为她们的牙比较软吧，这是我屡试不爽的事。我们隔着玻璃窗各吃各的，我发现她虽然颧骨很高，牙床凸起，但是眼睛还是有几分动人的，眼皮很薄，看人的时候，像一只惊恐而又呆萌的小动物。

我只想打开她的电脑，查看两年前那个在这里入住且收了一双鞋的家伙到底是谁，这个旅馆入住率并不高，我发现大部分钥匙都还挂在墙上的黄铜钉子上，一整排都在，除了黄铜钉子，钥匙都还闪着光，那是无人问津的缘故。

"生意这么冷淡，为什么要开这么个酒店？"我咬了一口叉烧包，问她。

"老板要开，不开的话，他觉得也没什么别的可做的。"

"这就怪了，这么个寸土寸金的地方，做什么都比开酒店强，你们有多少个房间？"

"二十四间，怎么了？"

"不瞒你说，我是个专门给酒店业出谋划策的人，我给酒店业做企业顾问。"

"还有这种行当？"

我给她讲述了我如何成功地救活了数家濒临倒闭的酒店的故事，她居然睁大眼睛，信了，她的颧骨在我绘声绘色的讲述过程中，时而高耸入云时而凹陷到地下。我当然知道怎么救活一个酒店，我读的那些书、认识的那些乱七八糟的人，并非一无是处。

过了半个小时，我们就成了朋友，她邀请我坐到柜台后面，开始我还有些不好意思，想了想，还是坐了进去，她给我倒了一杯茶喝，盛情难却，我喝了起来，是铁观音，她老家是福建的，确切地说，父亲是福建的。我听毕"哦"了一声。

我不指望一下子能够搞定这个女人，她看起来又倔强又死板。

我走出那条长长的巷道，司机的车就停在路边。

想要忽略一辆那么明显的车也是做不到的，它过时的天鹅绒窗帘实在引人注目，我打开后车门，坐了进去。

"不是说明大下午三点吗？"

"我进城办点事,正好路过这里,就看到你走出来。"
"再巧也没有了。"我说。

第二十章

我一个人坐在沙发上，客厅内温度与湿度非常合宜。

猪脚老板出现的时候，我明显地感受到他的焦虑，虽然他表面上依然不动声色，但他先前的冷静像一只瓢虫，被风吹在了地上。

"怎么样？"他还没坐定，便问我。

"我是来退钱的，干不了。"

"退钱？"

"受不了这样催债似的，还派手下跟踪我，我最不喜欢被人跟踪了。"

"钱呢？"

"在兜里。"

"拿出来。"

我果真拿出来了，钱放在旅馆里也确实不安全。

"过来。"他扭头向坐在不远处一只高靠背椅上的司机说，后者正冷眼看着我们。

"去保险柜拿钱，给以先生加一倍的定金。"

"什么意思？"我问。

"定金加一倍，尾款也加一倍，付款的时间点一样，一分钱都不会少的。"

"要是我还不想干呢？太难查了。"

"在现在这个基础上再翻倍，现在这个基础是指已经翻过倍的，怎么样，比你另外那个半死不活的雇主给得多吧？"

"可以，就这样，去拿钱吧，顺带把那瓶最好的爱尔兰威士忌，叫什么？拿过来。"我说。

他扭头吩咐司机。

司机走了。偌大的客厅，三个人在时都显得空荡荡的，何况现在是两个人。这回，司机去了很久，我怀疑他找不到那瓶酒，我对于那瓶酒的惦记，甚于现金。

但是钱没放到桌子上之前，我什么要紧话都不会说的，现在我正卡在辞职和再度上岗的尴尬的间隙。

此时此刻，不需要酒，也不需要钱，只有一个脸上的平坦之处可以赛马，而窄小的地方可以夹死一头鹿的阔佬。

"以先生家里多少兄弟姐妹？"

"兄弟姐妹不多，一个哥哥，一个妹妹。"

"哥哥大你多少？"

"三岁。"

"妹妹呢？小你两岁？"

"是的。你怎么知道的？"

"日本我很熟。"他说，这个话题就像完全是随意提起的。

"我的家人并不在日本。"

"真的吗？"正在卷烟的他，抬头看了我一眼。

女儿以柿子已经十二岁，她的生日过了，我竟忘了给她打个电话。她最喜欢的小黄鸭可能已经束之高阁了，那只她幼年泡澡时总是放在热水中，跟它说话的小伙伴。

以柿子的眼睛随我，细长的，皮肤却像她妈妈，呈小麦色，像在太阳下晒了太久的玉米棒子。然而她肤质细腻,这是比我们俩都强的地方,细腻到我都舍不得摸一下。以柿子现在已经不叫以柿子了,改名高藤柿子,高藤是她继父的姓,听起来就像个窝囊废,实际上也是个窝囊废。

"我也是无意中听朋友提起你的一些情况,江湖很小,圈子很小,北京恰好有朋友认识你,可能找你办过案子吧。"他几乎是带着歉意在解释了,与此同时,司机带着一个更厚的信封,还有一瓶看起来就很昂贵的酒回来了。

"哦,这是一九三九年的格兰菲迪,熟成耗费了六十四年,放在仓库的第八百四十三号橡木桶熟成的。守仓员有十位,都是相当优秀的,全世界仅有六十一瓶,你看,这酒的颜色多漂亮,多干净,跟宝石一样。"

他停顿了一下,似乎在等我问多少钱,我没问。

"一个好朋友送的,现在买都买不到了。不是钱的问题,是我觉得以先生你这个人很有意思,我想跟你交个朋友。"

"别浪费了,钱我收下了,另外开瓶普通货色的吧,我配不上这瓶酒。"

"别客气,刚才我说最贵的,夸张了,酒窖里有的是好酒,你一辈子都喝不完的。"

"真有钱,现在外贸生意这么好做吗?"

"不好做,但我们还没饿死,早年积攒了一些家底,不多,刚刚够吃够喝。"

"能不能让他回避一下。"我用下巴指了指司机,猪脚老板看了他一眼。很快他走了,关上了客厅门,或许是上楼去了。

"有几个问题我得直接问你。"我对他说。

"你知道跟你的太太一起被杀害的小丁先生,是一大笔遗产的继承人吗？"

"听说了，香港这么小。"

"你跟这笔遗产有什么瓜葛没有？"

"瓜葛？你把我想复杂了，虽然我看起来很复杂，住在这么一个蹊跷的地方。"

"好，我拿了你的钱，当然要相信你。"

"你查到什么没有？"

"几乎没有，实话实说。"

"那你今天来干吗？"

"打算来还钱的，交不了差事。可是你硬是又给了翻了倍的钱，让我不免觉得奇怪，你又不爱这个女人，她肚子里的孩子还是个子虚乌有的存在，为什么要费这么大的精力去调查她的死因？"

"本来可以不查的，可是自从她的视频出现之后呢，这件事总是在我脑海中出现，我过去无论遇到多大的事情，从来不会失眠，医生说以我的心理素质参加中情局做个间谍或者特工，没有问题的，但是这个视频对我刺激很大，可以说，太大了。"

"还是怜悯她？"

"怜悯构不成理由吗？"

"怜悯足够了，我拿了你的钱，当然相信你说的每一句话。"

"实不相瞒，我怀疑她的死没有那么简单。"

"你心里有什么怀疑的对象吗？"

"如果我说有，那肯定是先假设了一个什么人，然后越想越觉得是那个人，这等于是我自己发癔症猜测出来的。"

"闲聊嘛，我又没有录音，我又不是检察院的。你可以把你猜测的人先告诉我，是个什么样的人，你为什么怀疑与他有瓜葛？"

我把手机拿出来，放在桌子上，当着他的面关机。将后裤兜内的两把房间钥匙和一点现金，一并拿了出来。

"相信我，没有任何录音设备。"

"你不知道，从你上车到现在，在这个房子，所有电子设备的信号都是被屏蔽的吗？"他还是用那种似笑非笑的表情看着我。

我开始想象老K因为搜寻不到我的手机信号打开一只猫罐头，对着小K哇哇大叫的样子，心里还有点幸灾乐祸。

"你上一次好像告诉我，你从未离开过香港？"

"基本上吧，年轻的时候比较喜欢出门，年纪越大越恋家。"

"干我们这行的，不会信任何这种话的。"

"为什么？"

"一切都可以量化为物理证据，或者化学证据，你说你没有离开过香港，那么我们从你的头发和指甲当中就可以分析出来，如果多年从未离开过香港，你的头发和指甲的稳定同位素就应该是非常香港的，数值保持在一种跟香港一致的状态。"我说。

"居然有点明白你的意思了。"

"如果你这两样东西的稳定同位素突然发生很大的变化，我们就有理由相信，你离开过香港并且在其他地方生活了很长的时间，因为到了那里，你吃的东西，喝的水都不一样了，这些数据都会留在你的头发和指甲里面。所以，撒谎没有任何意义。"

"不要用这种审讯的口气跟我说话，好吗？再怎么说，我也是出钱找你办事的人。"

"我在想，你到底做了什么，需要这么谨小慎微。"

"展开你的想象力。"他说，把烟蒂放在跟前的烟灰缸内，我盯着烟蒂的末梢看，发现他涂了很淡的、粉红的唇膏。

随即我开始拆那瓶酒，无论多么贵重的东西，拆封之后除了干掉它别无选择。我看着酒杯内那深核桃色的液体，毫不犹豫地举杯喝了一口。接近一百年前的液体从我的舌面上，慢慢渗透到食道内，一股奇妙的、透彻的、无与伦比的酒香弥漫在口腔内。我没说话，他也没说话，我们一人含了一小口酒，各自发呆，直到我又喝了一小口。

这种东西，不是我这种人该喝的。

他按了椅子下一个什么地方的开关，而后客厅里响起了音乐声，拉赫玛尼诺夫的第三钢琴协奏曲，他的曲风太明显。

"阿格里奇？①"我问他。

"耳力不错。"

"前妻的爱好，跟着沾染了一点。她既喜欢拉赫玛尼诺夫，也喜欢阿格里奇。"

"女人嘛。"

"你也喜欢。"

"我喜欢很正常，有一点人生经历的人都会喜欢，都能听进去。"

我们一边如此这般闲扯，一边看着外边的风景。渐渐逼近的黄昏，海面上出现了上次那种雾气，雾气是从无名的地方升腾起来的。

我不是那种喜欢大玻璃窗的人，总觉得会凭空跌落，我喜欢有一点幽闭的小窗户，最好是带防盗网、铁丝网的，密密匝匝地封上。

但是因为酒不错，话题轻松，今天我格外能坐得住。

---

①阿格里奇：阿根廷著名的女钢琴演奏家。

"我去找了她的尸体,到飞鹅山。"我说。

"谁?"

"你太太,哦,你过去的太太,不过你们没有离婚,她依然是你的太太。"

"怎么样?飞鹅山风景好吗?"

"风景还可以,就是瞎找了一通,啥也没找到。"

"那你为什么要去?"

"增加工作量,让你们俩觉得我整天忙忙碌碌的,回头报告里看起来比较有内容。"

"跟我不必这样,我就喜欢你这种人,我觉得你很有意思,这就足够了,钱不是问题。"

"看来我以后要来香港发展了,有钱人这么多,钱这么好挣。"

他似笑非笑地看着我,看得我有点发毛。

"考虑弄个永居咯。"他说。

"可以考虑。"我看了一眼信封,以及信封里放着的,实实在在的,我的未来。

第二十一章

从那天起,我只要酒醉的情况不严重,在稍微清醒的状态之下,就会去金马酒店找那个女人聊天,不知道为什么,我还挺喜欢跟她见面的,带上菠萝包和姜撞奶,有时候是一只起司蛋糕,外加一杯咖啡,她不要咖啡加奶加糖,就是普普通通的美式。

不久之后,我就带她去了丁先生在重庆大厦的房间。

她当然知道我要带她去干什么。

我从抽屉里找到了一根红绸带,很长的红绸带,试着将她和床柱子建立一种关系,她居然毫不费力地接受了。这套房子里有一套特别好的音响设备,隐藏在墙内,我居然找到开关了,是另外一只遥控器,遥控器内的电池还有电,汹涌的歌剧从音箱当中传出的时候,她已经成了床柱子的一部分。

"怪不得……"她想说话。

"别出声,"我贴在她耳边小声说,"别说话。"

我捂住她的嘴,她倒也没有更多要说的,只是任由我行事,我也任由她的几根头发落到枕头上、地毯上,当我打开第二个抽屉的时候,更多的不可理喻的工具出现了,有一些我熟悉,有一些我都没见过。

整个晚上我们都待在这个房子里,我带她回来是因为看到她的电脑上,非常明显地,在收藏夹内有一些特殊网页。

这个房间的氛围真是适合做这样的事，我不太愿意清清楚楚地将这个人看清楚，她也不愿意把我看清楚，在暧昧不清的光线之下，这种绝对的陌生感，是正确的。

等我让在她嘴里衔了一颗球，她的口水沿着那颗球缓缓流下，美轮美奂，这个球，这缓缓落下的口水，在她嘴里，有一种迷幻药般的感觉，而且是迷幻药在这样一个房间内盘旋。

我真是一个邪恶之星，引领着邪恶之神，进入我雇主的工作室，使用他的工具，和一个关键证物的持有者，一起飞升。

飞升的过程是痛苦与刺激的交参，但我觉得比平庸无常的生活有意义。掐住她的脖子，寻找她脖子内的气管，缓缓加力，一次比一次更贴近她的极限，她张嘴呼吸，与此同时，脸上的表情越来越享受，在她再也无法承受的瞬间，我附在她耳边问："告诉我，你认不认识一个做皮具的男人？"

"认识……不不，认识。"她近乎无法喘息，我略微松了松手，让她换了一口气。而后进入下一轮施加手压，她很瘦，脖子很细，倒气的过程短促，而后她想要更多，当然了，我也给予了她更多。

"他个子不高，脚有点问题。"我在她的另一只耳朵一侧接着小声说。

"没印象。"她换了一口气，依然迷恋随之而来的快感。

"他在你们酒店寄存了一双球鞋，不是寄存，而是代收，代收快递，美国寄来的。"我抚摸了她的脖子，皮肤上一层细细的汗。那层汗乃是因为快乐和紧张，和随时可能窒息而亡的恐惧带来的。我事先选了 Sleeping At Last 乐队的《奇异恩典》，它的男主唱有一种奇异的嗓音，像是紧紧贴在你鼓膜上震动的亚马孙丛林当中的飞虫。

我喜欢他的声音,能分辨出是个男人,又有一点点雌性,他是一只难辨雄雌的亚马孙丛林中的飞虫,有着鼓胀的薄薄的肚皮,和悬挂于高高林木当中,随时可能被震碎的羽翅。

"球鞋?没……没印象。"

我喜欢这个女孩,我给她起了个外号叫"菠萝包",因为凌辱,她呈现了圣母般的特质,在这些器具与行头的衬托下,她身上出现了奇妙的神性。

我拿出了球鞋的照片给她看,就在我手机上。那双鞋很有特点,荧光绿和很怯的蓝混合,说不清的怪异风格。

"你松松手,我想起来了,"她说,于是我的手劲儿松了一些,她深呼吸了几下,涨红了脸,脖子上青筋起伏。

"我见过有人穿这样一双鞋,是不是皮匠,不知道。"

"什么样的人?"

"一个男孩子,没多大,二十出头吧。"

"最近你见过他吗?"

"见过,他会带女孩子来,隔一段时间就带个不同的女孩子来,他的鞋子很多,花样百出,但是这双,我见过他穿过,这双鞋的颜色实在太显眼,穿在谁身上都显眼。"

得到了我想要的答案,我继续进行接下来的流程,确保她心满意足。

在香港,最好的一点是你可以保持沉默,作为一个港漂,你像一颗微小的尘埃,浮在宇宙的星云之中。

次日,我和小丁先生的朋友——跟他合伙租办公室的左先生见面,他就在办公室等我,下午三点半。通常,我外出见人,只能约到三四点钟,再早,基本上起不来了。

他和左先生合租的办公室在观塘区的九龙湾,是工厂楼改造的办公楼,看起来是个普普通通的楼,但是离地铁九龙湾站并没有多远,走路十分钟就到了。顶层,走廊尽头,那扇门开着,里面充满了理工直男的略带电子元件气味的荷尔蒙气息。

只有左先生一个人,他似乎也是住在这里的那种死宅,床铺就在这个挑高工作室的二层,远远看过去,床铺很窄小,是仅容一人的一米宽的小床,床上用品当然是藏蓝色或者灰黑色的。

左先生有些拘谨,也有些紧张。

"您好,以先生,听您电话里说的大概意思,我明白了,但不知道有什么可以帮到你的。"

"你是小丁先生的好朋友?"

"应该说,是校友,我们都是香港科技大学毕业的。"

"他是一个怎样的人呢?在你的记忆中。"

"一个很好的人,不如这样说吧,一个很特别的人。别人看他可能觉得有点怪怪的,我看起来就还好,可能我也是这样的人。他看到他感兴趣的事情,就会扑上去,不感兴趣的事,在他眼里,跟不存在一样的。"

"不谙世事?与众不同?"

"是的,他沉浸在自己的世界里。"

"那么,据你所知,他的婚姻有问题吗?"

"我们没有聊过这个话题,我们在一起都是聊工作,最多聊聊马。"

"马?"

"哦,赛马。"

"你们都喜欢赛马?"

"我更热衷一些,人总是要有一个什么爱好,他就是陪我聊聊,无人驾驶飞行器就是他的全部,他不需要别的任何东西,如果人可以不吃不喝,对他来说,没问题。"

"可是他有家有口,这意味着家庭责任。"

"在我看来,我们这样的人,压根儿就不应该结婚。"

"看起来他太太对他很好,很理解他。"

"说不清楚,我自己是离了婚的,幸好没小孩,有了小孩再离婚就不是一件简单的事了,何况他的老大还是个孤独症儿童,很麻烦的。"

"明白,男人之间也不喜欢谈什么家庭婚姻孩子的。"

"我们主要就是讨论飞行器,怎么设计、制作、试飞。"他指着满工作室的飞行器样机和模型,那些机器,恕我直言,对一个外行来说,看起来都差不多,但他们极有可能将他们命名为第一代,第二代,第三代……

"你还记得最后一次见到小丁先生是什么时候吗?"

"那是二〇一二年,他要去南美,大概是在哥伦比亚哪个城市举办的飞行器大赛,他自己会提前一年把这些日程清清楚楚安排好。那是,十一月份,没错,十一月初,我之所以记得是十一月初,是因为那天我前妻要过生日,我们去太平山顶吃了一顿烛光晚餐,女人就喜欢这种,没办法啊,我陪她去。下午的时候,我和 Bob,不好意思,就是你说的小丁先生,他的英文名字叫 Bob,在这里碰头了,我们要商量一下哥伦比亚那个比赛的事情。"

"他看起来跟平时有什么不一样吗?说过什么你觉得奇怪的话吗?"

"完全没有,就是很平常的一次出差,你知道他的家境还可以的,他对于出这种远门很习惯了,即便坐得起头等舱,也不会坐的。他也就是跟我说说,他准备了什么资料,要再反复检查看看机器的性能。第二天他就要走了，我差不多到四点来钟，也走了，我走的时候他还没走，还在电脑上打印东西，好像，我记得是这样的。"

"打印什么？"

"还能有什么？资料，都是跟飞行器相关的东西，我们就是玩这个的，玩了很多年了，从大学就开始玩了，玩着玩着，后来可以说已经职业化了。"

"靠这个也可以生活吗？"

"呃，我的家境也还马马虎虎吧，家父从事金融业。"

"好吧。"

"我猜你先前想问我的问题是，Bob当时是不是显得悲观厌世，或者跟我说bye-bye的时候，顺带说点什么意味深长的话，我也都仔细地回忆过了，他的哥哥丁先生也找我了解过，没有任何异常的，跟他每一次出差毫无区别。"

"了解，那你是什么时候知道他失踪的呢？"

"那次旅行，他本来应该过三四天就回香港的，但是没有回来，他出国不喜欢带手机，这也算是他的习惯之一吧，我们也拿他没办法，他只会给你发个E-mail，有时候甚至连E-mail也不发。据丁先生事后说，他去查了，Bob压根儿没登机，没有这个记录，也就是说他消失在去机场的路上了。"

"说不定是在航站楼消失的。你知道当时有多少人知道他要去出差的事吗？"

"他生活圈子太小了，只有我和他太太，不会超过这两个人，他哥哥不一定知道，哦，我几乎敢肯定连他哥哥都不知道，Bob不是那种没事就跟人汇报这汇报那的人。"

"他走的时候，行李是从这里带走的吗？"

"是的，他最常用的，最大号的国际旅行箱，哦，黑色的，我觉得那个箱子他用了很多年了，都快用烂了，他无所谓，不想丢，反正飞机可以托运。"

"旅行箱上的锁你有印象吗？"

"锁？"

"一把看起来有点特别的锁。"

"我知道丁先生收藏锁，我也曾经想去他存放锁的那个小办公室看看，听 Bob 说过很多次，我还有点好奇。"

"那这只旅行箱里装着什么？"

"据我所知，至少有三只飞行器，三只大小差不多，是我们研发的第七代飞行器，哦，只能说是 6.55 代，还没完全迭代。"

我忍不住笑出声来。

"怎么了？以先生。"

我也不知道自己为什么要笑，只好忍住，继续问："在你的印象中，小丁先生，哦，Bob，有没有收集他到处去旅行的各个国家钱币的习惯？"

"钱币？你是说那种古代的金币银币？"

"不不不，没有那么高级，就是普通的各国还在流通的硬币。"

"我懂了，那免不了的，等一下。"

我坐在那里等他起身去找什么，环顾四周，找了一只上面没有放东西的椅子坐下。我留意到，墙上有不少小丁先生一手拿着飞行器，一手拿着奖杯或者奖状的照片，和各国的、不同肤色的老外合影，在那些照片上，无一例外地，他发自内心地咧嘴而笑，像一个得到了至高奖赏的小男孩。

飞行器研发和表演，是他一生的乐趣所在，谁也夺不走，死亡也不能够，我怀疑他临死前，脑海中浮现的是漫天遍野的飞行器，用各自独有的角度、高度，稳稳地飞着。

左先生拿来的东西，和我在余爱媛的房间里见到的一模一样，一只玻璃瓶，里面放满了各国硬币。不是古代的文物，而是正在流通中的硬币。玻璃瓶是同款，大小都一样，它们就像两只由一个工厂、一个批次生产出来的玻璃瓶一般。

当然了，这都是我幻想出来的，总觉得这些瓶子有不同寻常的故事。见过大世面，去过很多地方，像是可以随手塞到行李箱里的一个物件。

"就这个？"

"是，这个他一直放在这里，他的东西，我都没动，都放得好好的。总觉得人还会回来，其实 Bob 真是一个很好很好的人，特别单纯，什么都不计较。"他说着说着，眼中泛起了泪光。

我一辈子见过那么多刑事被害人家属，最受不了的是见到母亲失去女儿或儿子，她们在一夜之间，干枯憔悴，心碎得像某种藤蔓植物，缠满了她们的身体，她们的身体失去了活力，也失去了希望。

而这种朋友特有的悲伤，也让人感动。

"其他的东西，我方便看看吗？"

"当然，在里面那个房间，一个柜子里，我都整理好了。"

他带我去那个房间，理工男的世界，自有他们自己喜欢的秩序感，他们给所有的储物柜、储物箱、文件柜，还有密密麻麻的电子元件，都分门别类，用不同的颜色标注，在上面贴了小标签。

他打开紧里边的柜子，小丁先生的遗物同样分门别类，整齐地放在里边，这些东西上都没有多少灰尘，他的好搭档还会记得擦拭掉上面的灰尘。

但也无非笔记本，一些书。书不算少，大多是英文类的科技书，一些英文杂志，理工科的，跟飞行有关的，跟电子产品和芯片有关的，按照年份装订成册，按照年份的顺序好好地摆放在那里。

"杂志都是提前预订的，他出事后，又来了一整年，我帮他都装订好了，本来以为他就是任性离家出走，可能家庭生活真的不适合他，他就跑去什么深山老林里，像个道士一样归隐了，我还替他编了很多故事。看来是没有，是真出事了，回不来了。"

"是的。"我认真地看了那些物件，还有底下的被褥和一些换洗的衣物，他的衣物，在家的那部分已经被小丁太太送出去，捐给慈善机构了，现在看来，款式都是尽量简朴，颜色也不显眼。看得出，这些衣服叠得还算整齐，也许是小丁太太的手笔，他拿到工作室之后，就没动过。这样原封不动的遗物，比他放在家里的要完整，也是了解和猜测他是个什么样的人的一个机会。

我对小丁的了解，在日复一日的复盘之后，越来越切近，对余爱媛也是如此。关于是谁对他们下的这样的毒手，我也有了一些轮廓，皮匠罪责难逃，他是对这样两个活生生的人——即便生活残缺、不完美——进行切割的怪物。每个人在世上都不是独立的存在，都有家人、朋友，都有他们的至亲至爱。

"我可不可以把这罐硬币拿走？"

左先生犹豫了一下，说："那你给我留个收条好不好？Bob的东西，他太太也来拿过一些走，当时我也是一件件登记在案的，还留了照片，看，这就是那本登记的文件夹，以后万一有需要，我知道什么东西在谁手里。"

"他的身份证件，比如护照呢？"

"我一无所知,应该在他随身带的行李里吧,他出差的时候,习惯脖子上挂一个护照夹,就是最常见的那种皮质护照夹,你懂的吧?他做人很有自己的条理的,几点吃饭,几点睡觉,每一天都是一样的,去哪里买什么东西也都是一样的,他真的可以把一间茶餐厅吃二十年三十年,而且每次坐固定的位置,固定点那两三种食物,Bob 很有意思的,我怀疑他其实是轻度的孤独症。"

"明白了。"

我请他给我一个封口袋,我把这罐硬币放在封口袋里面,又封好,他从我手里接过这只袋子,将里边的空气排出来,再递回给我,是个认认真真、诚挚待人的大男孩。

朋友也是当事人的一面镜子,我可以猜测到小丁先生如果在,可能即便不是那么礼貌周到,也会是一个讨人喜欢的人,至少,我已经慢慢地对他产生了感情。

离开那个工作室的时候,不知道哪里来的灵感,我问了一句:"你家里兄弟两个?"

"对啊,我是老大。"

"像。"

"你是怎么猜出来的?真是很厉害。"

他陪我下楼,我们就他的弟弟聊了好一会儿,末了,在路边他向我致谢,又问我:"真不知道你怎么会猜到我有兄弟,其实我父母离异多年,我弟弟跟父亲走了,不过我们感情还可以,过年都会在一起吃饭,平时没事两家人也会聚一聚的。"

"说不清,直觉?"

"这个直觉,佩服。"

十二月的香港,街边没有雾气,但我猜测,此刻的海上已经有了。我在渐渐浓郁起来的暮色当中,钻进了地铁,并在地铁里的便利店买了两瓶朗姆酒,将它们插在在后裤兜里。每个夜晚都一样的漫长,都需要打发,何以解忧呢?唯有酒精。这就像是一句宿命之中的歌词,地铁里人潮汹涌,但不知道他们是从城里来,还是回到城里去。也许是双向的,谁知道呢。

感谢左先生,让我拥有了一只可以跟余爱媛卧室那只罐子合体的装满硬币的玻璃罐子。

第二十二章

两个凶杀视频的被害人家属陆续回复了E-mail，我在地铁站内的时候，接到了老K的电话，他告诉了我这个消息。

老K喜欢管案子叫"橡木"，他认为每个"橡木"都有自己的命，但你如果什么都不做，任何"橡木"都不会推进的，如果你潦潦草草，"橡木"推进的过程就不会像个艺术品，老K是黑客界的艺术家，他当然是很讲究的。

一位是遇害的大学教授的妻子，另一位是遇害女孩的老爸，他们都同意跟我见面，但需要我和他们打电话约时间地点，老K把他们的手机号都发给我。

我不想疲于奔命，当晚我更不想打电话，虽然黑哥们儿发短信告诉我说：丁先生的病情很不稳定，又去ICU报到了，搞不好要上人工肺。他说他是听说的，偷偷来告诉我的，言下之意是案子该抓点紧了。我回复他说："无论如何我都会抓到那个该死的狗东西的，也许不是抓到，而是直接弄死他。"

黑哥们儿回了一句："哈哈，祝你六六大顺。"

我懒得再理他，有这个闲工夫，我还不如看着地铁外飞驰而过的那些东西，一些趴在窗户上张望的看不见的人，那些被压榨、被迷惑、被模式化的人们，那些每天忙忙碌碌但并不知道到底在忙些什么的人们。

那些甚至没有时间停下来想一想这种忙碌到底有何意义的人们。

我满脑子都是后裤兜里放着的这两瓶朗姆酒，我像思念一个只做过一次爱的、久违的女人一样思念着它们，每一次不经意间伸手触摸它们一下，都让我颤抖，很想就在地铁里拿出来喝一口，没有人会阻止在地铁车厢内喝酒吧？

哪国没有醉汉，哪里不是善饮者的故乡？

于是我走到车厢一侧，人不是那么多的地方，拿出一瓶酒，拧开瓶盖，毫不犹豫地喝了一大口，然后把那口酒含在嘴里，一点点、一点点地往下咽，朗姆酒有一种温和而又野性的气息，让我浑身上下的毛孔都舒展开来，朗姆酒是《朗姆酒日记》的酒，也是古巴人的酒，她是由甘蔗酿造而成的，像一位妙曼的古巴女郎一样，赤脚走在路上，最早古巴的土著用甘蔗汁做了一种烈性饮料，后来才有人说这是朗姆酒。我喝得最多的是"混血姑娘"，当然我喝的时候，多半也不管她是不是混血姑娘。

如此，从九龙湾乘观塘线，往黄埔站方向，先到旺角站，要在这里换乘荃湾线下行，中环方向，就可以到达尖沙咀站。我一边喝一边脑子里杂念纷飞，不知不觉坐过了站，于是在中环出了地铁口，从地底下钻出来，我的顾忌突然少了，开始手持酒瓶，大口大口地喝酒，一边顺着人流，慢慢地走向兰桂坊。

兰桂坊相当于北京的三里屯，给外地来的傻乎乎的人喝酒用的，我也是外地人，当我走进第一个酒吧的时候，将手中空空的酒瓶子放在入口处，径直坐在吧台上，拿出几张百元大钞，交给服务生："给我来几杯你们这儿度数最高的酒。"

服务生是个留着小胡子的瘦削的老外，他很有礼貌地倒酒去了。然后我看到边上有个女人，穿着露出深重的乳沟的紧身上衣，下面是一条喇叭裤，脚踩高跟鞋，腰部肉团团的，我开始喝这个酒吧度数最高的酒之初，还没有留意到她，等我开始喝这个酒吧度数最高的第二杯酒的时候，她开始引起了我的注意，当我开始喝这个酒吧度数最高的第三杯酒的时候，她已经坐在我的腿上了，我们你一口我一口地喝了起来，第四杯，她喝了一大口，喂给我一多半。

我的醉意越来越深，她本来并不轻的体重，在我身上显得忽轻忽重，一起一落，到了一个奇怪的时间点，似乎是我从厕所里出来，连裆部都没拉上，她已经拉着我的手往外走了，走到了一条路边，那里停了一排出租车，我们上了车，她先进去的，我一头倒在她肩上，然后是胸部，然后滑到了她的两腿之间，她让我脸紧紧贴在她的腹部，那柔软得像母亲一样的松软的土地。

我已经二十四小时没有吃过什么东西，但是甘蔗烧酒呢？另外一瓶朗姆酒呢？

"菠萝包"在弥敦道入口处等着，她手里拿着手机，我的手机没开机，也许是没电了，也许是丢了，我不清楚。

"我不知道去哪儿找你合适，只听过你住在这里，只好来这里等你，我给你手机留了很多条短信，说我就在门口左边的第一个货币兑换窗口边上等你。"

"怎么了？"

"叶嘉豪跟我定好时间了。"

"时间？什么时间？"我还晕头转向，踩在脚下的像是泥炭沼泽，随时都可能把我吞噬。

"你不会连我是谁都认不出来了吧？"她看着我，两排门牙微露。

"我认得你。"我突然靠近她，在她耳边吹了一小口气，于是她笑了。接下来，我们一起穿过北京道，向右拐进入窄小的乐道，这里两侧都是小商铺，路过许留山、达隆药房和春记文具有限公司，还是左手边，有我去过很多次的潮发粥面茶餐厅。我们一起吃了我的早饭，她的午饭，她没有追问我从哪里来，我也没有主动告诉她，在任何一个城市超过一个月，都免不了和这样那样的女人产生这样那样的纠葛，开始几年，我还乐此不疲，后来也渐渐厌弃了。她要了一份鸡蛋三明治，外加一杯咖啡，后来又要了一杯一样的咖啡，她的模样像是一夜，甚至好几夜没睡，眼睛浮肿。

乐道再往前走一点点，就是海防道，那是一个丁字路口，简而言之，从这里可以一直走到海边。在这条路上走的，多是拖家带口的游客，有的还拖着行李箱，未及找到个落脚的地方，先到海边吹风，看来来往往的鸟，低低地压着海面。我不习惯身边走着一个还不算太熟悉的女人，不免走快了几步，她跟了上来。她像一张被读过的、憔悴至极的旧报纸，我不知道把她放在哪里好，又自责这样对她太残忍。

是啊，只需要拉起她的手，告诉她我爱她，无时无刻不在想她。即便是这些言不由衷的话，眼下对我来说都很难。我们一起坐在海边一座公寓楼的台阶上，我先坐下，她想了想，坐在我张开的两腿之间，就那么靠着我。

我下意识地揉搓着她的耳垂，我们一起静静地看着午后的海平面，冬天的海面乏善可陈。她突然伸手，勾住我的脖子，要和我接吻，我也只好亲了亲她，这个吻一点都不绵长、深入，她显然不太满意，于是，把舌头伸进我嘴里，轻轻地搅动。

"他说的什么时候？"我终于得便问，也被凉风吹醒了大半。

"谁？"

"叶什么，我想不起来名字了。"

"叶嘉豪，明天，明天晚上入住。"

"那我过去，找他聊聊。"

"这样合适吗？"

"有什么不合适的，你不用管。"

"我今天休息。"她说，一只手放在一个不适合在大白天放的，我身上的某个地方，她甚至将五个手指头都伸了进去。

我们站了起来，近乎默契地走回了重庆大厦，一起上了A3的电梯，不约而同地，两人的手指一起放在了第十五层的按钮上。午后，不出意外的话，我想躺平了，在香港这个浮岛之上，在一个女人的怀抱里。

另外一个女人的气味还留在我身上，她那浓郁的香水像是意大利产的高级货，我得先去洗一洗。

第二十三章

整个晚上，我都和"菠萝包"在一起消磨，我们差不多就没下过床，晚饭是喊的外卖，她到电梯口去接的，我毫无胃口，只要求让外卖小哥顺带帮我带一扎啤酒，大扎的，相当于代买，到付。她付了钱，我给了她一沓钱，自己都没看清楚。

丁先生的房间，弥漫着发酸的葡萄酒的气味，还有旧的纺织品，不知道从哪里散发出来的。我懒得起身去找，"菠萝包"是个贪得无厌的情人，她一而再再而三地向我索取。

我给她放了英国一位叫作 Isaac Gracie 的歌手的歌，又为她点了一支烟，男女欢爱的达成，无非是把一支烟放到一个女人的嘴里。而性的压抑，会让一个人立刻换成变态杀人狂阴郁的脸。

我醒来的时候，"菠萝包"已经上班去了，我又睡了几次回笼觉，躺在床上，给另外两位被害人家属打了电话。跟他们约见面的时间地点，教授的夫人并没有拒绝，但是她要求在她方便去的地方，我也同意了，她说之后会把时间地点发到我的手机上。女孩儿的父亲正在一个会议上，掐断了我的电话，过了好一会儿打过来，让我明天午饭时间，到他公司一楼的咖啡厅坐一坐，他在电话里的声音非常平静，像是还没从工作中抽离出来。

在此之前，老 K 已经告诉了我，他上次压根儿就没能跟踪到我到海边悬崖的行踪，因此那变成了一次行踪不明的外出，看来对方的技术水准,连老K都无计可施。我也只能联系司机,让他给我回个电话,他可没那么好说话,发过去的短信不知道几时才能回复,所以我悠闲地走到了洗漱室。

我站在那里冲了个热水澡,热气腾腾,灯管散发出诡异的、被水蒸气笼罩的光,这个楼里住满了穷人,背井离乡的,不知道何去何从的,即便心碎也无从缝合,还在继续谋求一口饭吃的,匍匐在地上的,形形色色的穷人们。我却在A3-1503室,洗着热气腾腾的热水澡。而后,乘电梯下行,看见一个印度老太太,戴着眼镜,眼镜将她的眼睛放大了数倍,她就用那张皱巴巴的脸,以及放大了数倍的眼睛,笑着看我,无比天真,我也冲着她笑了笑,她保持着那天真的笑容一直到电梯抵达一楼。一群伊朗人冲进了电梯,我扶了老太太一下,以免她被冲垮,她扭头又跟我笑,像一个童话里步态蹒跚的善良婆婆一样,走进店铺区,伸手在怀里掏着什么。

当然了,等我打算买瓶啤酒开开胃的时候,发现裤兜里的钱一分不剩了,电梯里那几个人,绝非无意地那么使劲冲进来,也许那位一脸天真表情的老太太是用来分散我注意力的法宝。

我回到房间,房间里一片寂静,除了咖喱味也没什么不好的。我从桌上的信封里又抽出来一叠钱,再度放到同一侧的后裤兜里,这次我小心多了,拍了拍屁股,然后回到刚才的小卖铺去,老板问我吃了没有,他似乎已经认得我了。

由于喜欢坐着地铁瞎转,从旺角到油麻地到佐敦到尖沙咀,这四五站地铁所到之处,也就是所谓油尖旺地区,变成了我最熟悉的区域,在我接到鸭寮街的米高的请客吃饭电话之前,我还不知道转到哪里去才好,本来想去渡船角转一转,问他乐不乐意去,他居然说好,还说那是他长大的地方,原来是一片海,故而原先的名字叫作"渡船角",后来改建成文八楼,看起来就跟细细的田字格一般,是鱼龙混杂之地。

米高有那种让人放松,一见如故的天赋,我们再一见面就聊得很好,两人都喜欢吃烧烤,在文八楼一带找了一家大胃烧,我们选择大胃烧,而非重庆烧,就是觉得"大胃"这两个字,实在适合两个大老爷们在一起吃。

"你到底是来香港做什么的呢,方便透露一下吗?"等烧烤上来的时候,他问我。

"查案子。"我直接说,丁先生又没有跟我签什么保密协议,也许是他疏忽了。

"哦,你是内地的警察啊?"米高瞪大眼睛。

"内地也有普通人,不一定只有公检法。"

"哦哦,私家侦探?我还以为这种行业在内地是违法的呢。"

"我们不叫这四个字,这四个字最好提都不要提,叫作背景调查,或者资料收集员。"

烤虾先来了,烤虾看起来很大只,让我想起了从小吃到大的蓬莱的虾。我们一人一串,吃将起来,我等着他说他要说的话。但是烤茄子、烤鸡翅、烤蒜头、烤羊肉上遍了,他都没再开口说什么,两人在文八楼其中的一条窄街里这家破落无比的烧烤店,一边喝啤酒一边吃着烧烤,有一搭没一搭地说着闲话,什么香港今年的天气怪怪的,十二月份了,这个样子不知道意味着什么,虽然我也不知道香港的十二月份该是什么样子的。不知道怎么接话,我一直觉得他不会无缘无故约我吃饭。我看了外边那些破败的居民楼一眼,就像是全部的光线都聚集在仅有的一扇窗户上一般,光线也不是不暧昧,带着末世的气息。

"我听说,你上次给我看的 R 锁的主人丁先生,身体一直不太好。"

"拖了很多年了,我看他那个样子,确实生不如死。"

"那麻烦了,真是麻烦了。"

"是的。"

"他可能是香港收藏旧锁的前几位的,搞不好在世界上也有位置的,我听朋友说的,但是以前我自己只是修锁,没有专门搞收藏,最近才略微研究了一下。"

"R锁?你还想买?"

"不单是这个,他的藏品很多,我想做这个生意你懂吧?"

"不太懂。"

"收藏这件事,最重要的时间节点,就是当事人去世,哦,即将去世就要开始准备起来。"

"准备什么?你能不能说得再明白一点。"

"我们可以一起做,我负责找下家,收购锁的客户,你负责说服丁先生。"

"可是我们没有你想象的那么熟,他是我的雇主,我是帮他调查他亲弟弟被害的案子的。"

"亲弟弟不是失踪了吗?"

"没那么简单,细节我也不便透露。"

"听说他们就兄弟两个,丁先生又没有后代。那这些锁怎么办?"

"锁自然有它们的去处,我操什么心呢?"

"听起来这太好了啊,真是好消息。"说着,他又拿起一串肉筋,飞快地吃到肚子里去了,他吃东西的速度,像是PS软件当中的橡皮擦功能,如此迅捷而不露痕迹,牙口特别好。

"好好考虑一下吧,这是一笔大买卖。"干完四五串肉,他接着说。

"我喜欢做小买卖，小生意，简单粗暴、干脆利落地分为定金和尾款，从头到尾没什么拖沓，也没多少中间人从中拿佣金的最好。"

"人生挣钱的机会其实就那么区区几次，这一波行情过去了，很长时间可能都没有下文了，要抓住机会，像老鹰咬住地上跑的兔子一样。"

我当然知道他的意思，于是我打算多了解一些项目详情。

"你是说，你有现成的下家了？"

"不止一个，一个财力比一个雄厚，都是大手笔，买一只两只锁有什么意义？对他们来说，他们确实会去国外的拍卖会上找货，但也不会放过这种成批收购的好机会。"

"这些东西，确切地说，如果丁先生死了，会由他的两个亲侄子继承，当然了，其中有一个还是孤独症患者，约等于只有一个正常的继承人，还很小。"

"你看看，"他小声说，"我不会无缘无故来找你，我们在这里吃东西，还不是为了安全。我是在这么一个地方长大的人，我当然知道什么时候要把握机会，至关重要的机会往往只有一两次，人一辈子这么长，你懂不懂？"

我点点头，这次毫不迟疑："钥匙在我手里。"

"什么钥匙？"

"他放这些东西的房间，就在重庆大厦。"

"看来我找对人了。"

"我可以带你去看看东西，但是你不能偷也不能抢，否则……我香港还是认识几个警察局的朋友的。"

"当然，当然了。"他带着笑容，发自内心的，举杯跟我碰了一下。

吃完饭,我就摇摇晃晃地走回了金马酒店,"菠萝包"看到我来的样子,向我摆出了一个"嘘"的手势,她正坐在前台,一本正经的样子,不过,还是戴着她的颈链,那是她身上唯一让人看着隐隐约约感到不对的东西。从早上七点半到现在,我们已经超过十二小时没见面了,在此期间,我并没有想起过她,也许她伏在桌面上忙碌,也没能想起我。

她指了指大堂那两只仅有的扶手椅,让我坐下。我坐下了,过了一会儿她过来了,贴近我耳边说:"他来了,特别巧的是,穿着那双波鞋,哦,球鞋。"

"他今晚走不走?"

"要走的,哦,两个小时之后,我们老板很抠门的,不给过夜,只许我赠送他钟点房,他宁可房间空着,也不要白给客人住的。"

"他什么时候出来?"

"已经进去一个小时了,刚才喊了外卖,还是我送过去的,哇,房间里快要冒烟了。"

"冒烟?"

"他们在吸大麻,很显然,大麻的味道我还是闻得出来的。"

"嗯,香气四溢。"

"我并不讨厌人吸大麻,也不讨厌大麻,但是他每次带来的女人都不一样,感觉要是电视剧,都连不上来剧情,女主角换得乱七八糟的,完全不是一种类型,一个男人,怎么会一会儿喜欢这种女人,一会儿喜欢那种的。"

我不知道该怎么回答她的问题,好在来了一个新的客人,她冲回了前台。我坐在那里,桌上有份八卦杂志《新地》,我拿起来翻看，等待是一个私家侦探的基本功，我早就习惯了等待，等着人杀完人，消除掉指纹和脚印出来；等着警察们在现场忙完来搭理你一下；等着雇主从漫长的股东会议上打着哈欠出来；陪着一个女人，等着去认尸；等嫌疑人抄小道，走向灯光晦暗的地方。

我还挺喜欢把生命消耗在这些等待里面的，所以，我天生适合干这行，老天爷愿意给我这口饭吃。

当叶嘉豪和他这一次的女友出来时，"菠萝包"站了起来，不动声色地看着我，我也站了起来，径直走到他跟前，也就是这一瞬间，我几乎能断定，他就是那个拍摄杀人视频的人，同样的呼吸频率，同样的步幅和节奏，那种属于年轻人独有的轻快。

刚和新认识的女孩开完房，也没能让他变得行动迟缓。

他还是穿着那双暴露了自己行踪的鞋。

很多时候，我的工作靠直觉，而所谓直觉，无非就是反复训练和试错的结果。

"你好，叶先生。"

"你是？"他松开了搭在那个女孩肩头的手，定定地看着我。

那个女孩看看我又看看他，说："那我出去等你，要不，我先走了？"

"聊聊？"我说。

"你是？"他的神情变得警觉，像一只即将踩上诱捕套的豹子，随时打算跑走。

"一点点小事情，丁先生让我来问问你。"

在他发力要跑的瞬间，我略微一伸手，抓住了他的手腕，将他带回了他刚才离开的房间。房间的门开着，床上凌乱不堪，果不其然，里面弥漫着大麻的香味，他抽了不止一根大麻叶搓成的烟。

我把门关上,反锁。他完全是在毫无抗拒的状态下,跟着我进来了,来不及反应,甚至,他也不知道丁先生是谁,也许我说得含混不清,他听都听不清楚。因为他比我瘦小,大概一米七不到的个头,我死死地拉住他的手腕,将他带到狭小房间紧里头的圈椅上坐下,另外一只手将另外一只圈椅拖过来,我也坐下,膝盖抵住他的膝盖,让他动弹不得。

"什么意思?"

我拿出手机,将视频调了出来,当着他的面播放,他看得面无血色。

"这怎么回事,我不明白。"他说,说的时候,一张方脸更方了,不薄的嘴唇当中呼出一阵阵大麻香,我怀疑杀人的现场,他们也在飞叶子,我终于明白镜头中那淡淡的、飞起的烟雾是什么了,不是香烟的烟,比香烟的烟要更轻、更薄。

"你不需要明白,你当然知道是怎么回事了。"

"我不知道,这么可怕的东西,为什么要给我看?"

"干得出来,看不下去?"

"跟我有什么关系?"

"我也想知道跟你有什么关系。"

"我要告这家酒店,泄露客人资料,你怎么会知道我今天在这里?"

"跟酒店一点关系都没有,我想知道的事,怎么都会知道的。"

第二十四章

叶嘉豪当然什么实质性的问题都没说,他怎么可能膝盖被我抵住,就说出一切,我的膝盖骨又不是钢刺,当然我也施加了一些我特有的惩罚,用拳头重击他的脸颊、下巴,鼻血涌出,嘴角也出了血,脸颊瘀青,下巴骨微微有些倾斜,他依然咬紧牙关,在最后一刻我忍住了,不想让他的血溅到酒店房间内,连累了"菠萝包"。

我只能放他走了,让他随时小心,我任何时候都会再找到他。

有了他的身份信息和手机号,我当然会让老K对他进一步调查。老K骂骂咧咧的,在电话里一边咀嚼着什么一边说:"这种人渣,你就应该当时一把结果了他,掐死丫的!"

"他渣的程度肯定没有皮匠大,先饶了他。"

"这就是同谋,看着皮匠那么杀人,那么冷血,他丝毫无为所动,还津津有味地录视频,这人也是个变态。"

"所有人都是变态。"

"不,变态是天生的,天生杀人狂,天生冷血,你不要再跟我辩论了,举个例子,我养了小K之后,不要说什么虐猫虐狗了,我连看到虐待动物的视频都不想打开,小猫小狗多可爱啊,我摸它们一下,我跟你说,我这样的大老爷们,心都要碎了。"

"可是你吃兔头。"

"兔头有什么不能吃的。"他终于咽下了那口吃的,还想申辩。

我把他的电话挂了。

次日中午,我到了红磡,从红磡地铁站出来,走到红磡码头围道 37—39 号,那是红磡商业大厦 B 座,看起来一点都不新了,像是那种老钱们扎堆的地方,我在咖啡馆坐定,要了一杯啤酒,他们居然也有。被害人家属,视频里那个女孩的父亲,过了一会儿出现了,他为自己的迟到道了半天歉。他是个瘦高个儿,穿着合体的西服,人看起来很随和,他姓梁,在香港是很常见的姓。

"你有孩子吗?"他先问我。

"有,十二岁了,女孩。"

"也是女孩,那你能懂我的感受了,同为父母。"

想到以柿子,想到视频当中他的女儿,我忍不住在桌下攥紧了拳头。

"那是一定的,一定的。"我说,"我们先谈正事儿,你们为什么没有报警,收到这个视频之后?"

"报了,怎么会不报?之前报的是女儿失踪,她在放学路上走丢的,她那么大了,当然是自己坐地铁回家的,就那么一段路,没几站地铁,她就消失在这段路上,确切地说,是从下车到回家这段路上,因为车上一直都有两个同行的同学,大家都能够做证。"

"地铁哪个站?"

"尖沙咀,我们住在尖沙咀,多少年的老房子了。"

"几点?"

"傍晚,六点出头,女儿和两位同学道别,自己出了车厢,通常她会从 B 出口出来,然后走回家,回家这段路,也不算太荒僻。她性格其实是比较内向的,应该也不会轻易和陌生人搭讪。"

"一个像她这么大的女孩随随便便跟陌生人走，不太容易，她已经有了防范意识。"

"那是肯定的，我绝对相信她。"

"又是尖沙咀。"

"什么意思？"

"没什么，你的家庭住址方便透露吗？不用详细到具体门牌号。"

"尖沙咀的凯誉，凯旋的凯，荣誉的誉，我们〇二年就住在那里了。"

"哦，我住在重庆大厦。"

"很近，非常近，走路五分钟都不用。嗯，从地铁口出来，沿着弥敦道走差不多三四十米，左转进入加拿分道，然后再走七八十米，右转进入康和里，再走一百米左右，嗯，右前方转进入缅甸台，再走三四十米，左转进入棉登径，然后很快就到了，五六十米？"

"你为什么记得那么清楚？"

"女儿失踪之后，我能做的就是反复地走这条路，感受这个路线到底有什么地方可能出现危险的因素，会遇到什么坏人。当然了，那一带什么人都有，每一次我下班，都要仔细走一遍，做笔记，收到这个该死的 E-mail 之后，我希望我能将这些笔记提供给警察。"

"警察怎么说？"

"警察说立案调查，那是肯定的，至于他们有没有在调查，怎么调查——我听说他们也在这条路上派了很多人，问了很多店主和别的什么形形色色的人吧。我自己也雇了律师，我每天都给律师和经办的警官打电话,每天一睡醒先给他们打电话,问有没有进展,当然是没有进展了。"

"你有什么仇家吗?"

"我就是一个上班族,做金融软件服务的,难道这样也会得罪人到有人要杀我亲生女儿的程度?"

"应该不至于。"

"那太可怕了,我想不起来有这样一个人。"

"如果没有马上能想起来的人,回头告诉我也可以。"

"你知道些什么?你说你这边也有人被害吗?同样的状况吗?"

"我不能说太多,因为家属和我签了保密协议。"

"那我可不可以告诉警察你有相关的线索?"

我沉默了片刻,说:"你等我消息,马上,我征求一下我雇主的意见。"

我站起来走到外边,分头打了两个电话,第一个打给了查号台,说了几句莫名其妙的话,第二个,还是打给查号台,为刚才说的莫名其妙的话道歉,那边的接线员一定觉得我脑子出问题了,尴尬地挂断了电话。

我回到位置上说:"不好意思,我的雇主还是坚持不想让警方介入。"

"有其他的受害人,这对于警方来说,是很重要的事情啊,更何况,我也想借此更快地找到杀害我女儿的凶手,视频上那个变态。"

"如果我最终有什么可靠的结果,我一定会告诉你是谁,让警察帮你把他抓起来的,你看好不好?"我尽量柔和地对他说。

这个男人在失去女儿之后,看起来至少瘦了二十斤,整个脸都瘦脱相了。他看了我一眼,颓然地靠在了椅背上,悲伤再度在那张消瘦的脸上弥漫开来,他从桌上的纸巾盒抽出了一张纸巾,默默无声地擦了擦自己的眼睛。

我几乎是毫无挂碍地看到了一个伤心欲绝的人,心想着还有一个,也许是更伤心的女人,等着我去见,不敢太纵容自己的同情心。我帮他要了一杯热水,服务生过来,把水放在他跟前,我们这样一句话也不说,又坐了一会儿。

"相信我。"我对他说。

实际上,我很想抄录一段《圣经》里的话给他:"你必坚固,无所惧怕。你必忘记你的苦楚,就是想起也如流过去的水一样。你在世的日子,要比正午更明,虽有黑暗,仍像早晨。"

教授夫人,我以为是正襟危坐的良家妇女,没想到脖子两侧都是刺青。她让我和她一起去喝凉茶,晚饭吃的湘菜,太辣了,三不卖野葛菜水,在湾仔庄士敦道二二六号富嘉大厦地下G/F,我为了找到这家店问了不止八个人,这家店门口的牌子上有一段文字介绍说,从一九四八年开业以来,三不卖:"不够火候不卖,不够材料不卖,地方不干净不卖。"

野葛菜水我是第一次喝,算不上好喝,既没有中药香,也没有其他的植物味儿。她倒是很喜欢的样子,修长的手指,粗大的指关节。

"他真的是教授?我只是猜的。"

"他其实是个访问学者。"

"哦,你呢?"我似乎对她更感兴趣。她有修长的眼睛,浓黑的眼线,眼角上翘,精巧的鼻环,五官轮廓特别清晰,有一条漂亮、没有任何赘肉的下颌骨线。

"我?家庭主妇,我们是丁克家庭,没有小孩子,怎么都可以，他访问到哪里，我就跟着，听说大陆有个词叫作随军家属。"她笑了笑，"我就是个随军家属。"

"你们的感情怎么样？"

"这有什么关系吗？"

"没什么关系，只是闲聊。"

"闲聊就闲聊，反正人也不在了，我也没什么顾忌了，婚姻很一般，不要孩子也是因为两个人，怎么说，一直也没有真的接受对方，融入对方。他比较，好听一点就是浪漫，这个女学生那个女学生，我只是睁一只眼闭一只眼罢了。当然了，我也有自己喜欢的男孩子，我们比较谈得来，婚姻到后来就是这个样子啦。"

怪不得她脸上没有遗孀式的悲伤，反倒有一种难以掩饰的如释重负，夫妻本是同林鸟，大难临头像两只屁股上着了火的鸟儿一样，各自逃生，各自别过，永不相见。

"所以，他有什么，你想得起来的仇家没有？"

"有。"

"谁？"

"每一个他始乱终弃的女学生啊。"她说着，笑了起来，两排牙齿晶莹细小，嘴唇偏薄，但形态好看。

"他始乱终弃了很多女学生？"

"每个学期至少也有一两个新的目标吧，据我观察。"

"一学期一两个也不少了，一年乘以二，十年下来，有二三十个。"

"他可当了不止十年教授，二十二年，我也曾经是他的学生，算是吧，虽然是夜校，他兼职的，我的前任也是他的学生，他从毕业留校当助教开始，就跟自己的学生拍拖了，我们整个学生团队，历届的，组成了他的后宫。"

"那你印象中,有没有特别恨他,想置他于死地的人?"

"不是一个两个了,怀孕的也有,男朋友哇哇哇哇要灭了他的也有,反正他不止一次,被不止一个女学生的男朋友打过了,还有女博士的老公,哈。"她一边喝那我第二口觉得简直难喝爆了的野葛菜水,一边眉飞色舞地说着,感觉这些都是别人的事情,跟她毫无关系。她已经超然物外,成了一个女人中的神仙。

"给我一个最最典型的。"

"没有最最典型的,我告诉你。因为那些表面上不典型的,她们私下里可能更狠,更激烈。"她突然凑近我,用她戴了浅灰美瞳、让整个眼珠子变得灰蒙蒙,像做梦一样的眼神看着我,我完全抵御不了她的神态,这种说话的语气,这么肯定又暗埋着几层意思,每一句话都语带双关,这种女人才应该成为教授。

"所以,你觉得,他是自己造的,死有余辜?"

"所以,收到 E-mail 后,我也没报警。"

"你特别恨他?"

"并没有,我怜悯他死得那么惨,也怜悯我浪费了那么多年在他身上,曾经还以为自己能拯救他,真是可笑,他最后一定是不得好死的,这个我早就预言过。"

"你知不知道你自己也有嫌疑,这么说起来?"

"无所谓啦,到了香港三年,喝了无数的凉茶,真的,最喜欢喝的就是这家凉茶铺,品种单一,老板娘面善,就算是洗脚水都好喝。你觉得怎么样?"

"不错,我只是感觉没从你这儿获得什么有效信息,内心有点失落。"

"不要这个样子嘛。"她说着,伸手轻轻地摸了一下我的脸颊,"你这么可爱,我们坐在一起聊聊天,这本身就是收获。"

在我的记忆中,我还是第一次被被害人的遗孀调戏,既无力反抗,又暗暗地有一些舒服,她的手指头上的指纹一定很好提取,粗粗拉拉的,生活啊生活,除了让人认识到一圈又一圈的年轮,还有这么丰富多彩的体验。

"来,跟我讲一些你遇到的奇奇怪怪的案子。"

"有个被害人,被你们女人钉耳钉的钉枪钉入太阳穴,钉死了。"

"你刚才这句话有五个'钉'字。"

"凶手自己改造了打耳钉专用的钉枪,把另外一头去掉了。我就奇怪他不知道画家绷画布用的那种钉枪吗?压根儿不用改造。"

"所以这样看来,这是一个女人干的?"

"我先不揭示谜底,揭示了就没意思了。"

"然后呢?"

"这是一起情杀,情杀,被害人是个四十多岁的主任医师。"

"啊,肯定是他乱搞了女护士。"

"女护士长。"我笑了,不解何故。

"有医学背景的人,怎么杀人都不奇怪了。"

"你吗?"

"我学医出身的,做过特护,针对孤独症儿童的。"

我突然想起了小丁先生的大儿子,那个憨头憨脑的男孩。一个虽然未来身家亿万,却浑然不觉的小伙子,他这样也是很幸福的。

"你做过护士,对尸体解剖在行吗?"

"切割人?下不了手,我是个基督徒。"

"做技术指导呢?"

"指导一个不相干的人,杀害我没有感情的丈夫?没办法,我不做特护很多年了,业务都生疏了,打针都未必能打好,你是不是干了这一行,放眼望去,觉得谁都是凶手?"

"你知道黑色大丽花案,著名的三号嫌疑人吗?"

"不清楚。"

"他叫 Leslie Dillon,一个作家,还没成气候的那种,但是他靠做男招待谋生,还做过殡仪馆入殓师,日常穿着复古绅士西服三件套,大格子的,细格子的,宽敞的裤子。肌肉男,但是据说鸡鸡很小,小得可怜,也就八岁小男孩那么大吧。"

"嗯?"她来了兴趣,眼神连美瞳都挡不住地亮了起来。

"他号称认识真正的凶手,有个心理学家跟他深入地谈了,哦,后来出了一本书,心理学家问他一些凶案的细节,他说凶手可能会把阴毛冲到厕所里,还有,把从大腿上切割下来的皮肤,也冲到厕所里。还有,他觉得凶手可能先在大腿上开个口子,插上一根管子放血,然后再对尸体做防腐处理,这都是他在殡仪馆工作时候学来的经验,入殓师确实会将死者的尸体做这样的处理。"

"你说这些,是为了说明什么?"

"每个人都是他人生经验的产物,哪怕是读过的一本书,看过的一部电影,去过的一个地方。吃过东北大米的,跟吃泰国香米的经验不会一样。所以,在我看来,痕迹学,除了物理学意义上的,还有心理层面的。"

"所以有心理痕迹学和工具痕迹学之分,还有弹道痕迹学。"她一边说,一边忍不住笑了起来,鼻环跟着笑声而颤抖,让人意乱情迷。女人一旦出现这样的神态,她是故意的,男人就很难不上钩,我也不例外。当晚,我带着喝了大半口野葛菜水的饥肠辘辘,和她回家,和她上了床,其间,还接到了小白的电话,这一次，我坚决地按掉了，她很执着，反复拨打，我先将手机静音，再关机了事。教授夫人的耻骨形状实在好看，流线型的身体，我一时间流连忘返。有男女男男女女的地方，换而言之，有人的地方，必有性，我也未能获得赦免。对我而言，情欲从来都是流动的，是流水席，是人仰马翻之后的盛宴，是抑制疯狂的避难所。

  我们对彼此已无友善感情，
  然而我们像任何男女那样做爱。
  当我们夜里躺在彼此怀中，
  月亮也不如你陌生。[①]

[①]选自布莱希特写于1939年的诗歌《坏时代的情歌》，黄灿然译。

第二十五章

我离开她的住处。她租住在一个条件还不错的公寓内,虽然面积不大但设施齐全,这是用教授的薪水租的,他只是失踪,还没死亡的消息,薪水还在。她打算能拖多久算多久,同时继续她的女权主义街头运动。说是那么说的,具体怎么运动,我也没有细问,我认识的某些自称女权主义的女人,都吃着丈夫的软饭,这倒是不争的事实,她更绝,吃着一个死人的软饭。

从一个极其科学的角度来说,人体时刻都在置换的过程之中,细胞和组织全部置换一遍需要十五年,所以一个人每隔十五年就变成了一个全新的人。她如果吃了十五年一个男人的软饭,本质上,她已经不是一个过去的人了。

十五年之后,人体内真正跟他出生时候的初始设置一模一样的只有四个地方:其一是神经系统里的神经元;其二是颅脑底部的一小块骨质区域,也就是耳囊,这个区域只有四滴雨水那么大;然后是牙齿上的釉质;还有眼睛里头的晶状体。它们是从生到死一直陪伴着某个人的,其他都是虚妄的,随时可能死去并无时无刻不重新置换的。

我的两条腿软绵绵的,为了赶末班地铁,没有留下来过夜,教授夫人似乎也没有留我的意思,老K的电话进来了。

"你又在什么地方待到那么晚?"

"少他妈废话,别以为自己懂一点高科技,就肆意侵犯他人隐私。"

"你不就是全靠我侵犯他人隐私挣点钱吗?"

"没话说了,确实,怎么样,这个姓叶的?"

"他整天闲着没事干,晚上泡妞,到一定时候就嘿咻,每天的女人都不太一样,很行,嘿咻嘿咻,就这样。"

"没别的?"

"最近除了他新泡的妞的电话,没什么别的。"老K一边说,一边嘴里不知道嚼着什么,声音特别大,可能是坚果。

"你他妈不怕胖死,这么晚了还在吃吃吃。"

"管我!你跟那两个家属见面,见得怎么样?"

"也没得到什么有用的线索,小女孩那家报警了,教授这家,老婆还拿着被害人的工资呢,她才不想报警。"

"呵呵,我怎么发现你刚才在她家那一带啊。"

我二话不说,挂掉了这个家伙的电话。

我虽然不喜欢老K替我干活的时候,顺道把我也跟踪上了,让我总觉得一整天都暴露在他的多个显示器当中的一屏上,但也拿他没有任何办法。

皮匠的线索依然一无所有,我当然确定叶嘉豪与他有关,但是他如果不主动联系皮匠,我又能怎么办?总不能真的拿一把刀子,杀到他家去威胁他吧?

老K说他与父母同住,似乎还有哥嫂一家,家里有老人有孩子,老父亲又喜欢听粤剧,总是闹哄哄的,我去了只怕会吓坏这一家人。

人要有起码的善良,我的母亲教育我,她一辈子就知道种葡萄、摘葡萄,等着收购葡萄的贩子上门,在我们老家村子的那个葡萄园的田埂上，吃放凉了的馒头，就着放凉了的白开水，汗流浃背。现在想来，我应该过着和她一样的生活，而我现在却过着整天和死人打交道的日子，不知道这个从业基因的突变，缘起于哪个环节。

按照约定，米高次日下午来丁先生的房间找我，直接来的，反正他好像哪儿都熟，都能找到，敲门的时候，三次重的，三次轻的，这也是我们事先约好的，因为大厦里人实在太复杂了。

我最近一直住在这个房间，浴室比原先的大，床铺当然是舒服的，还有工作台可供发呆，可以翻翻他的杂书，就着一屋子复杂的味道喝酒，他酒柜里有取之不尽的酒，以威士忌为主，我大可以尽兴地喝，讲究一点用冰箱做一点冰块，放在威士忌杯里，过得比先前要舒坦，有点乐不思蜀的意思。

米高来的时候，我已经微醺，还在盘算着要不要再开一瓶，他来了，当然要庆祝一下，于是又开了一瓶，看样子是日威，波特桶，我日语说得还算流利，看日语连蒙带猜，也能理解意思。

他的眼睛一直忍不住往各处看，在他眼里，此刻只有锁。我递给他一杯酒，他端着酒杯走到那些陈列架跟前，啧啧称奇，又忍不住伸出手去摸。

"厉害，果然是高手，高手。"

"厉害吗？外行看不太懂。"

"一流的，这不是香港一流的，是世界一流的，我这样说没问题吧？"

他压根儿心思都不在跟我说话上，拿起一把两把三把锁，抚摸，在灯下细看，眼睛里闪着莫名的光亮，用钥匙试试开这把，又试试那把。没有比这更美的了，在他眼里，最美最好的就是这些锁,这些在外人眼里无足轻重的锁。

"啧啧,他居然有这把锁,澳洲制锁奇才约翰逊的代表作,约翰逊你肯定不知道,但我们听起来都是如雷贯耳。他这把锁,你知道玄机在哪里吗?你看,你从这个插孔插进去,第一级,锁被打开了,第二级,锁再度被锁上,第三级,锁会被彻底打开,并必须退回第二级才能重新被锁上。"他兴致勃勃地演示,我却看不出什么意思来。

这时候,我的手机突然响了起来,依然是陌生号码,作为一个异乡人,来电的十之八九都是陌生号码。

"是钱先生吗?"一个中性的声音传来。

"打错了。"

"不,没错,你是余爱嫒的表哥,钱正义?"

"这个名字有点耳熟。"

"我在东九龙人口调查组看到你的名字的。"

"哦,你是警察?"

"不是,我也算是……家属吧。我们能不能约个时间地点,见个面?"

我看着米高沉溺在架子跟前的背影,没有挂断手机,拍拍他的背,说:"该走了,我要出门办事儿。"

他吓了一跳,放下手里的两只锁头,不情不愿地跟着我出门了,他盯着我锁门的姿势,像是在追寻什么规律,我看了他一眼,他的太阳穴上暴出冷汗,唯恐自己记不住似的,突然向电梯口飞奔。

我想了想,没有去追他,也没有去喊住他,他口中喃喃自语,等不及电梯,往楼梯间冲了,他那么瘦,像一只池塘里的细长的老虾,干干的皮,滑溜溜的心情,像所有唯恐不能得到心爱的玩具的孩子一样，冲向了黑漆漆的楼梯间。

电话里的那个人站在我跟前，我很快把她和那个声音联系了起来。她空荡荡地站在那里，就跟不存在一样，像是一尊微小而又沮丧的神。

"你好。"她说，有气无力地。

当然了，也可以说是他，长得跟个小伙子毫无差别。

"你是余爱媛的什么人？"我们去了一家茶餐厅，坐下。

"朋友。"

"好朋友？"

"哦，是，算好朋友吧。"她犹豫了一下，眼睛一直看着桌面上一只烟灰缸，似乎想抽烟，但没有真的把烟拿出来，香港的餐馆是不能抽烟的，要抽只能站在马路边上。

我们坐在潮发粥面茶餐厅，晚饭之前的时间点，店里还没什么顾客，正适合说话。她异常憔悴，精美俊秀的五官，有几分像京剧老生王珮瑜。

我留意到她的手指，也是修长而且关节比较大的。

她的手形展示着丰富、温柔、脆弱、自我压抑和疯狂。

我感受到了她的愤怒，还有近乎绝望的痛苦。

"她是不是死了？"

"谁？"

"她，"她停顿了好一会儿，接着说，"哦，余爱媛。"

"你是她什么人，到底？"

"这其实也不重要吧？一个人不会失踪这么长时间，毫无音讯的，不瞒你说，我给她手机留过言，也打过电话，实在是想不通啊，又睡不着，不同的时段，如果是半夜三更，偶尔她的手机会通，真的会通，然后就没有下文了，过一会儿，那人就把电话挂断了。"

我脑海中浮现了皮匠在家里,摆开一排手机充电的场景。

"你听到手机那头有什么声音吗?"

"几乎没有,如果有的话,也就是不知道从哪儿来的一点噪音吧,分辨不清楚,我也没录音,因为电话那头那个人,最多过个几秒钟就挂断了。"她说话带着清晰可辨的北京口音。

"你是不是特别爱她?"我突然问。

"哦?"

"我其实不是她的什么表哥,我也是在调查她的死因,受雇于她的丈夫。"

"所以她是死了?怎么死的?"她的反应比我想象中要平静得多,也许千百次的猜测,已经给了她足够的思想准备。

"她这种情况,我们专业上说,是被害人。"

"谁?谁杀的?"我感受到她在发抖,全身都在发抖。

"如果知道是谁,就不用找我了。"

"你也还不知道?"

"我想知道她为什么会亲自去失踪人口调查组撤销自己的失踪报告。"

"当时,她跟我在一起。"

"然后呢?"

"她在那个所谓的丈夫家里过得非常痛苦,可以说痛苦不堪,所以,有时会跑出来找我。他会派一个司机把她送到闹市区,然后再来找我,再按照约定的时间地点回去。那一次,她情绪崩溃了,抱着我哭着喊着不想再回去了。那我就说不回去了,住下,于是她丈夫报了警。"

"住在你家?那是什么时候?"

"她离家出走了也就三天吧？我有点记不清楚了，但是可以再看看当时的手机记录之类的，然后，她平息下来了之后，恢复了理智，又想到了永居这个要命的问题，不想前功尽弃，她打算回到她丈夫身边，再熬一熬，也请我理解她，我们彻夜不眠地争论，最后，我还是没能说服她，陪她去撤掉失踪报告了。"

"当时你没进去警察局？"

"没有，我在门口等她，然后一起去吃了一顿饭。"

"就在警局附近吗？"

"吃饭的地方就是那附近，随意一个小餐馆，我也没想到这是永别，当时，吃得……也太随便了。"

"这不能怪你。你们吃完饭就分开了？她说了去哪里了吗？"

"不是，吃完饭，我送她到铜锣湾，我们坐的地铁，通常在地铁里告别，她独自一人出地铁，去等她丈夫家的司机，这是我们每一次见面分开的程序，她还得用最快的时间去买点东西，装出提着大包小包的样子。"

"所以，她离开铜锣湾地铁站后，不会马上上司机的车，还需要一段购物的时间？"

"应该是的。"

"多长时间？"

"我不知道，每次她一走，我就失魂落魄的，下次见面，也从来不去问上一次分开的细节。"

"你的心情，能理解。她为什么知道要去销案？"

"我是学法学的，她如果报失踪人口不销案，经过一段时间，永居计划就泡汤了，我也是为了她着想，她应该没有和她老公商量，就去销案了，所以，估计他也不知道。"她说，扶了扶圆框眼镜。

"你为她考虑得很周全。"

"通常,她一上她丈夫的车子,就跟遭到了软禁似的,手机的信号都没有了。她的家听说很远,在海边,整个家都屏蔽了信号,用电脑也没有网络。我们每次见面,都是等她出来了以后,才跟我联系,我不管上班下班,总是要想办法出来找她,她如果跟我在一起,手机都要卸下卡来,太惨了,真的。"可能因为在香港待的时间比较久了,她的儿化音被自己吃掉了一些,那些儿化音,像残存在鲨鱼嘴边的小鲸鱼的尾巴。

"可是她还是打算回去?"

"是的,永居对她来说大过天。"

"她的丈夫那么有钱,难道不能帮她还完上学的贷款吗?"

"可以还,但有条件,等生完孩子。他们的婚姻就是一笔交易。"

"一笔苛刻的交易。"

"怪我没本事,要是我有一大笔钱,或者,我是个男的,都好说了,我也可以跟她结婚。"

"你有永居了吗?"

"我也没有。"她说着,终于放松了一点点,"我也在为了这个破玩意儿挣扎,但至少她可以跟我一起等。"说完这句话,她的眼眶红了,但是暂时没有眼泪,也许此人泪腺已经结扎了。

"不好意思,我出去抽支烟。"她深重地叹了一口气,起身出去了,从窗户看出去,她面对着马路,确实是点了一支烟,而后蹲下来,抱住头,香烟在她头顶白白地燃烧着。

第二十六章

过了一会儿,她回来了。我看到她站起来,掐掉手里的烟头后,又点了一根烟,飞快地抽完,飞快地重新坐在我跟前,就像从来没有哭过一样。等待一个人将痛苦的情绪发泄完,是基本功,我有足够的耐心等她心情平复下来,而这种痛苦会一次又一次袭击她,不是一天,一周,一年,可能是十年,二十年,一生。

"她是怎么死的,你现在知道多少情况?"她这么说话的时候,我留意到她的上唇左上有一颗很小的痣,不管多么悲伤的话,在这颗痣的掩饰下都变得稀松平常了。

"你是学法学出身,刑法、民法,现在?"

"读书时候的理想是做一个刑法律师,但在香港,只能做商法,我是没有丝毫的兴趣,但是有什么办法?"

"还有机会选择的人,就是自由的人。"

"不要回避我的问题,她是怎么死的?"

"你是一个法律工作者,你对死亡的认识会比一个普通人好一点吧。"

我感觉她说了句什么,但听不清楚,声音实在太小,她本来说话的声音就非常小,小得像是有几十层过了水的宣纸,糊在她的嘴上。她那精巧、俊秀、男性化的嘴,一定会让一个女人有亲吻的欲望，我就像在看一个男人。

干我这行越久，就越知道改变他人的命运有多难，我们追求的正义全部都是迟到的。

"你一定要看吗？非常残忍，非常残忍。"

"我必须要看到，才能……加深，加深复仇的信念。"最后五个字她是字斟句酌说出来的，可能本来是别的五个字，或者四个字，也许一个字也没有，每个字都像她的儿化音一样，被不知名的东西吞噬了。

我能帮她到何种程度？最多就是找到凶手，现在看来，我都没有能力找到一个完整的余爱媛，她的遗体不知道放在哪里，在哪个不知名的地表之下，接受微生物的吞噬与分解，或者已经烧成灰烬，灰烬又被撒到不知名的山河湖海当中。

我想了想，翻出手机相册，那个专门的文件夹，递给她，那是阿才最早在北京交给我的照片。

"不多，五六张。"

我没说，五六张也够她受了。

她看了一眼手机，将屏幕放大，放到最大，也许在辨认余爱媛的脸，辨认那张她熟悉到极点，注视过，抚摸过的脸。我不敢看她的脸，把头扭到一边看窗外的人来人往，幸好街上人不算少，一个干瘪、驼背的老太太正推着她的购物手推车，她的侧影恰如其分地映照在窗玻璃上，让我想要伸手把它抠下来。

"她多好看啊。"她用无比小的声音，自言自语。

等我再看她，她的脸，已经变成了一张湿漉漉的脸。她的哭泣几乎没有动静，甚至是一动不动的，这是长期忍耐的结果。

"对不起，不知道该说什么，即便是学法律的，看到这样的照片也……"

"不能怪你,而且要谢谢你。"她把手机还给我。

"连我都觉得全盘皆错。"

"现在有什么头绪没有?"她吸了一下鼻子,带着浓重的鼻音问。

"我有一个嫌疑人,或者说,半个。"

"告诉我,这上面这个男人,和她一起被害的,又是谁?"

"你知道他吗?"

她轻轻地摇摇头,面无表情,但脸上的泪痕还在。

"她的家属,也就是余爱媛的丈夫,认为是她的情人。"

"她除了我,没有其他人。"

"你确定?"

"用我的生命做赌注。"她突然盯着我,我在她的瞳孔深处看到了一大片土地,里面像是可以掩埋成千上万只动物,成片的森林和数不尽的时间。

"也许她会撒谎,但她的身体不会撒谎的。"她强调。

"你当时觉得,她怀孕了没有?"

"没有。"

"她告诉你的,还是你自己推测的?"

"她说跟丈夫一直在做人工授精,具体的医院我忘了,他们没有性关系,只能通过医生做生殖辅助了吧。"

"你认为她没有怀孕的依据是什么?"

"她还在染发,那段时间,她很喜欢自己染发。我觉得她丈夫毕竟是男人,对此不如我敏感。"

"你喜欢栗色的发色吗?"

"没错,我觉得她染成那个颜色,像一只性感的小猫,她本来骨架子就很小。"

"你不介意的话,那期间,你们还在做爱吗?"

"她那最后三天,跟我待在一起,那是我们难得的共同生活的时间了。"她深呼吸,停顿了一会儿,"做爱,这是肯定的,但是我们做爱,跟男人和女人的方式不太一样。"

"这也能侧面证实她并没有怀孕吧?"

"我觉得是的。"

聊到这里,我犹豫要不要告诉她皮匠和叶嘉豪的情况,让有情感瓜葛的外人参与调查不是个好主意,他们的作用甚至可能是适得其反的。同情心的洋流倒灌着海边的洞穴,让洞穴发出巨大的、足以毁灭一切的声响。

我为什么要去同情这样一个素不相识的人,是她身上的绝望打动了我吗?她那深不可测的痛苦挟裹了我吗?

说不清楚,但我也相信她的判断。目前为止,据我所知道的信息,余爱媛和小丁先生未必是情人,他们被缝合在一起不一定是出于主观意愿,而造就这种婚外恋假象的始作俑者,自然是凶手。

"你回去平静一下,这需要很长时间才能修复,我估计。如果你想起了什么有用的细节,或者你手里有什么有价值的证物,都可以再跟我联系。"最后,我陪她去外边又抽了一根烟,临别时,跟她说。

"对了,怎么称呼,你贵姓?"

"贵就免了吧,我姓舒,舒刻,刻意的刻。"

"姓舒的话,应该是满族人。"

"差不多吧。"她掐掉了最后一根烟头,扭头走了。

过了一会儿她又回到桌边:"不好意思,我想要这几张照片,我给你一个 E-mail,你发给我?"

"好。"我说，这半天工夫，她比进来的时候老了十岁。

我开始全心全意地跟踪叶嘉豪，他真是一个土生土长的香港仔的作息，我是说，底层出身，受过一点点不那么上得了台面的教育，技工学校之类的。每天睡到快要中午，从家里到单元门出现，打着呵欠，睡眼惺忪的，穿着一件绣着大金龙的大花夹克，宽松的阔腿多兜裤，一双他挚爱的波鞋。不解何故，他那双鞋死活不离脚，鞋子里没有穿袜子，不管穿什么鞋都光着脚，几乎是粤港澳的一种风俗，他也不例外。

他挠挠自己的脖子，挠挠自己的肚子，肚子已经微微隆起，上面有几根下腹的体毛露出来。他坐在自己最习惯的那家茶餐厅，要了一杯咖啡醒脑，那种最普通，最劣质的咖啡，他喝得津津有味，我就坐在不远处的一把椅子上，斜对着那家又小又破烂的茶餐厅。

我戴着墨镜，从楼下兜售墨镜的印度女人手里买的，才花了五十港币，我还戴了我最讨厌的渔夫帽，从垃圾桶里捡来的，扔帽子的人不知道是死是活。

因为面对面、近距离见过该死的叶嘉豪，我不得不给自己粘上了两撇小胡子，跟真的似的，小胡子是在旺角一家假发店买的，假发店还兼售假胡子和假眉毛。

我还特意改变了走路的步态，比自己通常的速度还要慢很多，脚尖向两边撇，这都是师傅暮木沉教给我的。

没错，叶嘉豪就住在旺角染布房街，这条街算是略微清静的，离旺角地铁站有一段路，离那些逛街买鞋买墨镜买电子产品的游人略远一些，这对于喜好猎艳的他是个好地方。吃完早饭（或者午饭），他整个下午就在旺角一带闲逛，跟他能够遇到的每个独自逛街或者两人为伴的女孩们搭讪。有时候用香港话，有时候用普通话，有时候又用英语或日语，这个狗日的总能有所收获。他一看就是殷勤又嘴甜，即便采取如此原始的泡妞手段，依然能够见效，不能不服气，正应了一个成语：勤能补拙。

我容易走神，跟踪人总是容易跟丢，何况在旺角这么熙熙攘攘的地方，到处都是人，都是避不开的障碍物，好在叶嘉豪夹克背后那条显眼无比的大金龙，总是在我即将把他跟丢的瞬间，突然重新回到的我的视野之中。

在旺角，他从我眼角的余光出现，转眼之间，又消失不见。他像一只泥鳅，一条对地形环境再熟悉不过的地头蛇，在女人街，在广东道，在上海街，在新填地街，在碧街，在渡船街，在东安街，在登打士街，在豉油街，在山东街，在黑社会横行的砵兰街，在和上海街垂直的窝打老道。

我整个下午都跟个螺旋藻一样紧紧地跟随着他，像一只唯恐跟丢了人血的水蛭，跟踪的最高技巧就是注意力高度集中，眼中只有你跟踪的对象。跟踪的时候，有必要的话可以改变打扮和步态，这也是师傅暮木沉当年教我的。

他的原话是："就像盯住你一生只有一次机会看到的杀父仇人一样盯着他。"

师傅总是对的。

他刚吃完早午饭，居然拐到弼街地下的金华冰厅，要了一份本地人叫作墨西哥包的吃的，刚出炉的，装在纸袋子，就那么边走边吃。这家铺子顾客居多，他混在里面让我很紧张，多几个人打掩护，他就消失了，好在我两只眼睛充了电一样盯着他背上的金龙，一刻也不敢放松。

二〇一六年，我在香港期间，有一个叫陈可乐的人，和一个叫陈玉峰的人，这两个人可能是因为太闲了，发起了一个凶杀案观光团，题目很吓人，叫"油麻地的两万种死法"。因为这个题目，一时间爆红，熟知香港本地凶杀案的他们，设计了一条旅游路线，全程1.5公里，走完需要两个小时，肯定是走得很慢了，这些命案大多发生在公共场所，某条街的拐角，甚至大庭广众之下，不乏目击证人。

据说，这里面包括了著名的旺角垃圾站十五岁私影女弃尸案、碧街便利店凶案、床褥卷裸女弃尸街头案，还有油麻地地铁婴尸案，等等。

香港何其小，何其拥挤，杀人抛尸对于凶犯而言，总是难以完成的任务。

与油麻地不同，在荃湾，曾经有个家庭主妇杀了老公，为了毁尸灭迹，她把他分割成十块，放在大锅里蒸熟了，放到密封袋里冷冻。假设一个男人的体重是七十公斤，血液占他体重大概8%，也就是5.6公斤，余下的64.4公斤分成十份，大概一份是6.44公斤。这位主妇很有耐心地在几个月的时间之内，每过一段时间，带着一块丈夫的煮熟的、冻过的尸块，往外扔一块。

香港就像一个悲剧之城，从这个意义上来说。

我还听说，至于听谁说的，已经记不清了，也许是黑哥们儿，也许是"菠萝包"——跟我走得比较近的两个人。

在油麻地，有一间男厕所，每一格都死过人。

女作家韩素音说得很妙，她说香港是"借来的时间，借来的地方"，说的是一九九七年之前的香港，而从她的精神属性来说，香港似乎总是让人觉得恍惚和错落，一个被未知挟裹的城市。

我走在香港的街巷之中，每每觉得走神的时候，我的灵魂会出体，向上不停地飘升。跟踪叶嘉豪的过程也是如此，我一双眼睛在地面上，跟我眼睛均齐的地方盯着他，还有一双眼睛，从半空中看着他，这四双眼睛，让他变成了一个立体的存在。空中的眼睛扫描着他的头顶，让他看起来像是一个移动的小火柴头，地面的眼睛紧紧跟随着他的后脑勺和背影，全部的背影。

第二十七章

傍晚七点不到,我的精神就开始恍惚了,走得也够远了,感觉那个狗日的一点不见疲劳,毕竟是年轻小伙子,何况又是游手好闲的一个人,搞不好就是一个啃老族,靠着父母的退休金过日子。看起来,他的花销无非就是吃饭,外加钟点房,偶尔买点衣服、鞋子。这一路,他遇到一个熟人就停下来说笑两句,遇到女孩们继续搭讪,弄到了至少两三个女孩的手机号。

他那种什么也不想兜售,纯热心、纯达观的态度,大概也能感染一些人生地不熟的异地来客吧。想要在这里交往个把当地朋友的港漂,也容易被他迷惑。

但是傍晚七点不到,我就把他给跟丢了,他好像突然进了某个门洞,上了楼。旺角的楼上也有很多店面,只有对这一带熟悉的人,才知道从哪里上去,上面又是些什么店面,无非是动漫卡通游戏之类的。但就是眼错不见让他消失了。

确实很难做到"就像盯住你一生之中只有一次机会看到的杀父仇人一样盯着他"。

也不排除我被一两个无比好看的过路的女人迷住了眼。

他消失的那条街叫作亚皆老街,他肯定不是故意消失的,但这已经让我前功尽弃了。

我打电话问老K:"那个混蛋在哪里?"

老K似乎午睡还没醒来:"什么?什么浑蛋?"

"叶嘉豪啊,"我喊道,"叶嘉豪你不认识了吗?"

"不认识,"过了一会儿他说,"哦,他啊,怎么了?"

"什么怎么了?我跟丢了。"

"哎哟,别大惊小怪的,跟丢一个人不是很正常的吗?你看我天天在家帮你跟这个跟那个,我也会跟丢,人家电话卡一拔,往窗外一扔,我不也无计可施了?"

"你绕来绕去的干吗?帮我看看他在哪里。"

"等会儿,我还没起床呢,今天中午喝了一种酒,桂花陈还是什么,后劲真大!"

我挂了电话,乘机找了个小店坐了一会儿,要了一杯芋芳奶茶,走了大半个下午,累得像条狗一般。这种时候,只能等着老K的消息,但是那孙子死活不跟我联系,我怀疑他又睡了几个回笼觉才起了床。

"哦,就在你坐的地方的斜对面,我看看,看不出几楼,定位没有那么精准。"

"斜对面?左前方还是右前方?"

"左前方,你站起来动一动,对了我告诉你。"老K一边打电话,一边打着呵欠,极度缺觉的样子。

"说!"我站起来了,向左边试探着走了几步。

"不对不对,角度再大一点,略微再大一点点。"

"角度再大,并没有上楼的单元门。"

"没错,就在这两个单元门之间,我劝你就在这里慢慢等他下楼吧,何苦那么累,难道你要去巡楼?一层层问,这两边的楼都有二十几层。一个楼梯不止两户,你得问几百户,我替你想想都头皮发麻。"

但是老 K 在那头分明有点幸灾乐祸，他一直鼓励我多做一些无用功，消耗掉体内多余的力比多，好戒掉酒，他自己也喝酒，但只是偶尔为之。

我只好坐在那里，盯着单元门，左边盯一会儿，右边盯一会儿，一直到奶茶店打烊了，店主打算来收放在室外的桌椅，我请求她给我留只凳子，她不同意，只给了我一张硬纸板。我坐在那张硬纸板上，一直坐到夜里十一点半，他还不见踪迹，我怀疑那是他的一个相好的，说不定今天人家的老公不在家，他乘机留下来过夜。

即便是香港，即便是旺角，这个时间点，也开始降温了。我看腻了熙熙攘攘的人群，这么晚了依然不解何故，街上还是有这么多人，走来走去，大部分店都在打烊的边沿，街边摊却陆陆续续地起来了，诸如鱼蛋摊，那些排队买鱼蛋的食客，热情不减。

我的屁股越来越凉，我对鱼蛋又没什么兴趣，只好在瑟瑟发抖中走回了尖沙咀。

黑哥们儿在我的房间门上贴了一张纸条："明天下午三点半，丁先生想见你。"

我这回获准去 ICU 病房跟丁先生见面，通常，这是直系亲属才能享受的待遇，但他不是几乎没有直系亲属了吗，他那几乎报废的肺，连累了心脏，心脏也几乎要沦为一颗干枯的果子了。

他在历年的治疗中所置换的关节，已经让他完全变成了一个美术生使用的人体模型，主要的关节基本上都是人工的了，每动弹一下，都会带来巨大的痛苦。他只能躺在床上，插着导尿管，但凡要略微翻个身，都需要动用好几个护士护工来一起帮忙，我不知道这么糟糕的情况下，他找我干什么。

他从氧气面罩当中看着全副武装的我，我们俩就像核战争爆发后各自防护的两个士兵一样，在上气不接下气的艰难情景中会面。

"年纪大了，其实我年纪没有多大，但是这个病让我感到这两年自己衰老得厉害。"他说，呼吸状况似乎比我想象中要好。

"好好调养，你弟弟的事情，我会搞清楚的。"

"这我不担心，从我第一次见到你，我就知道你可以。"

"其实，多多少少有一些进展，我每天工作时间也不少，到处见人，这个见完了见那个。"

"我相信你，不用解释。"

"我不知道你找我干吗，但是有个问题，趁我还没忘掉，要先问问你。"

"请说。"看起来他当下唯有脖子可以略微向左边，或者右边转动，转动的角度不能超过二十度，通常十度到十五度。我知道，癌症骨转移的病人，切块土豆，都可能导致骨裂或者骨折，何况是他。

"那我先说了，你们是如何断定你的弟弟，和那位叫作余爱媛的女被害人之间有婚外恋的？"

"我从来没有办法断定，我也是推测。"

"他们没有在你跟前手拉手或者怎么样吧？"

"他送她到电梯口，这种对女人献殷勤的行为，在他身上发生还挺稀罕的。"

"送到电梯口，这个不奇怪，说不定他只是担心电梯口对她来说有点儿黑，在重庆大厦，这是普遍问题。"

"我弟弟虽然不太懂人情世故，心地倒是挺善良的。"

"你知道他失踪在从他的工作室到机场的路上吗？"

"问过他的搭档小左,差不多是这样的。"

"左先生,也就是小左,这个人怎么样?"我问。

"典型的技术男,他们俩相处得不错。"

"哦。他有没有可能有问题?"

"他要谋害我弟弟,无非是能得到一些专利权吧,这些专利权,所谓的飞行器,虽然我不懂,但因为还没有转换到商业用途,目前来看也不值什么钱。"

"未来呢?"

"除非有一掷千金的投资人,不计回报地投入,否则一点儿希望都没有,商用的前期投入太高了。我们现在毕竟不比从前,从前欧洲人从南美洲引进马铃薯,这是一种高风险的投资,也因此,让欧洲人口大幅增加了。"

他提及的马铃薯,让我联想到我在他的房间里看到的一本讲马铃薯的书,他读许许多多博物学方面的书,算是一个兴趣爱好。当然了,我没告诉他我总是住在他那里,还把女人往那儿带,甚至使用了他的性用品,尽管使用前后都会洗干晾干,但是想必没人愿意跟人分享床笫用品。

我不敢提及"当时欧洲人还谣传吃了马铃薯会得麻风病",这也是那本书里面说的。

"但是,如果你愿意的话,你也可以投资他的飞行器。"我说。

"我不愿意,我不会投资我看不懂的行业,除非我彻彻底底地搞明白了。"

"亲兄弟也不例外?"

"投资就是投资,就是要挣钱的。不然怎么叫投资,不如叫慈善。"

"也是。"

"我觉得小左想要害他的可能性不太大。"

"既然没有铁板钉钉的证据表明,小丁先生跟余小姐有情感纠葛,凶手将他们俩缝合在一起的用意何在?"

"这也是我要问你的啊,我也百思不得其解。"

"不管这人是谁,他肯定不是针对陌生人犯罪的,他造成这种错觉,也像是故意而为之。小丁先生在去机场的路上失踪,余小姐在跟朋友见面之后,和跟丈夫家的司机碰头之间的几个小时失踪,他们应该不是约好了一起赴死的,既不是殉情而死,也不是主观要一起被劫持。"

"没错。"

他的头脑看起来还很清楚,至少还能听懂我的这一堆云山雾罩的分析。

也可能是刚打了吗啡之类的镇痛剂,他两眼炯炯有神。我一直在观察他的氧气面罩是否有水汽在上面,目前为止还没有。

真佩服这个人的生命力,每次见到他都觉得虽然还活着,但是他只剩下最后一口气了,结果呢,下次再见,还是活着。

死亡对他像是一个虚词,一个在空中打转转的白色烟雾。

"所以我猜测,凶手这么做,是为了让两家人一起陷入稀里糊涂的境地。"

"我一直以为是余小姐的魅力。她确实是一个很有吸引力的女人。连家弟那种对女人还不如对电子元件有兴趣的男人,都能对她动心。"

"确实,仅仅是看她的照片,都能让人怦然心动,荷尔蒙都要溢出来了。"

我在犹豫要不要告诉他,关于我所知道的余爱媛的同性恋人的事情。到底最后也没有说,这和他也没什么关系。

"香港这个地方很奇怪的，一九七一年才取消了纳妾制度，也就是说我小时候，纳妾还是合法的，第二年才实施了六年义务教育。在五六十年代，如果你信基督教，就可以从教会领到救济品，这是个好事儿。我母亲说过，有一天她回到家，家里的祖先灵位和佛教的神龛都没了，可能也不是佛教的神龛，而是土地爷的神主牌，土地爷属于民间神灵，跟佛教还不是一回事。外婆将这些，换成了十字架、耶稣以及圣母玛利亚的画像，我们家一夜之间成了基督家庭，外婆周末会带着还年幼的母亲、小舅舅他们去礼拜堂做礼拜，牧师给他们都起了教名，这个叫作保罗，那个叫马丁。哦，我就叫保罗。"

他一直在唠叨，小声的，近乎自言自语，我不如将这个定义为一个垂死之人，对于人世间的一切，包括自己的往事，那充沛的、不可控制的留恋吧。

我离开医院的时候，又接到了焦虑不安的米娜打来的电话，她说："不是不是，我有确凿的证据可以证明，余爱媛说不定是我前男友杀的。但是，我得和你见面，电话里不方便说。"

我在考虑有没有必要接招。她已经飞快地说好了时间地点，次日，去上环海安冰室，还是上次见面的时间，她下班之后那短暂的一个多小时。我请她把能够证明她男友有问题的证物带上。她在那边忙不迭地回应："那是肯定的，那是必须的。"

我已经好几天没见过"菠萝包"了，但是接待完米娜，米高就不可遏制地出现了，他兴奋异常，要马上跟我再谋划那件大事。"绝对是一笔大生意。"他说。

激动万分的他遇到了完全不以为然的我，有点儿热屁股贴冷脸的感觉。我对于从 A 到 Z 锁都毫无感觉，也没有多大的兴趣。我真想告诉他，要偷要抢，只管办，最后别忘了给我打钱就可以了。我拒绝和他再见面聊这些锁头,太琐碎了,我只想要一个结果,我每天应付的琐事,已经太让我烦恼了,不能再有一丁半点的琐碎和繁杂。

"我需要再去丁先生的房间一次。"他说。

"做梦,钥匙我还给他了。"

"你骗我,你不想挣这笔钱了?"

"的确是骗你的,改天吧,等我心情好的时候,我会找你的。"我估摸自己每天心情都很丧,下次见他不知道什么时候了。

"那我等你电话,我可是下家都谈妥了,他们都很兴奋,都等着呢。"

不知道为什么,我心里浮现了亨利·米勒的一段话:"施刑人是一个无法言喻的魔鬼。你在黑暗中转个弯,就会碰到他。你惴惴不安、行尸走肉,你麻木不仁、了无生气,但终究逃不出他的魔爪。"

第二十八章

我继续跟踪叶嘉豪，这注定了是跟前一天没什么两样的旅程。从他中午打着呵欠，松松垮垮地去茶餐厅吃早午饭开始，我换了一副装束，这次装成一个内地游客，反正我本来就是，基本上也不用费多大工夫。只需要把里边穿的衬衫放到休闲西裤里边，穿上怪怪的西服，我上次从旺角某个服装大排档捡回去的，皱皱巴巴的，再带上一只鸭舌帽，旅行团发的那种艳黄色的，上面写着"中旅"两个字，如果再背着一只前挎包就更像了，可是我没有任何包。

这种跟踪，明摆着就像是陪他玩，他并没有固定路线，基本上就是在旺角那几条熙熙攘攘的街上巡街。有时候，他会贴到某个店主耳边说句什么，我怀疑，他们在谈工作。有工作可谈的人，都是幸福的，就这么游游荡荡的，把活儿顺道干了，谁不羡慕？

三个小时，也许是四个小时之后，我精疲力竭，因为这个浑蛋移动的速度实在是快，地头他又熟悉得不得了，一会儿蹿进一家店，一会儿又从另外一个出口出来。何况，今天他换了一双不那么鲜艳的运动鞋，外加一件灰溜溜的运动夹克，顿时泯然众人之中，不易察觉。

今天的旺角和昨天的、前天的，毫无区别，只能说人潮涌动的节奏每天有微妙的区别。个子高一点的男孩，可以看到更多人的头顶，如此而已。我这个个头，可以看到三分之一的头顶，这里年轻人居多，就跟在深圳一样。感觉整个香港的年轻人都聚集到这里来了，他们缓缓而行，每个人都是一座移动的人形铁笼，互相隔着笼子，都不打招呼，逛着各自的街。

旺角的弥敦道以西，本来是不存在，是填海得来的土地。以东，本来就存在，长得像一只芒果，所以叫作芒角，现在旺角的英文名儿依然叫做Mong Kok，就是这个发音来的。原初的村民种菜、种花、养猪和养鸡，后来这里有了一些别的产业，诸如洗衣和染布，在地名上皆留下了痕迹。我发现叶嘉豪一天会在女人街上来回刷一百遍，跟这条街上的女人攀谈几百次。孜孜不倦地记下女人们的手机，有时候现场交换电话，他带着那种热情、殷切而又斯文的态度，和昨天穿着绣金龙的夹克有所不同，他像是一个变色龙，随着衣着打扮的不同，而显现出不同的人格特质，这让人迷乱。

然后，他突然又消失在昨天那座楼内，我还是无法分辨是左边那个单元门，还是右边的。当我仰头望的时候，来来回回的行人撞击了我，他们撞到我，又避开，我们像一局电玩一样，在街头彼此撞击，一方撞得粉碎，另外一方得以幸存。

沮丧无比的我只能寄希望于他早点儿出来，结果没有。一直到深夜，所有的店都打烊了，他还是没从那个单元房里出来，没有扬扬得意地晃着腿，因为抽烟过度清着喉咙里的痰，吐一口在路边。当我坐在道边，像个傻子，像只猴儿一样仰望那些还亮着灯的房间，我这种中世纪骑士一样的傻劲儿，毫无意义。

当然，作为一个合格、专业的侦探，我能干的就是第三天接着来。

这回，他在外面晃的时间没有那么长了，在砵兰街，他接到了一个电话，突然飞奔起来，我也跟着飞奔起来，我们俩像两只蝙蝠一样，飞翔在砵兰街的街头。他飞的力度大，我飞的速度快，但是终究他比我更有耐力，经过几个回合，消失在地铁站深处，当我进了站，他也已经上了一趟车，那趟车，恰好合上了门，继续往向南的方向行进。我伸手，差一点就触碰到车门，但终究没有。

我垂头丧气地走出地铁站，蓝花楹还不到开花的时候，它们站在道边，像一排正在执行末日审判的陪审团。这种开起花来跟紫薇很像的树，还有一个更好听的名字，叫蓝雾树。确实，开花时节它们有如紫色的雾气弥漫在十几米的高处。

我知道香港有几个地方是看这种树的好地方，包括港大，包括沙田公园，但是来的季节不对，也就没有办法去看。我只能坐在树下，盯着不远处的一个铺子看，铺子是卖杂货的，隔壁是家黄金首饰店，店员不论男女都穿着黑色紧身西服。这个季节，香港有什么可以看的吗？也许可以去大棠郊野公园看红叶，但我全无心思。

当晚，那个姓叶的并没有回家，因为次日接近中午的时候，他并没有出现在楼下，也没去天天吃早饭的那家茶餐厅，一个人行为模式改变了哪怕一天，就说明他有了其他安排：去见一个女人？去见一个多日不见的老同学？

去参与杀一个人？

我一无所知。

过去，最早，我在东京跟着师傅当小学徒的时候，他总是觉得我不管什么都还好，只是跟丢人这一项，够让人烦恼的。确实，每次我都会跟丢，一整天，甚至一个礼拜的努力都白费了。

为了买酒钱，我们偶尔也接一两桩婚外恋的调查。站在男人跑去找婚外情人的公寓门外，我总是一手抓住一瓶酒，不住地打呵欠，有时候竟然会在灌木丛里一头栽倒，睡着。睡得比那个男人还要沉，还要香，直到第二天被洒水车浇醒。

所以，我喜欢调查刑事案，刑事案跟踪比较少，所以师傅死后，我终于可以只接刑事案不接其他，虽然这样让收入变得寡淡，我也无怨无悔，靠着一棵法国梧桐或者宽叶善山月桂睡着的滋味，真是大不如躺在我的小床上，至少脚可以蹬直。

舒刻是个行动派，她已经把那天跟余爱媛告别后，后者可能去的地方走了遍，并在电话里跟我说："我不相信她是自己上到那个坏人的车上去的，必须有交通工具才能完成一次劫持。把她扔到后座或者后备厢跟玩儿似的，她那么轻，一百斤都不到。"

"我同意你的分析，在大部分城市，没有交通工具的绑架和劫持都是不可实现的，因为要在最短的时间，把一个大活人塞进别人看不见的地方，特别是，监控器看不到的地方。"

"我找了警察局的朋友，有工作关系的那种，调了我们分开那天的监控录像来看了，她之后确实去坐地铁，那天她坚持不让我送她，我们就在宝琳站外分开，她那失魂落魄的样子真是让人挺担心的。进入地铁站后，她坐上了将军澳线，穿过东区海底隧道，共六站，车程大概十二分钟，然后在北角站下车，同一站换乘港岛线，如果她去铜锣湾的话，她需要再坐三站地，到铜锣湾下车。"

"你调了当时北角和铜锣湾的录像出来看了吗？"

"实在太难了，你知道，晚上八点钟，香港地铁里依然是人山人海，特别是周末，大量菲佣拥到铜锣湾去休假，特别是港岛线，那么多人，怎么可能从那么小的屏幕上认出某个人呢？"

"问题来了,那天你的感觉,她很恍惚,那么她是真的去铜锣湾跟她丈夫的司机接头了吗?"

"我无法确定,我们吃饭的时候,她接了一个电话,她平时不管接到谁的电话都不会避开我,但是那天很奇怪,她走到餐厅外边去接电话,背对着我,走了很远,用很小的声音说话。"

"我记得她在一家律师事务所实习过,你们是那时候认识的吗?"

"是的,我们当时是同事。所以,我们其实很熟悉了,工作中,生活中,很多习惯彼此都了如指掌。"

"你真是北京人里罕有的细腻的。"

"您这是夸我吗?"她突然来了一句如假包换、字正腔圆的北京话,带了一点点鼻音,格外纯正。

其实我只是想劝她不要那么当真,把当日的情形在脑子里反复复盘,直到自己的偏执、强迫症发作,自责记忆当中出现的颗粒和杂质,审问自己为何没有记住那天所有与她相处的时间的所有细节,每一分钟每一秒,每一帧画面,每一点声响,每一句她说过的话,和自己有心或者无意的回应,每一片叶子从树上落下来,每一只人行道上被踩碎的蚂蚁或者昆虫。

但我无力开导她,她已经毅然决然地朝着自己想要的轨道行进了。

"你提醒了我,我可以想办法去调一下餐馆外面的监控录像,说不定录到了她的声音,我只需要听听声音的大感觉,即便没有信息和细节,也能猜出个大概的意思吧?"

"聊胜于无。"

"我不需要你给我打鸡血。"

"我也不打算给你打鸡血,相反,应该多给你泼泼冷水。"

"你觉得有用吗？"

"没用，只是为了让你不要有太高的期待，目前来说。"

"没有期待是痛苦的，有期待也是痛苦的，两种痛苦当中，我选择痛苦程度比较轻的那种。"

"到底是哪种？没听懂。"

"其实我没有希望，也没有选择，不过不想马上死掉，就得做出一个选择。"

这样聊下去，我可能会在精神上爱上这个不是女人的女人，必须尽快打住。

在重庆大厦闲逛的时候，我认识了一个巴基斯坦人，已经五十多岁了，也爱读书，在他们国家曾经是个职业学校的老师，普通话已经流利到可以用来交流一些略为深刻的思想，有一次我们坐在一起吃午饭的时候，他突然问我，除了侦探，我还有什么别的想做的。

"说不定会回老家帮着打理老父亲留下来的葡萄园，总之会干一些跟土地发生关系的事情，而不是像现在这样在城市里，被悬在半空中，上不着天下不着地的。"

"十分理解，你想接触到那些水，摸到那些叶子，叶子上的脉络，看阳光照射在它们上面的样子，感受着春天它们发芽，秋天它们从极度的繁盛转为枯萎、凋零的过程。"

"还有它们的稳定性，来年还是这样，永远都是这样的。"

"是的。"

"那你呢？"他其实在这里贩卖叶子，也就是大麻烟，他自己也抽，偶尔也请我抽。

"我不一定要做人的吧？"

"当然了。"

"如果可以不是人，我可能是一块木头，一块散木，用来做船它会沉，因为太重了，做棺木会迅速地腐朽，做家具就算装了八只脚十只脚都要烂在屋子里，做支撑房子的柱子，会很快招来白蚁。它肯定是一无是处的，但我愿意做那样一块木头，不管多大，不管多小。"

说完，我们举起酒杯，碰杯，碰得很响，他是我认识的这个大厦里最有智慧的人，虽然生意总是惨淡，还随时有被警察请去填表的危险，我每天都希望能够碰到他，有机会就一起坐下来喝一杯，然后醉醺醺地目送他走到电梯深处，第二天依旧如故，确保他还没被遣送回巴基斯坦。

第二十九章

跟米娜的会面被我推迟了两次，我找不到见她的动力和理由，她听起来只是神经兮兮的。但是，她不停地跟我联系，即便我掐断她的电话，她还是一次次地给我打，甚至打到半夜两点半，我已经困到无力反抗。

手机当然是静音的，我把它扔到床底下，让它跟那只旅行箱静静地待在一起。

还有那枚要让米高发疯的 R 锁。

第二天醒来，米娜已经给我打过了八十六个电话，八十六个未接来电都是她的。我谈过最疯狂的恋爱都没有这样彻夜给人打电话的，何况是一个八竿子打不着的人，她简直像是一块寻找属地的小岛，大陆不同意，便彻夜纠缠大陆，一次次划起橡皮筏子，冒着海上的暴风雨和浮世绘式的高高的恶浪，向大陆冲去，一副耍赖给大陆看，死给大陆看，让大陆负疚、纠结、自责的模样。

她锲而不舍。她的执念，终于在又一个彻夜给我打电话之后达成了，我感受到了一丝怜悯，因为这次她打了二百八十九次。

她的坚持让我感觉她像是见到了鬼。

而且，她的坚持无处不在，我一旦答应了她，她立刻追了上来，提出了一个新的要求，诸如：还是要去上次说的上环那个叫作海安冰室的餐馆，本来我不喜欢去上环、中环这种地方，看着黑压压的楼群，被楼群分割的天空。鸟群飞过的时候，格外吃力，因为气流不稳定，不管是过冬的，还是路过的，都像是李嘉诚"风球"屏障一样，把这些鸟隔绝在这片天空之外。米娜才不听我这些奇谈怪论。

当然了，我也没跟她说。

香港叫冰室的地方很多，并不是每一家都只能吃冰，还有别的东西可以吃，有的其实就是综合性餐厅。海安冰室最奇怪的地方是所有的桌椅，不管是小圆桌还是卡座，都刷成了血红色，血刚刚开始凝固时的那种微微发暗的红，像是一场屠杀结束后，有人将所有家具上的血迹用同款的红给掩盖了。

为了掩盖什么而刷上的油漆，在运送过尸体的车子上尤其常见。

对，重新上过油漆的运过尸体的车子，跟这间冰室的风格有一拼。

我怀疑自己太神经质，看到这么小的店堂，用这么热烈，或者说近乎压抑、惨烈的颜色——这种红，会唤起人暴力与虐杀的欲望，我坐在里面浑身不舒服，总是想着外边是不是快要下一场雨了，我已经听到了来自不同区域的云朵在半空中摩擦、嘶喊。

这让我想起了初看电影《闪灵》时的震撼，这是在一个逼仄的环境中造就的，这种逼仄，是香港独有的，也许是上环独有的。我不知道如何形容，但坐在这样的卡座里面，跟一个肤色比较重的、胖胖的女孩在一起——她的肤色、发色，在这样的卡座座椅跟前，让她变成了一个黑洞一样的存在，也像是一块卤过的漂亮的牛肉，漂浮在血海之中。这个画面，与她那孤魂野鬼般的漂泊无定，与她带卷儿的头发，这一切都非常匹配，有一种令人内心震撼的张力。

她要了一份沙嗲牛肉，一份炒牛河，外加一杯鸳鸯奶茶，就那么狼吞虎咽地吃起来。她跟我说她一整天除了早饭——早饭是一份素米粉，一碗麦片粥，几乎都没有再吃什么，一直在加班，被老板骂，被客户骂。

"如果你用三分之一的白兰地，三分之一的白朗姆酒，和三分之一的君度酒，再加上一勺子柠檬汁，就会配成一款叫'床笫之间'的鸡尾酒，也是女诗人埃德娜·文森特·默蕾的最爱，据说她最喜欢在临睡前调一杯，跟当日的床伴儿一起喝，三分之一的白兰地，三分之一的白朗姆酒和三分之一的君度，和那一勺子柠檬汁，平均地进入了两个人的血管，进而分散到血液循环的支系，毛细血管。这不是重点，重点是酒中所含的大麦芽碱能让人神经兴奋，让人感到快乐的是由神经传递素——多巴胺引发的，大麦芽碱就是引发多巴胺的受体，它们一碰面，该发生的都会发生。话说回来，谁还记得她当日的床伴是谁呢？大家只记得这杯酒。"我一边看着她吃，一边说，说得很慢，像是一种画外音，伴随着她咀嚼和吞咽的声音。

在喧闹的餐馆，我的画外音和她吃东西的声音，像是被一位混音师单独分离出来了这两轨，其他食客的声音，跑堂的老头老太服务生走来走去的声音，统统消音。A轨：她咀嚼和吞咽的声音。略远的B轨：我的碎碎念。

等她吃得差不多了，那位看不见的混音师，将其他的声音又都一条一条地叠加进来了。如果你支起耳朵细听，还能听到，在一层又一层的声音之下，盖着厨房正在切姜的细末的声音。锐利的主厨刀，将不老不嫩的姜，横切成薄片，这一片叠起来，再纵切成细丝，而后将这一叠姜丝放成横向，继续用刀刃最锋利的部位对它们下手，切成姜末，这些姜末用来做海南鸡饭里的调味料，再好不过了。

然后我能听到，厨师的脚撞到一只木凳子的一只脚上，高脚木凳，有年头了，常年搁在厨房里，油腻腻的，声音已经变闷，厨师很年轻，年轻人的腿骨，富有弹性的足三里处的肌肉束。

啪，我又听到一条里脊被重重地扔在案板上的声音。

然后米娜咽下了最后一口炒河粉，盘子里干干净净，一丝不剩。

"说吧。"我终于呼出一口长气，对她说。

她并不着急说，她在一口一口地喝鸳鸯奶茶，尽管它已经从滚烫变成温凉了。我看着黑眼圈外加眼周皱纹，越发浓重了的她，这是个八〇后吗，还是一个七〇年初的半老太太？

"谢谢你终于肯见我，不过说谢谢会不会太生分了？"

"你的汉语比我上次见你时更好了。"

"最近的项目是和内地人打交道，天天和客户磨稿，来回改啊来回改，不知不觉，普通话都变好了。"

"好事儿，儿化音再安上去，足以乱真了。"

"好事……儿？好难，我只会马马虎虎的儿化音。"

"马马虎虎的儿化音，胜过一点不会。"

"是啊。"她居然笑了起来，其灿烂的情状，看起来一点儿不像刚刚受过百般的惊吓。

"说吧，求求你了，你打了几百次电话，就为了跟我聊儿化音吗？"

"我不知道从哪里说起。"

"男朋友是嫌疑人，这里。"

"哦，对了，我越想越觉得他嫌疑很大。"

"来吧，说出你的想法。"我拿起一张餐巾纸，顺手拿起一只点餐用的小铅笔头,它已经秃到不能再秃了,勉强可以握住。

"首先,他认识余爱媛,而且很熟,他俩属于情人。"

"这条你已经说过了,我也能想到。"

"然后,他实际上很喜欢她,或者说,很爱她,特别爱,这点最终导致了我们分手。"

"何以见得?"

"举个例子吧,他的手机,手机的解锁密码是她的生日。"

"你怎么知道的呢?"

"有一次,我坐在他边上,用眼角余光看到的,虽然他的手指头点得很快。"

"也可能他担心用你的生日做密码,会被你猜到,看到他俩的聊天记录。"说着,我用铅笔在餐巾纸上画了一个手机,和上面的数字按键。

"虽然是个悖论,但是逻辑通顺。"她再度笑了起来,这次的笑容有一点点凄怆。

"你提到他很爱她,还有别的什么迹象?"

"女人的直觉无所不在,我发现了他们的事情之后,我把余爱媛赶出家门,他看起来失魂落魄的,每一天都是失魂落魄的。"

"你感觉他们还保持联系?"

"是的,因为手机还是有密码锁,还是她的生日。"

"然后呢?"我在餐巾纸上又画了一个连我自己也搞不清楚的图形。

"然后,有一天,我们见面,那段时间他已经有点儿抗拒跟我在一起了,我也是打了无数电话,"说到这里她笑了一下,"他终于来找我了,时间已经很晚了,他看起来就像喝多了,平时他不喝酒的,基本上。那天他喝了很多酒,整个人都要疯掉了的样子，眼睛通红，耳朵通红，我都担心他要杀人。"

"他说什么了吗？"

"睡觉之前没说什么，半夜三更突然喊了一声'结什么婚啊'！用粤语，'拉埋天窗'，你懂吧。"

"结什么婚，这很像林黛玉喊的'天昏地暗'，貌似。"

"哈？"

"没什么。"

"我当时就很奇怪，结婚？我们的状态已经没法结婚了，在朝着分手的方向走了，他那种失恋的状态，对我打击也很大。"

"他那种，还是你猜测的他那种？"

"然后我就听同学说，余爱媛结婚了，嫁给了一个经济条件还不错，有洋房有司机有菲佣的香港男人，做生意的，过上了有钱人家的少奶奶的生活，再也不用熬夜加班了，大家都很羡慕。你知道我们这个行业，干到老，熬到老，甲方都跟神经病一样的。"

"所以你证实了你男朋友，哦，你前男友的梦话，指向的就是余爱媛。"

"还能有谁？他对此耿耿于怀，喝了不少酒，出门还会踢垃圾桶，会撕海报，甚至用刀子在别人车上刮刮痕。"

"有了暴力倾向？"

"对，然后打我，真打，打到鼻青脸肿。"

"你没报警吗？"

"我如果报警，可能会丢工作。"

"为什么？"

"因为得去验伤，然后看医生，休病假，手里的项目可能就黄了，当时正在竞标一个大项目，整个部门都紧绷在那里，人人提心吊胆,我怎么可能在那种时候去医院?"

我有点不知道该说什么,为什么一个女人要坐在这样的桌子跟前,讲述这么凄惨破败的事。

"所以,你认为,他杀了余爱媛?"

"完全有可能,因爱生恨。"

"余爱媛死的那年,你们已经分手了吧?"

"算是分手了,拖拖拉拉了有一段时间,本来我和他的婚事,他的家庭也不是非常赞成,听说我们要分手了,都很高兴,我不想让他们高兴,就不肯分,我越不肯分,他就越变本加厉。总之最后那段时间鸡飞狗跳的,我身上都是伤,全部都是,胳膊,大腿,膝盖,小腿,脸上,脖子……"

"软组织挫伤,还是严重到骨折?"

"分不清了,也许有轻微的骨裂,但是它们在我做项目的过程中,慢慢愈合了,伤痛总是会好的,心里面的不一定,但是我不担心心里面的好不了,我只要坚持,让时间去发挥作用就可以了。吃每一颗米的时候坚持,走每一步路的时候坚持,对别人说'你好'的时候坚持,按下电梯的瞬间坚持,洗脸刷牙穿衣服的时候坚持,把自己的衣服拽进外套的时候坚持,总是要有一次又一次的坚持,就像花开花败那样日复一日地坚持,像一只苍蝇、蚊子、蛆一样坚持。"

"人活着是很难的。"

"很难,比说儿化音难得多,你懂我意思吧?"

我喊了要一罐啤酒,然后又要了一罐,然后又是一罐,其间,她一直在默默地流眼泪,流了很长时间的眼泪。

"在香港,我没有时间哭。"

她几乎用完了那沓餐巾纸,带着浓重的鼻音对我说。她红着眼眶,眼眶里面还都是泪水,泪水还在像岩浆一样涌出来。

"你怎么了?"米娜问我,我已经喝了第三罐啤酒了。

大的,七百毫升的罐装啤酒。

"我可能喝多了,陷入了幻觉。"

"幻觉?我每天都是在幻觉里面度过的。"她说。

"你接着说,别歪楼。"

"歪楼什么意思?"

"歪楼就是,呃,怎么说呢?"我突然语塞。

"那换个话题吧?有一天晚上,我梦到你了,你好像要去一个很远的地方,临走前,我帮你收拾东西,把你所有的衣服都卷成一卷一卷的,塞到行李箱里,摆得整整齐齐的,我记得你的衣服里很多黑色的,很多深蓝的,很多暗灰的,你是真的喜欢这三个颜色吗?"

我认真想了一下,好像是的,于是点了点头。

"那我清楚了,然后在那个梦里,我在收拾行李的时候,你告诉我,要去的地方很热,特别热,可能就不用带秋冬两季的衣服了,我就很奇怪,怎么会有比香港还要热的地方呢?"

"有很多地方比香港要热。"

"是的,马来西亚就比香港热,啊!你不会是要去马来西亚吧?"

"接下来?"

"不不不,梦里,那个梦里。"

"我去马来西亚干吗?"

"我老家啊,槟城,你喜欢吗?"

"说不上喜欢啊,可能因为没去过。"我开始有几分走神了,看到边上走过去的一个女孩的屁股,她似乎有健身的习惯,臀部高高地翘起，又圆又翘，她的臀部像是一盏徐徐升起的纸糊的灯。很少有男性看到这样的臀形，能不走神。

"你在看那个女生吗？"她突然盯着我看。

"什么女生？"

"刚刚走过去那个。"

"她是女生吗？看起来年纪不小了。"

"正面看是不小了，背影看起来还很年轻啊。"

"所有的女人都是年轻的，你更是了。"

"哦，真的吗？你觉得我看起来比她要小得多吗？"她再度咧嘴笑了起来，这一次，脸上有了红晕，那似乎是一种恋爱中的女人的气息。

"是的。"我伸手握住了她拿着湿漉漉的纸巾的手，像是握住了女儿未来的手。

第三十章

我的父亲已经死了,他身患食道癌,在他生命最后那些时间,我甚至没能第一时间回到他的病床前伺候。确切地说,我亲手从火葬场那位姓郑的工作人员手里接过了他,他先是被放在一只骨瓷的小罐子里,带盖子的,后来又被放到一只檀香木雕刻的骨灰盒内。

在置换的过程中,我看到了他的一颗金牙,那是他四十五岁的时候去镇上的牙医诊所补的,用了我母亲给他的一只金戒指。历经多年,那只金牙已经歪歪斜斜,我从骨灰中拿起那只金牙的壳子,想起了父亲曾经用它咀嚼的所有食物:黄瓜、花生米或者烤五花肉,我终于明白了天人永隔的含义。

这是我失去至亲的经历,父亲死去,我的生命突然被推进到死亡的第一线,再也没有人在前面为我挡枪子儿了,如果我自己死去,也没有人会为我的女儿挡枪子儿了。

这让我能够体会我的那些委托人,也就是雇主失去至亲的感受。

唯有把我自己也放进去,才能让我的肉身,在感官的范围之内,感受到那种具体而明确的痛苦。我的父亲死了,所以,我明白我再也不能和他一起吃饭了,他清晰而安静的咀嚼声对我来说宛若天籁之音,我们也不能一起坐在葡萄园,看着那些刚刚开始结果实的葡萄串串，那淡青色的，小小的果子，一颗颗地挂在那里。

死亡让他的沉默变得更结实、更可贵，当我怀念我的父亲的时候，我会忍不住去水果店买一串葡萄，一路走一路吃，我感受到他的湿度、温度和声音，依然存在，在我的口腔里，在我无法抑制的悲伤深处，他用一种近乎缄默的天与地的方式，向我传达他对我持续不断的挂念。在那一刻，父爱甜美而又可口地弥漫在我体内，通过这种他种了一辈子，从未厌倦也没挣到多少钱的水果。

父亲死后，我就变成了一只孤魂野鬼，游荡在这个世界上。有一天猪脚老板约我在城里见面，这次是在葵涌货柜中心的一间办公室，就在一堆集装箱的一侧，有一排办公房。那排办公室也是旧集装箱改造的。

"这个不错啊，造价怎么样？"我走进去就问，司机没在。

"旧集装箱改造成这样，基本上就是最简单的了，通水通电，给个下水道，安装一个厕所，在两层铁板之间加上隔热层，安个功率大一些的空调，搞定。"他正在玩一台电子游戏机，手里忙个不停，还能分出心来跟我聊天。

"人生啊，就像一条漫长的路，路上有的时候有荆棘，有的时候有水坑，有的坑还深不可测，掉进去就会出人命。两边，一边是悬崖，一边是峭壁，你越想往峭壁上爬，就越可能坠入悬崖，因为当中那条路很窄的。"他不知道有没有走心，开始了鸡汤式的感慨，不过听起来挺有道理的。

"不过要是人像一种叫作林岩鹨的鸟一样——它们每一次交配仅需要十分之一秒，但是每天要交配一百次，其实也就是交配了十秒而已，却耗费了一整天的时间，这样会更好吗？"

"十分之一秒？这是怎么做到的，蜻蜓点水都不止啊。"

"千真万确。"

"好吧,你很懂鸟啊!"

"感兴趣,一阵一阵的。"

"听说,最近有个人,认识余爱媛的,在找你?"

"你这个人,现在你知道什么,我都不奇怪了。"

"我别的特点没有,好奇心比较强。"

"水瓶座?"

"像水瓶座吗?我不太懂这些,这是年轻人的兴趣所在,以先生心态很年轻啊。总体来说,我喜欢冬天生的人,冬天生的人,血比较冷,冷血的冷。"

"水瓶座好奇心天下第一,正好我前妻就是,你也有她的资料,反正,都不是秘密了,你知道我小学班主任姓什么吗?"

"别这样,内地人说的,别逗了,那不重要,你会在乎你小学班主任是死是活吗?"

"那聊聊这个也认识余小姐的人吧?咱俩的事儿另外说。"

"她,还是他,无所谓了,中文发音都一样,我更认为她是个 He。"

"男孩子的样子,但里边还有女孩子的一面,人多丰富啊,不能轻易下结论。"

"我也觉得。她是个律师,你怎么看?"

"她做什么工作,与本案无关。"

"对,你看到的重点是她和余爱媛的关系,也就是我老婆。"

"杨太太。"

"对我来说,她们的关系,没有那么重要,毕竟,我也算是默许她们会面了嘛。"

"宽宏大量的杨老板。"

"哪里，我这个人不太稳定的，好起来好得不得了，哦，命都可以给你，坏起来的时候呢，自己都不认识自己了，刚才不是跟你说了我喜欢冷血动物吗？"

"你刚才说的原话是你喜欢冬天生的人，因为冬天生的人，血比较冷，冷血的冷。"

"记性真不错，短期记忆。"

"我感觉你坐在那个悬崖下的大豪宅里，天底下的一切事情，尽在你的掌握之中。"

"你真这么觉得？"

"是的。"

"那你现在觉得我是什么星座？"

我背上一阵发冷，脊椎周边的神经群，似乎纠结到了一起，沿着脊椎中间的椎管，一节一节地往上爬。

"命理老师最忌讳猜人家的寿命，现在看来，猜别人的星座也能带来生命危险。"我想了想说。

"大胆说，别怕！"

"大哥，你专门约我来这里看你打游戏的吗？"

"稍等啊，这局打完，我带你去看海鸥，既然你那么喜欢鸟，这一带，鸟多得是。"

"你应该体验一下把一只鸟抱在怀里的感觉，特别是那种有着茂密的羽毛的鸟，有细长胡子的更好，有古怪翅膀的，每一只翅膀都像是一根单侧长着一些羽毛的扁平的手指头，在末端有一些弯钩。"

我在回想一种叫作几维鸟的鸟，它们生活在新西兰的小海岛上。

他只管打他的游戏，我说我的几维鸟："我有时候会想，做一只几维鸟是种什么体验呢?"

"什么体验?"他心不在焉地回应。

"在几乎完全黑暗的灌木丛中,踱着沉重的步子。它们的嗅觉和触觉,比人类厉害多了,但是视觉几乎是不存在的,这个物种就是集体的瞎子,有个叫作理查德·欧文的解剖大师,曾经在一八三〇年——大概是那时候,解剖过一只几维鸟。"

"解剖鸟我就不太懂了,我只懂解剖猪。"他笑出声来,不知道是不是游戏玩得比较顺利。

"他发现了几维鸟并非没有眼睛,而是眼睛很小,大脑的嗅觉区域范围巨大。一百多年后,证实了它们可以闻到土壤之下十五厘米深的蚯蚓。"

"蚯蚓也不太懂,不过,我懂的你都不懂。"

"不一定。"

"不一定?"

"不一定。"

"你是我见过最自信的人,比全香港的男人都自信。"他说。

"那是因为我既不想得到什么,也没有什么可以失去的。"

"无执无失,很对啊。"

"一个两只手空空如也的人,是不会真的愿意再握住什么的了。"

"好了,我们去海边溜达溜达,这附近也没什么可看的,都是码头的货柜,你只能往远处望。"

我们站在高高的岩石上,确实,附近的礁石并不太多,这是个深水港,海水很深。更远的地方,有船只正在向这里靠近,他想带我看的天上的鸟不过是几只扁嘴海雀,这种鸟会潜水,还有一大群正在使劲拐弯飞翔的黑腹滨鹬。

我发现他不玩游戏了,就开始抽雪茄,手里,嘴里,总要有点什么才过得去。

"这个舒刻,你知道她多少事情?"他特别大声地在海风中冲我嚷嚷,手中的雪茄因为风的助力,燃烧得特别快。

"是个律师?就这些,我不可能遇到一个人就查,这个案子够复杂了。"

"她是冲着我来的。"

"你?你有什么见不得人的事情吗?"

"我不觉得我做的事情,有什么见不得人的,这就是生意,有需求的地方就有生意,就有相应的生意人。你同不同意?"

"当然,那还用说吗?我最近在重庆大厦,感觉除了大规模杀伤性武器,所有东西都有人在倒腾,在卖。"

"说不定大规模杀伤性武器也有。"他大声喊着说。

"我信!"

"我喜欢做生意。你看!"他用拿雪茄的那只手,指着远处的大片集装箱,"那都不是我的东西,我只需要租一些货柜,把国外的猪蹄,往这里贩运,香港人喜欢吃南乳猪蹄煲,还喜欢吃白云猪手,还有卤猪蹄、焖猪蹄、红烧猪蹄。我就是靠这些人想要吃猪蹄的欲望,来成就自己的生意的。"

"其他的生意也是一样的道理。"我说。

"生意就是生意。"

"因为你喜欢躲起来,所以我有个大胆的想法,这就像写小说写剧本哦,不一定是真的。"

"你说。"他深深地吸了一口雪茄,似笑非笑地看着我。

"我猜测你做的其他生意,不太占地方,不需要这么多货柜啦、集装箱啦、远洋轮船啦。你说对不对?"

我一直记得不知道在哪本书里读到过的一位柏林医生和作家戈特弗里德·本恩（Gottfried Benn）的一段话："要使头脑变得强大，不仅要依靠牛奶，还要依靠生物碱。这个小小的脆弱的人体器官不仅能够想象出金字塔和伽马射线，还有狮子和冰山，而且还能一手创造它们，设计它们。这样的器官怎能像勿忘我花那样，只需要浇浇水就可以打发……"

我喜欢这段话，一度想要为此铤而走险，尝试一下吸毒的滋味。而且在某次严重的酒精中毒后遗症，出现了形形色色的幻觉，并住了好一段时间的精神病院后，我真的弄到了一些冰毒，从一位老客户手里，他送给我的。我分成好几次把它们吸入鼻腔内，每一次都体验着超凡脱俗的快感。如果不是老K的劝告，我可能会继续吸毒，老K很直接，他说："吸毒烂鸡鸡。"然后给我找了吸毒之后烂掉的鸡鸡的科普图，画得特别细致，特别精美的那种，但是透着难以言喻的恶心。

于是我把剩下的冰毒，扔到马桶里。

"我喜欢聪明人，但是不太喜欢太聪明的人。"他突然哈哈大笑。

"所以，舒刻也不是光为了跟余小姐在一起，而接近她的？"

"这不好说，在一起时间长了，就会产生感情，男人女人都一样。"

"男男，女女也都一样。"

说这句话的时候，我看到司机远远地走过来了，他戴着一只遮阳帽，亚麻编的，看起来格外帅气有型，司机好像心情不错，晃着身体，他走路的时候，两只脚向外摆动，颇有一些公子哥儿的风范。

"人哪，都是人，没有一个逃得过人的基本欲望。"

"所以，你找我是为了什么？可以明说的。"

"明说多不好意思啊。"他凑近我，好像故意要让司机看到我们挨得很近。

"不明说我也能猜到。"

"嗯，帮帮我。"

我终于知道商人就是商人，没有一个商人，会平白无故地给你加钱。

"那你告诉我，谁格式化了余小姐的电脑？"

"我让他弄的。"

"为什么？"

"也不为什么，总觉得那台电脑放在那里怪怪的，我觉得有脏东西在里面，你知道，我有洁癖，就连这种电子产品，我都能看出脏来。"

"这台电脑是她带来的吗？"

"好像是吧，反正跟着她乱七八糟的那堆行李一起来了，我让她把大部分东西扔了重新买，她无论如何不肯丢了这台破电脑，说里面有她辛辛苦苦做的硕士毕业论文的原始版。她走了以后，我想，反正人也不在了，何必。"

"格式化电脑的时间，离她失踪的时间没多久。"

"是吗？"

"是的，二〇一二年十一月十八日。"

"这我就不清楚了，我回头问问他。"

"我想知道的是，你们是怎么知道她不会回来了，以至于要把她的电脑重装，不是报了失踪的吗？"

"我刚才说了，你没听清楚，我一直觉得这台电脑里面有脏东西。"

第三十一章

叶嘉豪那个傻子,终于被我逮到了。旺角那个单元门,那个说起来都有点儿玄幻的门,也终于被我逮到。不死心的我,眼珠子像鹰和隼这类猛禽一样(因为它们在视网膜后面,有两个视凹,浅视凹主攻特写,深视凹主攻远距离),从叶嘉豪拐弯的位置,做了一次心理上的俯冲。

他这回真的在劫难逃。尽管,按电梯差了一秒钟,我冲进单元门,指头伸出来的时候,电梯门已经关上。他在电梯里看着我笑的样子,就像一个朴实的客家男孩,电梯里有些昏暗的顶光照着他的脸。而后,我看到每一层它都会停,他肯定故意要搞混我的判断,让我无法知道他到底在哪一层出了电梯。

我去找上楼的楼梯门,但已经被人反锁上了,不知道是哪个该死的住户,想要独占楼梯的幽暗。搞不好,有人正在楼梯间乱搞,甚至不顾消防需要,定居于此。每一层的楼道,对于香港来说,已经是非常大的地方了,你只需要做一张高低脚的床,就可以躺下,床下还可以放许多杂物,可以有一个小厨房,一个小卫生间,然后留出过道。

天花板上还可以悬挂全家福、酱菜,以及香肠,还有一台电视。

我悻悻地离开了楼道,心想,如何把这个孙子,从这座楼里抠出来，狠狠地将他挂在布满了小细针的墙上，以每天五微米的速度，让他的身体，靠近那些针。

杀戮的艺术，就是精确控制，让他总是活着，总是活不好。

然而，我就这样又跟丢了他，第二天、第三天他都没有出现，他可能吃住都在那个楼里了。然后，第四天下午，我仰头张望，六楼的一个露台上，出现了他背上绣着金龙的那件夹克，它就挂在那里，几乎是一动不动的。屋里没有风，屋外的风也吹不进去，没有人站在衣服底下。

正在我仰头张望的时候，天上下起了雨，香港毕竟是海滨城市，雨说来就来，很急。我张开的嘴里吃到的雨水，有一丝咸，这么咸的雨水，在别处很少吃到。照理，水蒸气蒸发到天上，它不会把盐分带走，带走的应该是淡水，淡水在天上作为云朵存在一段时间，遇到冷空气凝结，再度降落成雨水。

这带着咸味的雨水是从哪里来的呢，我并不清楚，这像是一个不太好的兆头。吃了几滴雨，就断定香港今天有所不同吗？要是吃到鸟粪呢？能够断定天上那只过境的去往更南方过冬的鸟，消化系统不太好吗？多数过冬的候鸟，一口气要飞行两三千公里，甚至上万公里，有一种鹅鸟，从阿拉斯加飞到夏威夷，一路上三十五个小时完全不着地，到了夏威夷，已经瘦到近乎只剩下一副骨架和羽毛。

这就是我所认为的鸟的勇敢和坚韧，也是我喜欢它们的原因。

我跟着下一个进入单元门的人，一路走进电梯，按了六楼。根据大体的位置判断，锁定了右转第二个门。那扇防盗门近些年重新漆过，油漆的颜色很奇怪，跟海安冰室是一样的，那种暗含危险的红，看了以后，让人肺部隐隐作痛的红。

我按了门铃，这不是阿才在北京的家，不太好意思砸门，或者一脚踹过去。

没有动静，我把脸贴在门上，没有听到有人的脚步声，或者其他声响。也许房子里的人听到敲门声，身体自动地一动不动，屏住呼吸。否则即便是隔着防盗门，我也能听清楚，别忘了，我虽然没有几维鸟的味觉和听觉，却拥有超乎常人的敏锐，特别是我像这样专心致志的时候。

开防盗门的技术不是太难，毕竟我有米高这样的朋友，他接到我的电话后，一个小时不到就跟我在楼下会合了，我用下巴指了指楼上，他心领神会，一句话也不用说。两人走进电梯，我对他微笑，他也对我微笑，既然欠了他这么大个人情，我就打算也帮帮他的忙，就像猪脚老板说的："有需要的地方就有生意，就有相应的生意人。"

我们站在门前，他观察了周围的情况，确认没有监控录像，用手势比画，让我退后几步，我就走到楼道一边的窗户边抽烟了，侧面对着他，这时候，他也需要专心致志。他带了简单的工具箱，很小的一个铁盒子，从里面找出需要的工具，拿出一样，插入锁孔，然后，像是冥想一样闭上眼睛，感受着里面发出的机械性的声音。一圈，两圈，然后他拔出那根工具，又换了一样形状不太一样的，继续贴住门板，一圈，两圈，三圈。整个过程中，屋里并没有人来应门，或者发出尖叫，里面还是静悄悄的。这期间，有个住户路过，但她是个头昏眼花的老到不能再老的老太太，感觉超过一百岁了，我帮她按了电梯门，她跟我用广东话说了谢谢，连我是谁，她可能都搞不清楚。

也就是借着这段住户还没有大量出门的时间，米高打开了门，花了二十二分钟，我看了手机上的时间。想知道米高到底算不算高手，应该还可以吧，毕竟是防盗门。我虽然有诸多三教九流的朋友，会开防盗门的还是第一次合作，未来，需要在各地物色一下各种会开锁的人才，我默默地想。

门打开的瞬间，我就意识到这个房间的氛围非常熟悉。

没错，它的色调、布置，应该是视频里的房间。米高小声问我："你一个人怕不怕？我留下来陪你？"

"你把门关上，站在门后，眼睛贴着猫眼，这样就可以了。"

我独自一人走了进去，这是一个开间，原先的隔墙已经被打断了。我在视频中曾经看到的窗户，窗户上盖着的皮子，还有水泥台面，洗东西的水槽，都在。水泥台面上此刻躺着一具男尸，肤色偏重，毕竟是跟踪了那么多次了，他的身体，我还是一眼就辨认了出来。他只是躺在上面，全身都是完整的，还没有任何开肠破肚的行为，也没有解剖又缝合的痕迹。他那么安静，那么平平常常，虽然还在尸僵期，也有了塑料感，但是不可怕，也许我从来就没有真正怕过人的尸体。

米高非常有职业精神，他头也没回，一直以侧面对着我，像我刚才侧面对着他一样，脸贴在猫眼上。任何行当，都要有职业操守，我很幸运，我的现场勘查工作，很快就有条不紊地展开了。

我先看房间的整体状态，因为房间不大，一眼就看得完。我个人的习惯，先看次要信息，再看主要信息，很多刑警或者法医的习惯可能不一样，这大概就是我这种半是科班出身半是野路子的人，自己想当然的做法。但是，我有我的道理，因为次要的信息里，往往可能有漏网之鱼，你在查看了主要信息之后，可能会留下先入之见，而后，便忽略了次要信息要告诉你的东西。

入门之后，有一张单人行军小床，床上空荡荡的，被褥已经被尽数收走了。

门对面有两个小房间，左手边是厨房，右手边是卫生间。厨房没有门，也没有挂着门帘，我随手取了桌上的一张抽取式卫生纸，拿在手上，隔着它按开了灯，然后再仔细地看开关板上有没有指纹留存，那上面干干净净，像是刚被擦拭过。

厨房里只有非常简单的厨具，这里不像是有一个像小丁太太那么讲究的主妇在操持，但是里面不脏，也不乱，水槽里放着一小只扎上的垃圾袋，里面有外卖的餐盒，上面机打出来的小纸条上写着：星洲炒饭一份，一套餐具。不出意外的话，这是叶嘉豪吃的，他喊的送上门的外卖，解剖的时候，看看他胃里的内容物是不是炒饭就行了。

我打开厨房一角的单开门冰箱，基本上只剩下几罐啤酒，一盒还没拆封的北豆腐。看看保质期，已经过期很久了，豆腐上都开始出现霉斑了，试探了一下，冰箱太古老，保温效果已经不行了。这里没有人认真做饭，也不需要做，喊外卖即可。然后是煤气炉，最简单的双眼煤气炉，我认真看了开关，上面也没有指纹的痕迹。这个人走之前，已经做了彻底的清洁工作，保证不留下丝毫信息。

至于卫生间，只有马桶，没有洗衣机。马桶已经冲过水了，盖子上擦拭过，有一股淡淡的消毒水的气味，盖子是翻起来的。但是，马桶的下沿有一丝尿迹，只是已经半干了。因为卫生间很潮湿，这里面的水汽不容易蒸发，因此尿迹还留着。叶嘉豪这样的年轻人，应该不至于小便的时候还会漏尿，不出意外，这应该是一位年长者所为，也就是杀死叶的人。这个房间的使用者不太需要在这里生活，他还有自己真正生活的地方，所以，叶嘉豪挂在露台上的衣服，仅仅是挂在上面，并不是洗好了拿去晾干的，这要等我去露台上后，再看看有什么线索。

第三十二章

米高尽职尽责地站在猫眼背后,我拖过去一只凳子,拍拍他的肩,让他坐下。他摆摆手,意思是那样就看不到猫眼外的动静了,依然站着。

他两只手插在裤兜里,瘦瘦高高的背影像一只蚂蚱一样,颈部微微前倾。

拍杀人过程的视频的时候,机位就摆放在房间的中间部位,它的跟前就是那两张曾经放过小丁先生和余爱媛的按摩床。头部带孔,皮革质地,上面还留着陈旧的斑斑血迹,其中一张床上,还有一些新鲜的血迹,不出意外的话自然是最新的死者叶嘉豪的。他这些天,每天往这儿跑,到底是为了什么?最后把自己的一条年纪轻轻的命都送了,送掉的时候,我几乎就在四五十米开外,直线距离。

最靠里边的左前侧,就是那个水泥水槽,在视频里出现过。切割和缝合人体的时候,就在那个水槽里,方便清洗血迹,虽然死者基本上都经过了放血,但是表皮之下还有毛细血管,皮肤切割开之后,毛细血管内还有血液存在。这个水槽宽度大概一米三,所以,两个成人,背靠背放在上面,并不吃力,小丁先生和余爱媛的身量并不大,放在上面正好。亲眼看到这个水槽,感觉还是挺奇妙的,它是专门用砖头搭砌成一个基本形状,三段砖墙作为脚，整体都用水泥涂抹过，上面应该放了一块水泥板，带孔，可以将废水漏出去的，下面有相应的下水道。血水，冲洗尸体的水，都从这里流下去。不出意外，下水道内应该还有死者的组织碎屑残留，如果好好查一下的话。

我面对着国字脸的叶嘉豪，内心有一些悲伤，莫名地感觉到他的死，也许跟我跟踪调查他有一定的关联，否则他本来是同谋或者说杀人的助手，怎么会遭此非命。他身上没有伤口或者出血点，按照视频内的杀手杀人的专业和冷血，他并不需要拿锐器或者钝器来杀死他。那对他来说，尸体就没有那么完美，或者说完整了，他需要一具完整的尸体，来做他雕塑的素材，在尸体上进行进一步的发挥。也许，他还在构思，该如何造就一件新的艺术品，与他过去的"成就"相比，有所不同，有所突破。

这是我的理解。

按照他的肤色状态，叶嘉豪也已经被放血了，他头部上方有一个泵，从泵内液体的颜色看来，应该是浓稠的福尔马林。凶手把他放在这里，是为了下一步的动作做准备，所以，他打算再回来吗？我们在这里守株待兔有用吗？他回家是休息片刻，还是洗个澡，换洗一下衣服呢？可是，如果还要回来，有必要把这个房间里的一切指纹擦得干干净净吗？这么做是他的强迫症，还是知道了什么风险？难道他此前站在露台上，俯瞰着我吗？他看得到我的头顶和肩膀，他说不定曾经跟我对视。

真是令人毛骨悚然。

在水槽的右手边有个置物架，还有一只带玻璃门的置物柜，里面说不定可以找到导致他死亡的东西。我走了过去，依然先认真地看那上面有没有可视的指纹，因为这附近是操作台，如果他没有戴手套，留下血手印的可能性还是挺大的。但我依然闻到了隐隐约约的消毒水的味道，狡猾的老狐狸，反侦探能力像是经过了强化训练。地上也没有他的足迹，因为这个地面采用了工作室常用的自流平，没有铺地砖或者木地板，自流平，不容易留下足迹不说，轻轻地用拖把拖一遍，就有可能不留下任何痕迹。卫生间里也确实有拖把。

我打开柜子中间的抽屉，看到一个托盘，一整排做皮具用的工具，擦得锃亮，等距离地摆放在里边，托盘是个三合板制的，微微有些旧了，像是用了很久的样子，它不是医学用品，但有着医学用品特有的冷峻的风格。

然后是手术剪、缝合线，跟缝合丁、余二人的同款。我"有幸"在这里细看了他全套的工具，测绘方面所需要的直角尺，是不锈钢制作的，哑光质感，其他工具也都是不锈钢材质的，连调节的螺丝、铆钉都不例外。

有一只银线笔，我猜测他用它在被害人的皮肤上画出自己想要的形状。还有一只不锈钢制作的间距规，也有人称之为边线器，这个我倒是想不出用来做什么，毕竟还附着在人体上的血肉相连的皮肤，并不像已经鞣制过的植鞣革一样需要它。

有一把不大不小的美工刀，美工刀的刀鞘是常见的，但是单独配上了田岛的刀片，这玩意儿一盒十片，不到十块钱就可以买到，实在不算什么多么昂贵的投入。裁皮刀有好几件，形状各有不同，大部分应该都是私人定制的，甚至可能是他自己做的，从质感上判断，用的是日本出产的钢，木柄是手工打磨的，用最粗到最细目的砂纸磨过，呈现一种非机床加工的自然和细致。我拿起其中一只直板的比画了一下，十分趁手。整体是日式含蓄的造型。

刀刃是已经磨到顶级锋利的，吹头发丝儿可断的地步，内侧面的硬质，保留着发黑的自然纹理，这是因为在不锈钢上面加了氧化处理，主要为了防止刀身生锈。可见他非常重视他的这些刀具，尤其是主攻切割的裁皮刀，像是陈奕迅一首专辑里的主打歌，一位厨子的主厨刀，文艺复兴湿壁画里诸多颜色中最抢眼的宝石红。

他也有成套的打孔的冲子，各种孔径从大到小，等间距摆放，每件相距大概半厘米，我不知道在杀人过程中，这些是否用得上，我拿出手机，调出余爱嫒和小丁先生的照片，来放大了仔细看。

这些冲子，一样擦得干干净净。看起来经常擦拭、上油、再擦拭，从大到小依次放在托盘内，金属物件和托盘之间，放着一张薄薄的棉纸，这是为了避免摆放上去的时候，发出比较大的声响，也怕磕破了物件，或者磨损了托盘。更实用的方法应该是用棉纸，可以让冲子保持在原来的位置上，不会向左或者向右靠，歪斜，或出列。

这是一个严格遵守自身的秩序感的人，不允许大一号的冲子在小一号的之前，他会忍不住把它们调整成正确的顺序，一个强迫症，可能是严谨的强迫症，强迫症比比皆是，我早已经习惯了在各种案子里遇到形形色色的强迫症，一定要把被害人挂在口框上的，一定要在死者的左手虎口处印上自己的标志——一只五角星的，诸如此类。

我看到那张视频里可以看到的用来遮盖窗户的疯马皮，从那里确实可以看到对面的霓虹灯管，至于它们发射出来的光是不是蓝红紫绿，得等它再度亮起的时候，才能够验证。

"喂喂！"米高在那边压低声音喊我。

我指指门外，向他做了个提问的表情。

"不不不，我过来？"他也蹑手蹑脚地走过来，到了这边。

"怎么了？"

"不好意思，"他看了一眼小叶的尸体，合掌做了一个抱歉、打扰的手势，"我想跟你说，我该去接小朋友放学了，我得先走了，你一个人可以吗？"

"哦，没事，我常年一个人。"

"那就好，那就好，我不会说出去的，你放心，人也不是你杀的，这个我可以做证，你连门都进不来，不过我一去做证，就会涉嫌非法入户了，不是涉嫌，是已经构成，这个我查过法律条文，是要坐牢的。"

"我也不会出卖你的，谢谢哥们儿，你真仗义。"

"我们说的那件事情，再想办法推进推进？"

"可以，有空我就去找你聊聊，我找你，好吗？"

"好！真兄弟好朋友。"

他冲我做了一个美式军礼，美式军礼适合这种又高又瘦的人来做，但是我奇怪他身在香港，为什么要学美式军礼，难道不应该是英式的吗？不过，现实生活中，很多户外运动爱好者，都喜欢行美式军礼，香港的户外运动爱好者可太多了，他们称之为"行山"，我看着这位有着鸬鹚一样体态的男人，以行山的方式，微微拱起腰，离开了这里，帮我关上门，临了，还冲我暖洋洋地笑了一下。

我继续研究这些皮具，还有针和线。线也有很多种，日本产的也有，美国产的也有，针似乎是进口的居多，不过再昂贵的进口针，也就是几块钱。像他这种专业玩家，可能得有几百根针，每一根都用过，只是不知道用在皮子上，还是皮革上，还是人身上。

当然了，他还用菱斩，也就是用来确定缝份间距的。我想，他在慢慢缝的时候，恐怕会选用间距最小的1mm、4mm那种，对于精细的人的皮肤来说，是太粗糙了。我一边比对照片，一边看着这些工具，确实，用了菱斩，也用了冲子，为了缝合得精美绝伦，他花费了很多工时在预热和准备上。

剥去人皮应该是用的裁皮刀，他的裁皮刀有弯形的，很大的弯度，应该比较适合剥去人皮。遇到骨头的地方，可以改用直板刀，需要有个弧线的地方，可以用弧线刀，以他的习惯，不会有大的直角、锐角或者钝角，他好像偏好曲线，貌似就算是走路，走着走着，也会拐到灌木丛里的野兔一般。

然后是油，通常，这些油是用来保养皮子的，诸如貂油膏、牛角油或者马油，还有皮边油。我怀疑他会把切割下来的皮子，鞣制成可以做成其他人皮皮具的用品，这些油可能是用来保养这些他用来作为纪念品的皮子的。这个房子的一角，有个长长的工作台，日常时可以放下收起，需要的时候再撑起来，工作台上有一盏旧工业风的台灯，像是二战军需品。边上有个储物柜，博物馆用的那样的，我还没来得及去看。

那边出现的茶几，是当年余爱媛和小丁先生被放在上面的，缝合好了，背对背地坐着的地方。他们坐在短边，一人一头，紧紧地（也只能如此）贴在一起，又微微拉扯，有个让他们的缝合细节，可以拍得更清楚"好看"的安全距离。这上面，在缝隙处，残留了一些血迹，已经干燥、褪色了。

我想到这个，真是不寒而栗。

我想，这个皮匠还会回来的，因为他还有一具已经清理干净，放了血，在血管中注入了带有福尔马林的凝固剂，需要他进一步加工的尸体。也许他正在构思具体怎么做，他构思的过程，也许很久，也许很快，以我对他的了解，不会太快，一个喜欢曲线、带有弧度的人，是不会喜欢快节奏的、暴虐的方式的。这跟香港的节奏很不一样，倒像是离岛渔村的节奏，诸如周润发长大的那个村子。

一六七九年的方济各会药剂师居然会给病人开一种人血药方，我在一本书上看到过的，这个药剂师会从一个刚死去没多久的死者身上抽取血液，这些死者的性格和外貌还有要求，通常得性格温和，忠厚老实，体形比较丰满圆润。他之后会将血液风干，再切成一小块一小块的，然后捣碎成为粉末，密封保存，等到春天到来的时候，将这种血粉，放到水里融化了，给病人服用。

我在想，是在这里等皮匠，还是在楼下等他。等到我抬头看到墙角上一只摄像头，极小，但是亮着红灯，我就知道他应该暂时不会回来了。

那摄像头黑乌乌的，是深圳淘来的杂牌货色，像人的眼睛一样有高光，有亮影，小红灯安安静静地亮着，我冲着它举起了手，行了一个半像不像的美式军礼。

它轻轻地左右摇摆，像是在向我回礼。

"你好啊，皮匠！"我在心里，向他打了个招呼，然后回头看了一眼叶嘉豪，这很可能是他这辈子最安静的时刻了，尸僵期即将过去，他的"主人"兴许不会回来了。

第三十三章

离开那个房间的时候,我把门半掩着,没有锁上,米高走的时候说,没有破坏锁,所以我如果想把门撞上,依然是可以的。这样,也许有一天邻居能因为闻到尸臭而进去,见到他,然后尖叫,随后警方介入。

我也努力在这里寻找一些皮匠本人的身份线索,说不定抽屉里遗留着他的什么证件的复印件,驾照或者别的,他肯定拥有交通工具——一辆小货车或者SUV的可能性比较大。这一点,或许可以通过物业去查一查,这个房间有没有租赁车位,这让我想到了舒刻,我人生地不熟,她可是很有背景的。

我主动和她联系,她说只有周末有时间,周末她要去大屿山的梅窝乡海钓,问我感不感兴趣一起去,我正闲得无聊,当然是没有问题了。她说那里是个海钓圣地,但是去的人并不多,她的声音在电话里时断时续,语速也比通常慢,北京人通常说话语速不会那么慢。除非她边上有她不方便的人或环境,就像猪脚老板猜测的那样。

那天,她开车来接我,一辆日产丰田两厢车,在香港买车,跟欧洲差不多,越短越不占地方越省油越好。车的内饰风格,像个男人一样硬。

"可以抽烟吗?"我问她,她戴着跟上次见面同款的鸭舌帽。

"当然，把车窗打开就可以了。"

"作为律师，你算是随和的了。"

"律师都是很随和的，吃这碗饭，孤僻不起来。"

"司法工作者，内心都很严谨、冷静，我就是不严谨、不冷静，才被清扫出这个行业的。"

"我认为你在行业的核心，比刑警和法医还要核心，你接触到的都是一线的客户。"

"一线的尸体。"我笑道。

"差不多。"

"但是出了事，谁也不会找我麻烦，算是很投机取巧的核心了。"

"对，你既违法又合法，你只需要向雇主负责，我们要负责的人就多了。"

"比如呢？"

"这位朋友，你没有朋友是律师吗？律师要向谁负责，你应该很清楚的。"

"我还从来没听一个律师亲口说出自己要向谁负责，何况我们现在见面，也不是因为你是个律师。"

"因为她。"她说毕，沉默了好一会儿，我也不好再说什么。

眼角余光看到她的眼角已经泛红，于是我们停止了这个所谓的律师要向谁负责的无聊的话题。我的二号雇主猪脚老板让我接近她，因为她可能是警方的卧底；我的一号雇主，也需要我接近她，因为她可以证实小丁先生其实跟余爱媛没有瓜葛。

车速不慢，但是很稳，据说多数 T 是很擅长开车的，她们的大脑分区当中，也有男性的特质。我看着窗外的景致，香港开车右舵，让坐在左边副驾的人，看南向的海面变得格外方便，这一带的洋面宽阔又安静,像是杉本博司擅长拍摄的那种海天连接的黑白照片。

他说过一段话很有意思,他说:"记忆是一件不可思议的事情,你不会记得昨天发生了什么,但是你却可以清晰地回忆起童年的瞬间。在记忆中这些瞬间缓慢地流逝,也许正因为这些体验都是第一次发生,使得印象更为栩栩如生……细细回忆你最早的记忆,从童年一路过来,就可以发现记忆永远是堆积起来的,层层叠叠。"

这样的洋面,让我回想起小时候,坐在海边的沙滩上所见到的。海浪一层层地、毫无痕迹地向海滩靠近,然而它们只是发出低沉的轰响,没有攻击性,也没有打算覆盖谁。小的时候我不知道那是攻击,更不知道那是覆盖。而今,看着日光底下安静的大海,冬天的,似乎所有的过去,都应该被珍藏到大脑皮层当中,最好永不遗忘。

"这一带都是填海填出来的?"

"据说是的。"她说。

"本来不存在的陆地,所以我们看到的跟史前的人类不一样。"

"你又不是法医人类学家,关心史前史后的干吗?"

"如果重新选择专业,我可能确实会学法医。"

"适合你阴郁的气质。"她笑了起来,这是我们认识后,她第一次笑。

"这是一方面,特别是法医人类学,跟骨头打交道,比跟活人打交道轻松多了。"

"看起来,你应该是一个对活人丝毫不上心的人吧?"

"我从活人手里拿钱,跟活人死人都得打交道,一样也逃不过。"

"我们几乎只跟活人打交道，确实挺烦人的。"

"不感到分裂吗？"

"分裂的应该是你吧？一会儿活的一会儿死的，阴阳两界来回切换。"

"我分裂得不严重，实话实说，我感觉你挺分裂的。"

"怎么说？"她斜眼看了我一眼，似乎在分析我。

"直觉，你找我的缘由本身，也挺分裂的。"

"我喜欢女人，这个事情本身就是分裂的，所有人既觉得我是女人，也觉得我是男人，我也在阴阳两界存在呢。"

那洋面起了微妙的变化，但是不明显，光线在变化，海面上的反光在变化，一切影响这个场景的因素，每一分钟都在变化。变化与无常，也是大自然的真理。

我和她坐在这个车子里，也在变化当中，也在面对着无限的无常，她放在后备厢的钓具，说不定也在变化，变化是好东西，变化让静止变得有意义。

我们一路开车过了青沙公路，经过漫长的青屿干线，上了大屿山之后，就一直走在北大屿山公路上。这里的海，换了一个角度看，跟刚才又不一样，在环岛路上向西笔直行进，有一个向右的出口，是去香港国际机场的。过了这个路口不久，车子转向南，没过多久进入松仁路，又进了东涌道。

"需要略微向西边绕一点儿路，再到南边去，我们要去的地方，其实在东南拐过去的东边，一个海湾里面。我这么说方向你有概念吗？"

"还行，我毕竟是个男的。"

"你似乎是个鸟类爱好者，方向感不会太差。"

"你怎么知道的？"

"我看你一路上一直在盯着天上飞的鸟。"

"本能。不会飞的人，都喜欢关注会飞的动物。"

"我喜欢鱼，会游泳的，在水里的。"

"然后你把它们钓起来吃掉。"

"自己钓的鱼，吃起来别有风味。"

不知道为什么，我总觉得她说的每一句话，都有弦外之音，也可能是我最近神经兮兮的，过分敏感了。

"你应该感谢造物主，给我们造就了这么多食物，然后让我们进化到可以去钓鱼、打鸟，知道怎么把它们做成一道菜。"

"海鸥不好吃吧？还有军舰鸟，肯定也不好吃，乌鸦要是好吃的话，麻雀就能逃过一劫了。"

"海鸥，我确定不好吃，虽然它们吃鱼。"

"也不是所有的鱼都好吃，鲸鱼肉太粗糙了，要吃的话，只能先用重重的盐腌过，再熏过，熏着吃，勉强可以接受，但是吃起来还是跟塑料差不多，幸好捕鲸船主要也不是为了吃鲸鱼。不过，日本人喜欢吃鲸鱼，我一想到那个用大斧子砍的情景，就不寒而栗。"

"你应该习惯了杀戮吧？海钓也挺残忍的。"

"海钓不残忍，海钓是一门艺术。你想想，从深海当中，将一条大鱼，从深海当中解救出来，这堪称艺术，而且是非常伟大的艺术。"

"北京人喜欢海钓，不可思议，我蓬莱人都没养成这个兴趣爱好。"

"生活在香港，特别是对一个外地人来说，没多少朋友，没有亲人，也没有家，是很寂寞的。我慢慢地发现，周末一个人找个偏僻的地方,待上一整天,只跟大海和鱼打交道,多数情况下,我也不跟其他人来,这样特别解压,能让我在礼拜一还能去上班。"

"周末律师不加班吗?听说律师没有周末不加班的。"

"我们每分钟都在加班,做梦都在修改起诉书,写庭审辩护词。"

"真不容易!"我发自内心地感慨了一声。

刚刚从大屿山穿过的风景格外美,这里是个郊野公园,我听到了各种鸟的叫声,鸟的叫声总是能在万籁寂静当中格外明显,尤其对于我来说,比昆虫的叫声、野兽的叫声,更为明显,就像舒刻说的,这是因为我上心了,对鸟上心了,如果我对楼上邻居上心,可能也能听到他们的咳嗽声和喘息声,甚至心跳。

这样的良辰美景,她要是带上余爱媛一起来,应该还挺不错的,可是估计她们从未有机会来过,没有这样的时机,也没有这样的闲情逸致,最后她反倒跟我这个八竿子打不着的人一起来了。她指着屏幕上GPS地图,说再往南的话,有个澄碧村,有天后庙,也有天后宫,还有巨大的直升机停机坪,面对着一片天然形成的、完美的海湾,她有时候也去那里。

我一边留意着向海湾靠近的GPS,一边看着真实的海湾,在我们的右前方出现了,梅窝。

我听到她长长地松了一口气,说道:"可算到了。"

然后她顾自停了车,车子停在梅窝码头边上,她眯起眼睛眺望着海面,一句话也不说,也不打开后备厢搬那些东西。

"算了。"她说。

"算了?"

"今天洋流不对,我们应该去澄碧村,走吧。"她上了车,继续开车。

"洋流不对?"我问。

"冷暖交汇处,海鱼最喜欢聚集,立鱼还是不错的,日本人叫红加吉。"

"那你怎么知道洋流不对的呢?"

"一位老渔民教我的,闻闻空气的气味。他说,空气中要是有蔗糖那种甜滋滋又略微有一点臭的味道,那就是暖流。如果像是竹子刚削下来,那种青青绿绿的味道,那就是寒流。"

"那暖流与寒流交汇闻起来又是什么?"

"等会儿,等会儿你就可以亲自闻到了。"

"我也曾陪我师傅去海钓过,他闲来无事也喜欢的。"

"那你不是门外汉。"

"他去钓鱼,我去看海鸟,合情合理,顺带一起喝酒,时间长了,他也不是完全不懂鸟,我也不是完全不懂鱼。我前一阵子去集市上闲逛,看到香港人叫斩三刀的那种鱼,我们也曾钓到过,那鱼身上的黄色条纹,跟麦芽糖一个颜色,还要略微黄一些,背上竖起来的鳍,就跟做的糖人儿一样。"

"你觉得谁会想要杀余爱媛?"她突然转移话题。

"两种人,一种是恨她的人,另一种是无缘无故的,也就是变态。"

"我想不出谁会想要杀她,她那么好。"

"她在重庆大厦做论文,可能也沾惹了一些不明来路的人。"

"这个她跟我说过,有的人会给她发色情短信。"

"所以你能调出她当年的短信记录吗?"

"我已经打印出来了,那两个给她发色情短信的电话号码都已经停机了,估计人都各自回国了吧。还有她失踪前的手机通话记录，奇怪的是，她老公的司机那天并没有给她打过电话。"

"你上次提到过的，你们吃饭的时候，她跟谁通过一个电话。"

"查不出是谁，那是一个一次性的电话卡，已经销号了。"

"你这个商业律师，比我们刑事侦探还厉害，想查什么都能查到。"

"我们不算什么，能知道人是怎么死了的人才让人服气。"

没过多久，她说的地方到了，这里显然偏僻许多，一个大陆突出的角，嵌着个小小的海湾。那海湾极其干净、安静、与世无争。我们开始往海边崖石上搬东西，海钓涉及的东西比在淡水中钓鱼要复杂一些。显然，她搬起来轻车熟路，她的力气比我想象中也要大很多，她在岩石上跳跃攀爬的样子，像是接受过某种训练，说不清楚是户外俱乐部的训练，还是别的什么。

酒精已经毁坏了我的肝脏和心脏，我气喘吁吁地帮她拿了不多的一点东西，然后坐在椅子上张口呼吸，平地上还好，一旦攀爬，我就明显感觉到了一个酒徒的体能劣势。

"你心肺功能不好，幸好没做警察。"

"警察，我服不了管，你懂的，太拧。"我一边张嘴呼吸，一边说。

"看做什么警察了，有的警种也自由自在的。"

"有什么自由自在的警种，介绍给我，以后也混个退休金。"

"你的老本行，你问我。"

"说不好是谁的老本行了，我爸当年因为我从大学肄业，差点儿没打死我，整整六年，我不敢回家。"

"我也是一通胡考，高考没考好，才来了香港。"

"难道不应该是考得太好了，才来香港的吗？"

她抽出海钓的竿子，一边穿线，做各种准备，一边继续闲聊着。

"太扎心了，不提了。等我准备好，你什么也不用干，要晒晒太阳，要吹吹风，都行。"

"这冷飕飕的，太阳也快没了。"

"鱼都是要等人安静下来才出现的，所以，太阳下山以后，才是鱼最活跃的时间。"

"好吧。"于是，我摆成一个大字，躺在岩石上，说实话，也不算太冷，我穿了一件毛衫，一件厚夹克，也够了，海边的海风虽然大，但是舒刻选了一个背风处。这个时间点的风从哪里吹来，她似乎一清二楚。

放上饵料之后，她将竿子伸出海面，夕阳在身后渐渐落下，涨潮后的洋面，呈现了难言的寂静。她坐在那里，我也坐了起来，看着黑灰交接、海天一色的那条线，一动不动，看着看着，困意似乎上来了。

在空无中，有无限的容纳能力，空无当中，有一切的一切。

"你跟余爱媛的老公，熟不熟？"

"见过两三次？差不多。"

"是个什么样的人？"

"非常聪明的人，必须承认。"

"我猜也是，听她说过一些关于他的事情，说他很有品位，住在一个如何大的房子里，这个房子还是海景房，屋子里弄得干干净净的，一尘不染。整天听古典乐，还让她也听一听，她听不进去，她喜欢爵士，我们都喜欢爵士乐。"

"你知道房子在哪儿吗？"

"不知道，没有机会知道，我猜测，连她也不知道。"

"哦。"

"你去过吗?"她在暮色中,转头问我,眼睛突然变得非常明亮,是我见到她之后最明亮的一瞬间。

"没有,啊,你的鱼咬钩了。"

我话音未落,鱼铃便叮叮当当地、轻快地响起来了,她站了起来。

第三十四章

我不知道该给舒刻透露多少情况,我陷入了罗生门,每个人给我讲的故事,都是从自己的角度出发,猪脚老板我不能信任。舒刻,目前她也不是非常信任我,她还想从我这里得到更多的信息,我不知道是否应该告诉舒刻,我已经发现了余爱媛被杀的第一现场,这样的话,她一定会想要去伏击皮匠。

皮匠会回到那个房子里吗?

我并不知道。我已经在他的监控器录像里了,也许米高运气好一点,没有被拍进去,即便只是被拍了一个侧脸,我也担心连累米高。皮匠已经灭口了叶嘉豪,接下来该灭口的人,难道不是监控器里的我吗?一个连港漂都不算的,在重庆大厦住着的肤色越来越黑,浑身散发着咖喱味的小菜皮。

我感受到了阴飕飕的冷风,开始疑神疑鬼,觉得有人跟踪我,我也不敢出去调查什么了,在丁先生的房子里躲了好几天。其间,"菠萝包"来找我,她也给我带来一点吃的。

"你干吗成天躲在这里不出门?"她似乎最近开始戴上了牙套,隐形牙套。

"怕死,怕被人报复。"

"这么胆小的私家侦探,我还是第一次听说。"

"你认识很多私家侦探吗?"

"讲真?"她看着我,显得很天真,"你是头一个,也可能不是最后一个。"

"讲真,我有点打不起精神来,香港我也待腻了。"

"待腻了?想回北京?"

"不知道啊。"

"你走神了?在想什么?""菠萝包"问我。

"没什么,就是打不起精神,这个坑我也不想挖了,后面不知道是什么,万一地基陷了,整个楼塌下来,自己怎么死的都搞不清楚。"

"还有你不知道、没把握的事情,我觉得你什么都懂。"

"我又不是神,我也是人。"

"可惜你将来还是要回北京的。"

"不好说。"

"不好说是什么意思?"

"人都说不好自己会去哪里,会在哪里,我自己孤零零一个人。"

"哎哟,宝贝,不要叹气,真不想看到你这个样子。"

她说着,亲了我的脸一下,亲得温柔又用力,像是亲她在这个城市里最亲、最爱的人一样。我看着她,她幻化成无数的女人,无数个女人的面容叠加在她一个人的脸上,她像是她们的集成芯片,脸颊凹陷的叠加着方脸的,嘴唇丰满的叠加着嘴唇紧紧地抿成一条线的,每个叠在她的图层之下的女人,我看起来面容都似曾相识。都像是在某个街角看到过,在某个现场,躺在冰冷的水泥地上,在某张床上,用同样的姿势躺着,和我一起抽烟,或者闲聊。

"跟我聊聊你过去的女人,随便谁。"她两只手做成花苞形,支在下巴上，趴在床上那么说。

"我过去的女人？从谁说起合适呢？"

"随便你咯。"她做出一副满不在乎的样子。

"那我就玩一票大的，说说我的前妻吧。"

"那再好不过了，她一定是你今生今世最爱的女人了，既然你说谈到她就是玩一票大的。"

"玩一票大的，你听得懂？"

"我们酒店可是很多内地客人的，有什么听不懂的。说吧，你前妻是个什么样的人？"

"兼具圣母与婊子的特质于一身的人，但是作为人，她很真实。"

"圣母与婊子？"

"她好起来的时候，能好到你心里去，让你彻底失去了反抗之力，坏起来，基本上也没有什么底线。"

"好和坏之间的转换完全没有理由吗？"

"她有她自己的逻辑，但是她的逻辑你是摸不透的。"

"好比出门撞到了门框，然后就去百货公司买个包那样？"

"你说的是女人的逻辑。"我忍不住笑起来，"菠萝包"有时候也是挺可爱的。

"我只能理解这种逻辑吧。"

"你能理解的，我估计也能理解，但是理解不了她的。"

"那你们为什么离婚？"

"还有什么理由，我花，她不喜欢我花，她也花，报复性地花。"

"她也有情人？"

"不止一个，而且都是我认识的人。"

"这么厉害？"

"对方写E-mail来，发错邮箱了，发到我这儿，因为我们都在他的联络人里面，可能日本人看中国人名字的拼音，感觉都差不多。"

"写来的是情书吗？"

"何止，比情书还刺激。"

"密谋杀你？"她一边说一边忍不住笑了。

"我们到后来就是互相杀来杀去，也不能说光是她杀我，我也杀她，杀得只剩下一口气了。"

"我好奇那封E-mail里说的什么？"

"说下一次，要换个玩法，约到一个僻静无人的野外，让她靠着一棵树，他要把她捆在树上，也说不好是他想象的，还是真的打算这么干。"

"菠萝包"没说话。

"我也不是省油的灯啊，我也给她干回去了，把女人带回家，穿上她的真丝睡裙，被我撕烂了，放回她的内衣堆里，那上面还沾着那个女人的经血。"

"你，真的这么干了，还是只是一个构思？"

"现在我已经分不清到底是真发生了，还是做了一个梦，或是我神经错乱，记错了什么。"

"听起来像是真的，有那么多细节。"

"不要相信细节，口头描述的细节，不一定是有效证据。"

"听起来刀光剑影打打杀杀，跟武侠片一样，你们。"

"经历过这些，你觉得，我还会想要结婚吗？"

"那也是因为前半截真的相爱吧。"

"前半截已经被后半截覆盖了，都想不起来了。"

说着，我一只手找出抽屉里的绳子，放在床单上，她见状，脸上已经出现了淡淡的红晕。

任何不幸都可以变成催情剂，任何情爱都是下作的。

我们在房间里睡了吃，吃了睡，然后干一段时间下作的事情，时间就这样嗖嗖地溜走，等到第四天，我拉开窗帘，发现外边的太阳因为雾霭，看起来像是泡在陈年茶水里的一颗桃核儿。我突然定住，无比真切地想起了莫莉，那种更为深切的思念，就像是好几百斤的粗海盐，放在一只巨大的、越撑越薄的卵袋里，海盐的颗粒透过薄薄的卵袋，清晰可辨。她已经活在我的生命里了，无法改变，给她写 E-mail 的男人，是我们的隔壁邻居，松下的电气工程师，我们有时候在门口遇到，还会聊几句天气，他看起来彬彬有礼，礼貌又得体，有一次，站在门口聊天的间隙，还帮我抽出衣服上的一丝长发，然后，心照不宣地相视而笑，男人之间的默契。

莫莉一直留短发，她脸特别小，短发让她时常看起来像一只惊恐的松鼠。

我拿出一章专门来讲我的家事，感觉是自己放不下，如果放下了，大可不必。当然了，名义上是躲着皮匠，实际上偷懒，不想干活，十二月的香港，时不时地就出现雾霭，还跟北京的雾霾不太一样，颜色比雾霾要白，比雾要逗留的时间长，一整天都在那里，我身处重庆大厦的十五楼，像是浮在一座云雾笼罩的荒岛之中。

即便如此，下面食肆的味道还是顽强地飘了上来，大家乐的炸鸡，咖喱店的咖喱味儿，还有牛排馆的煎牛排的气味，统统向上蒸腾，一层一层地汇入雾霭之中，像一只又一只巨大的粉肠，挂在空中。"菠萝包"上班的时间，她跟父母同住，她回家的时候，我基本上都是自己待着，她不给我送吃的，我就点外卖，打固定的一家茶餐厅的电话，来的都是固定的外卖小哥。

这个小哥已经认得我了，也问过我："以前住在这里的丁先生，身体怎么样了？"

"已经过世了。"

"但是看他的东西还都在，还是以前的布置。"

"人死了，东西又带不走。"我说，随即关上了门。

第三十五章

"你去过正仓院吗?"

"这跟本案有什么关系?"

"在奈良,奈良在东京附近,那个寺院应该叫作东大寺,东大寺附设了一座珍宝库,就是这个正仓院。"

"这到底跟本案有什么关系?"

"我没说有什么关系,只是突然想起来了,你这个人脑子里怎么整天只有工作,这样人会变成呆子的。你能听我说完吗?"

"我不管这个该死的正仓院藏了多少唐代的珍宝,还说是日本人仿作的唐朝的东西,这跟我没有一毛钱关系,我跟你见一次面很不容易,在香港,这里的人,一秒钟恨不得分成六十份过,时间每一分每一秒都是钱。"

"今天,你为什么要管这个叫作本案呢?"

"因为你去了梅窝。"

"梅窝洋流不对,换地方了,去了澄碧村,那里还不错,钓了不少海石斑,赶上了一群石斑路过。"

猪脚老板今天似乎有些不淡定了,这从他的表情大概可以猜测到问题出在哪里,他反正也不会告诉我,我只能瞎蒙,他不淡定了,说明有人威胁到他了。

"石斑不石斑,我也不关心,算了算了,你抽不抽雪茄?"

"雪茄不雪茄，对我当然很重要啦，我不太喜欢抽雪茄，但是你的雪茄我一定要抽，一定很贵。"我嬉皮笑脸地接过他递过来的雪茄，我们这回会面的地方还是在他的货仓办公室，他穿了一身雪白的、带马甲的西服，因为身量短小，看起来有点像《无间道》里的曾志伟。

"后来石斑怎么做的？"

"找了个小店，清蒸了一条，干煎了一条。刚钓上来的鱼，怎么做的都好吃，不放太多调料最好。"

"好不好吃？"

"鲜。"

"有机会再去咯。"

"会再去的，发现香港确实是个海钓的好地方。"

"我不喜欢在岩石边海钓，那样风不是从四面八方吹过来的，不过瘾，我喜欢在船上，风吹日晒，都是直截了当的，一天蜕一层皮。"

"不是每个人都像你一样有游艇的。"

"以前没有游艇，我也照样在游艇上钓鱼，租一艘不就行了？"

"你现在的游艇停在哪里，什么时候带我出海玩一玩？"

"皇家游艇会，知道吗？"

"不清楚，怎么可能清楚，皇家两个字一听就不简单。"

"在奇力岛，过去真的是一个岛，当时专门修了一条堤坝，跟香港岛连起来，后来海底隧道通了，这个奇力岛也被填海填成陆地了。你对游艇是不是有什么误会？租起来并不贵，能容纳十几二十个人的五十英尺的游艇，不管是哪国的，一天起租，只需要两万港币，四个小时起，一个小时才五千港币，算贵吗？"

"才？！"

"五千港币能干什么现在，买一只马桶刷够不够？"

"绝对够了，能买二百只。"

"别开玩笑了，以先生，二十五块一只的马桶刷，你买得下去，屎都不同意。"

说毕，他自己先哈哈大笑。我不好意思跟他说，每次搬完家，我都去北京的金五星批发市场买各种家用所需，一屋子的日用品，加起来不到两百块钱。

"这个舒刻，如果真是你的死对头派来的，你干吗不弄死她？"

"我弄死她，这种违反法律的事情，我会干吗？你是不是身上有什么录音设备？"

我拿出手机，翻开页面给他看："我要录音，还会另外买个录音笔，通常，那样效果更好，安装在你身上，更清楚。"

"这就是我喜欢你的地方，凡事实话实说，有时候，不该实话实说的，你也实话实说了。"

"分不太清楚哪些该实话实说，那些该实话虚说，还有一些话是不是应该虚实结合呢？还有虚实说，哎，太复杂了，我最后可能就死在说错话上面。"

"你把耳朵伸过来。"

我心里有点发毛，不知道为什么，让他靠这么近，不知道会发生什么。

"我是很想弄死她的。"他用极小极小的声音，在我耳边说，比耳语还要细小的声音，刚刚够我一个人听到，像一只蜘蛛的脚踩过一只弹性十足的杯子蛋糕，再灵敏的机器都录不到。我还来不及把头缩回来，他已经伸出舌尖，舔了一下我的耳垂，我一激灵,把他推开,约等于一拳击倒。

他并没有真的倒下,他像是掌握了某种被人击打,却不会马上倒下的技巧,或许我还是手下留情了。不想把在附近徘徊的司机招惹过来,他可是正经练过的,他兼具保镖的功能。然而我离开的时候,还是看到司机铁青着脸站在附近,他的脸上像挂着一只过期的鱼雷,看着我路过,我没有跟他打招呼。

当然了,他也不会理睬我。

我和米高约好了到丁先生的房间取第一批锁,六把,他已经看好,哪把是哪把,哪把具体值多少钱,哪把又有什么历史沿革和讲究,是哪个著名的锁匠或者制锁作坊做的,他都清清楚楚。真佩服他的记性,谈妥买家了,价格还不错,六把均下来,每一把锁我可以分到一千多,他说了我们是均分,但是客户是他谈来的,他多拿一些也属于正常。但从上次他帮我看门的经验来看,米高这个人是可靠的,说话算话。

最后他要了我的银行卡号,帮我打到上面,从收到的短信来看,接近一万了,人民币。至少我这种外行觉得这都是意外的收益,某种意义上,我们这么做也是贼,但是钥匙是主人给的,他可能已经无所谓了。

"重庆大厦的安保一直有问题,这些监控器,说不定都是假的,但我估计丁先生门口这个是真的,所以,我有一天半夜里过来,偷偷换了一只假的,这个机器都是在楼下小店里买的。丁先生又不在,那些保安室的人上班又吊儿郎当,三天打鱼两天晒网的,谁也不会发现有这种疏漏。"

"你好聪明,好细致。"

"没有啦,做贼心虚嘛,呸呸呸,我们不是贼,我们是替一位可怜的藏家出货。而且,我听楼下的店家说,安装假摄像头,都是丁先生这帮大业主们的主意,说真真假假掺在一起安装,能省钱就省钱,先前出过一个女游客住在这里的旅店里被人强奸的事情,警方就要调监控来看,什么也没有,那一层的监控都是假的,只是会亮着红灯的玩具罢了。"米高小声跟我说。

"你为什么叫米高?"

"我们上学都要起英文名的,米高就是英文名,但是我妈妈过去是在尖沙咀卖米糕的,推着那种小车,警察啦,阿三啦,来巡逻,就要立刻推起来跑掉的,她就生了我这一个男仔,她最感恩的食物就是米糕,就叫米高啦。我爸比妈咪是从内地冲关来的,家里穷了那么多年,我从小就想发大财,不过香港没有人不想发财的。"

"挣钱的话,如果慢慢挣就没意思了,要么穷死,要么暴富。"

"听说,人一生只有七次发财的机会。"

"胡说,上次你说有八次的。"

"我说了吗?我怎么会说八次,明明是七次。"米高被我唬住了,天真地瞪着眼睛问我。

"七次也好,八次也罢,这是你的第几次?"

"实话实说吗?"

"是啊。"

"第一次。"

说毕,我们俩忍不住大笑起来,米高一边笑一边掉眼泪,像是一只凄绝的小丑。

我一边笑,一边徒手帮他擦眼泪,擦得我满手都是另外一个男人的泪水。

换句话说:我也拥有了他的DNA样本,他走了之后,用纸片儿，下意识地从上面刮下来几份样本，分装在不同的小塑料袋里。这么做跟个变态差不多，米高跟本案无关，我应该要去收集的是皮匠的DNA，那天似乎是一无所获的状态。

皮匠没有打算饶过我，他给我的邮箱发来了一封新的E-mail，用的还是上次的邮箱，叶嘉豪和他合用的邮箱。我打开后，看到了自己在旺角那个房子里，东摸西看的样子，摄像头左右扭动着脑袋，跟着我走。那个操控的人，似乎带着恶作剧一样的心情，他似乎还忍不住在笑，因为操控的把手，微微地颤抖。

在视频里，我发现自己脑门上缺了一块头发，伸手摸了摸，果然没有了，也不知道是什么时候没有的。

总之，从今往后，我是一个货真价实的老男人了。

第三十六章

在梦中,我的手紧紧地跟自己另一只手握在一起。我想我是一只在海上孤独地卧在橡皮筏子上的老狗,没有去处,也没有来处。茫茫大海之中,只有我这只可怜的老狗,身上长着疖子,浑身流着脓,毛黏着毛,无奈地、痛苦地在又苦又咸的水中浮沉。

我是一个没有家的人,也是一只没有巢穴的动物,我的亲人一个接着一个离我远去,就像是一连串不能摆脱的咒语。

然后我在梦中看到摩天大楼被各种史前的植被缠绕着,藤蔓植物,高耸入云的摩天大楼,在瞬间变成了令人生畏的尸骸,我不知道它们是什么,在哪里,看起来既像北京又像香港,也像是上海的陆家嘴。我还没打算睁开眼细看,已经被电话铃声吵醒了。

"你在哪里?"

"哦,我住的地方。"

"我能去你住的地方找你吗?"

"你是谁?"我还没醒透,正在发蒙。

"我是谁,你这么快都忘了?"

"菠萝包?"

"什么?!"她的声音突然尖锐起来。

"我是在想,我们是不是一起吃过菠萝包。"

"吃过的。"

"在哪里？"

"在哪里？就是那家店里到处都是染红的家具，好像屠宰场一样的餐厅。"

"想起来了，"我说，"米娜。"

"我不联系你，你就不联系我了？"

"说忙是借口，我没有那么忙，说想不起来你，可能反倒是真的。"

"为什么想不起来我？"

"悲观厌世吧，对感情没有信心了。"

"哪个女人把你伤得这么重？"

"你这个逻辑也太女人了，说不定是男人呢，米娜，米高，都是姓米的。"

她听完这句话，在电话那头突然高兴起来。

"哎，我想你，我每天都在想你，时间现在对我来说，就是切成一格一格的蛋糕，想你，吃一口，想你，吃一口。你什么时候跟我回槟城？我已经跟爸爸妈妈都说了你了，他们很欢迎你去我家做客。"

"让我查查香港到槟城的航班信息。"其实我是认真的，去趟槟城未尝不可。

"你真的可以去吗？"

"可以的，没问题。"

"机票我来定，只要你愿意去，机票不是问题，没多少钱，现在是淡季，到处机票折扣打得很厉害。"

"可以。"

"那你把护照信息发给我，我帮你订票。"

本来我不喜欢花女人的钱,但是去她家这件事是她发起的,她愿意花就花吧。

总之,我打算去一趟槟城,再躲皮匠几天,作为一个私家侦探,保命是第一位的。我们的工作跟律师差不多,保命,然后顺带地,完成雇主交付的案子。雇主通常就跟家里死了人的心情是一样的,要送这具尸体去殡仪馆,要完成一个仪式,要有个交代,他们的要求并不高,并没有外界想象中那么高。

我有约莫三分之一的案子,不了了之,雇主通常不会来追讨前面已经给了的钱,当然了,来追讨的,我也不会给他们。如果是阿才这样的案源中介拉来的单子,他们会去应付,会去磨,好话歹话威胁恐吓的话,全部说遍了。

最后就是"要钱没有,要命也没有,什么都没有"!

挂上电话后,我躺在床上,把自己的护照号之类的,编辑了一条短信,发给了米娜。那一刻感觉她真的像我的女朋友,当然了,我也经常给其他女人发类似的信息,我不会在手机 App 上订机票,即便是我来出钱,也得她们帮忙定。

十分钟不到,我就收到了航空公司的短信,周五晚上七点半的航班,掐得又精又准,正好是她下了班,赶赴机场的时间,返程没定,也许她有年假?

不知道,我从来也不做精确的计划。

"我去别的地方有点事情,跟一个新客户谈个新单子,几天就回来。"我想了想,给邓律师发了个短信。

"请问去哪里?我得给丁先生汇报一下。"

"哦,槟城,你知道吗?"

"没去过,好的,祝您旅途愉快!"

然后我睡了个回笼觉,这样一来就到下午了,下午的时光,从我做过梦的摩天大楼群里，诸如湾仔或者中环那样的，缓缓地逼近，就像一架战车。

"可是我没有签证。"醒来后，我恢复了理智，问临时女友米娜。

"放心，我会找个旅行社帮你搞定的，他们就在重庆大厦对面，你走过那个红绿灯，去找一家二楼的中旅办事处，店面很小，但是你不会错过的，你能跟我一起回家过周末，我简直太高兴了。"

"然后呢，中旅？"

"中旅找一位李小姐办加急签证就是了，你给她三四百块钱，现金，港币。"

于是起床后，我去找了那位李小姐。不巧，李小姐不在，接待我的是她的同事，一位长着两撇小胡子的中年男人，他坐在电脑前操作的时候，我惊诧地发现他头顶上也缺了一块头发，跟我一模一样的位置。

"这个？"我指了指他的头顶。

"哦？请问您还需要办理什么业务？"

"不不不，这个，我也有。"

"你也有？哦，我确实是两个旋涡，内地人怎么说这种情况？说是中年会转运，我都快老年了，也没转过来，还在这里给人办签证。"

"不不不，头发，这块儿没了。"

"我是跟老婆打架，她活生生给揪下来的，你呢？"

"我，好像是鬼剃头，突然就没有了。"

"我不信，这种情况，通常都是女人干的，我们自己不会无缘无故做梦或者怎么样，揪下来那么多头发。"

"我没有老婆。"我说着,竟忍不住笑起来。

"那我真的要恭喜你了。哦,这是你的发票,是不是需要抬头?如果需要抬头,我可能得换台机器打一份给你。"

"不需要。"

"那行,明天下午两点钟就可以过来取了。"

于是我跟这位跟老婆打架之后,被揪掉了一块头发的男人告别,等着次日下午两点钟来取去马来西亚的签证,就可以奔赴槟城,开始我的一小段天涯亡命之旅。

对此,我还挺兴奋的,世界会在海关交接处停火的吗?

此刻,皮匠在琢磨些什么?

他也在研究我头顶上那撮头发哪儿去了吗?他会不会回到房子里,在地上,找到我头发的样本,然后像我收集米高的眼泪一样,把它们放在小的封口袋里,并在上面写上我的名字、时间、地点。我们会使用同款封口袋吗?制式的,装证物样本的。

当然不会。我没有,他也没有,我们都不是体制中人,都没有机会拿到那种东西,我们就是两只野狗,老狗,飘荡在各自的橡皮筏子上,他以杀人取乐,我以寻找他杀人的痕迹取乐,我们面对面汪汪,可能也撕咬不起来。

掉了那撮毛之后,我对生命更加珍惜了,真希望它能够从漫无边际的荒野中求生,最后走到一条有迹可循的道路上去。

"女人是灶上的猫,哪里暖和,就往哪里靠。"这是一句西谚。不知道为什么,我想起了这句话,既不是因为米娜,也不是因为小白,更不是因为"菠萝包"。

在去槟城之前,我得去找个人,她已经有一段时间没有音讯了。

但我站在她的公寓楼前,按了按电铃,没有人来接,也许有人，人家不肯走到门边来应门。就在我站在公寓门前的时候，香港冬季的急雨又当空落了下来，从闷闷的云层间隙落下来的雨水，直接淋湿了我的脖颈，那里当即起了一层鸡皮疙瘩。

这个楼上的女人是谁呢？我竟恍惚不知底细，我只记得她的住处，知道坐地铁从哪一站下来，从哪个出口晃晃悠悠地出来，走多远一段路，记得小区名，记得楼号，记得单元门，也记得房间号。我那日渐朽坏的记忆当中，杂糅了那么多没有必要的信息和垃圾，绝非带着乳香和没药的好气味，而是一大片飞絮蒙蒙、雨雪霏霏的阴郁的废墟。

"在月下惊碎了英雄虎胆"，京戏《独木关》里的一句唱词，此刻竟挤进了我的脑海之中。我想了想，不见竟比见好，见到了是平添烦恼，不见是减少了新的烦恼，新与旧的烦恼，怕是缠绕不去的老藤、新藤。不可追，即使是勉强地追回来，她不是昔日的她，我也不是昔日的我，我们像两只陌生的动物一样，皮毛陈旧，伤口恒常如新。

她会再让我喝一碗黄豆猪脚汤吗，或者做一份芋芳奶茶？

"CAT，我叫CAT，C，A，T，每一个字都要大写，A，T，一定不要小写，记住了没有？"认识她的那天，她对我说。

跟莫莉一样，她长着一只虎牙，笑起来就像一个高考还没结束的女孩。

第三十七章

当我如期到达机场,米娜也来了,她昨天就把行李寄存在机场,而后一大早去上班,紧赶慢赶赶完工作,这才不至于误机。她一见到我,就挽住我的手,然后沿着小臂,握住我的手。她的手心全是汗,汗水里带着甘蔗的甜香。

在飞机上,她也是如此,她好像时刻要把自己的身体紧贴在我身上,每一寸可以紧贴的部分都是如此。一直靠在我肩头沉沉睡去的她,微张着嘴,口中也散发着甘蔗第一次压榨过后的气息。我不知道如何解释一个离开槟城那么长时间的人,还能够带着甘蔗的气味,跟我一起坐在返回槟城的夜行航班上。

我推醒了她:"我忘了告诉你,我很怕坐飞机,能不坐飞机就不坐飞机。"

"啊?那怎么办?"她当真看了一眼机舱的窗外。

"所以,你得陪我说会儿话,让我分分神。"

"说什么?"

"说点你从来没告诉过别人的话。"我忍住一阵又一阵的恶心,每次不得已在高空中,这种恶心总会出现,不知道是因为源自于生理,还是心理,恶心是从胃部泛起的,胃里像是吞噬了一大碗苦涩的酸汤,一阵阵从胃袋内,沿着食道上行的酸苦的味道,惹得我忍不住推开了她。

"哦，那我告诉你一个我这辈子从来没有告诉过任何人的秘密。"

"这句话好耳熟。"

"是真的，我从来不会撒谎，我如果撒谎，就不是槟城来的。"

"撒谎也没关系。"我忍受着翻江倒海的万千滋味。

她突然贴近我的耳朵："我的第一次，是被我叔叔……"

"你叔叔？"

"我的叔叔，没错，我爸爸的亲弟弟。"

她一边说，一边眼眶转红："我从小一直诅咒他快点死，后来，他有一次站在船甲板上，真的被海水卷到海里去了，死了。"

我不知道说什么好，伸手摸摸她的头，片刻之间，她就贴着我的脖子，呜呜呜呜哭了起来，那伤心，像是有一百个伤心欲绝的女孩子在她体内复活，这一百个女孩儿长着薄薄的翅膀，有着野外工作者的衣衫褴褛，这一百个伤心欲绝的女孩儿，扑倒在我怀里，匍匐在我背后，紧紧地抱住我的胳膊和腿。

恶心的感觉因为被重重包裹而冲淡，我看到了一溜海湾，海湾边的陆地，陆地上城镇星星点点的灯火，飞机带着自身的重量，和一肚子人，下行到了这个海边小城乔治市。我们下了飞机，出了关，坐上了CAT打头的机场巴士。

"CAT是每一个字母都必须要大写吗？"

"是啊。"米娜经过飞机上一番哭泣，此刻心情和缓了许多，她正在给家人打电话，用的她的土语。

"我的妈妈很高兴，"她挂上电话说，"她收拾好了一个房间给我们住，我的房间给哥哥嫂子住了，他们刚结婚没多久。"

"我们俩住一个房间？"

"那是自然,我们是未婚夫和未婚妻啊。"

我内心十分惊诧,这件事,她从未跟我商量过,可是她和她的家人全都知道了。我们在一条安静的街上下车,两侧都是风雨廊,两层小楼,她带我走到一座小楼跟前,沿着黑漆漆的楼梯走了上去,一路喊了两声,声控灯亮了,她的父母站在台阶的尽头,笑盈盈地看着我们。她的父亲用我听不懂的语言说了句什么。

"我爸爸说,欢迎你回家。"她兴奋地对我说。

米娜的父亲长得就像她的父亲,母亲就像是她的母亲,一望而知是这对夫妻生了这个女儿,遗传特征非常明显。我们走进屋里,还有热腾腾的饭菜等着我们,他们特地等到我们回来才开始吃晚餐。

她的哥哥嫂子也在,嫂子已经怀孕了,挺着大大的肚子。总之,一家人其乐融融,我很久没有跟一家人一起聚餐了,既亲切又陌生。米娜全程都笑得很甜,很灿烂,也常常紧紧地抓住我的胳膊,给我夹菜、盛汤。餐桌上以海鲜为主,这座城市的周边都是海,乔治市其实在一座岛屿挨着马来西亚半岛的一角上,似乎还能听到海浪的击打声和破碎的心,一片片剥落在外边昏黄斑驳的街巷上。这个家东西非常多,但是尽量地塞在它们应该在的地方,家具是中式的老式家具,一只巨大的能报时的机械钟垂直站在墙角,占了很大一块地方,它的钟摆来回摆动的速度看起来比在别处慢一些。

她的哥哥在吃塑料纸包裹的一团米饭,里面有鱼肉、虾、咖喱和酱,她的哥哥执意只吃这团米饭,其他的什么也不碰,我吃了一整只大海蟹,她喜欢吃八爪鱼蘸辣酱,一口一大只八爪鱼。

她一边吃,一边在我耳边说:"你看不看小红书的,你肯定不看小红书的,张雨绮在小红书上剪八爪鱼的脚,说:'那么多脚,那么爱劈腿,让我剪掉就不劈了。'"

这时,我接到了一个电话,我站起来,走到阳台上,这个阳台正对着外面的街,可以看到几间杂货铺,还开着。槟城的冬天是不存在的,屋里开着空调,一阵阵热气从楼下冲上来,这时候,你只想喝一大杯加满了冰的冰咖啡,而不是热乎乎的汤。

电话那头迟迟没有人说话,我喂了几声,刚要挂了——

"你去哪里了?"对方是浓浓的香港普通话,港普。

"我?我也不知道我在哪里。"

"你不在香港?"

"不在,你是谁?"

"我是谁?对啊,我到底是谁,被你一问,难倒我了。"他用一种极其和缓的声音说话,和缓,低沉,又像是刚喝了一口热茶,喉咙滚烫的,发音器官的温度会影响音色。

"你自己都不知道你自己是谁,我又怎么可能知道你是谁呢?"

"你不知道我是谁很正常,就好像我不知道你是谁一样。"

"你是在监控器里看到我的吧?"我清了清喉咙问,刚才可能卡到一根小鱼刺了,海鱼的鱼刺很少这么细小,也许是一种珍稀的鱼类。凡是色彩鲜艳的热带鱼都不适合食用,这是一条通用的法则,槟城应该也不例外的。

"监控器看不清楚五官,也放不大,所以我不知道你到底长什么样子。"

"以后总有机会见面的。"

"你说你不在香港,那是去深圳、东莞还是广州了?"

"非得往北方跑吗?我都待腻了。"

"往南跑有什么地方,你提示一下我。"

"等我们见面，我自然会告诉你的，到时候都是朋友了。"

"那什么时候见面？"

"你留个电话？"

"你还是让你的朋友给我发个 E-mail 吧。"

电话还没挂的时候，我看了一眼，那是一台座机，电话一挂掉，我立刻回拨，电话响了两声，他又接了。

"不要再打回来了，我很快要走了。"

果然，等这次电话挂了，五秒？十秒？我再拨回去，再也没人接了。

我当然知道他是谁，他就是皮匠，皮匠真是一个热衷于跟人联络的人，没我想象中那么孤僻。

我回到客厅，客厅里大家还在吃饭，最老的那位老人，米娜的外婆，已经开始歪着头打起了瞌睡。已经半夜了，我倒是没什么问题，夜越深越精神，于是米娜的妈妈招呼大家都去睡觉，她和米娜的嫂子留下来收拾碗筷，她的嫂子几乎像是把碟子和大碗，放在肚皮上一样去了厨房。

米娜拉着我的手，到了走廊尽头一个房间。

"这是我死去的弟弟的卧室，"她说，"他在海里游泳，被鲨鱼吃了，后来父母去领他的尸体，只剩下大半边身体，都被咬烂了，骨头都露出来了。"

"死去的弟弟睡这么大的床？"

"哦，这张床是过去爷爷奶奶睡过的，他们都去世了，几年前。"

窗户关着，空调已经打开，我走到床边，打开里面加了一层玻璃窗的木质百叶窗，窗户上油漆多半已经脱落，斑驳陆离，一股榴莲的臭味从窗下涌上来，直冲鼻子。

"别开那扇窗,下面是水果店的垃圾堆,晚上没有人收拾的,要一大早才有人来。还会有苍蝇蚊子。"

"苍蝇蚊子?就没有螨虫吗?"

"是的是的,什么昆虫都有,全部都是嗡嗡嗡嗡的,千万别开窗。"米娜的惊慌超过了对我开窗的正常反应。榴莲的臭味,乍一闻,简直就像是尸臭,裹上了裹尸布的经过初步处理的尸体的臭味。

我们分头冲澡,从机场出来后,一会儿在公交车里,一会儿又在街上,然后吃那么多海鲜类食物,结果就是一身臭汗。她洗完了我洗,躺在那张辽阔的她的爷爷奶奶睡了一辈子的古老的床上,一人盖着一只小薄被,她的头发湿漉漉的。

"头发最好擦干一点再睡。"我从她家的冰箱里找到了一罐冰啤酒,估计是她哥哥买的,晚餐并没有拿出来,但是我找得到。

"你帮我擦,我去拿毛巾。"

于是我喝一口啤酒,帮她擦头发,倒也不难,她是短发,过一会儿也就擦干了。擦的过程之中,我听到天上有隐约的雷声响起,然后是海面上的闪电,我们这个房间看不到海,但是海的存在弥漫在各个角落,潮湿闷热的海滨城市。

头发已经擦干的米娜,将头放在我的膝盖上,我又喝了一罐啤酒,觉得脖子上有些痒痒的,于是发现了她的脖子上有一只特别细小的、紫红色的小虫子在爬,奇怪的是,她丝毫没有觉察,而我身上同一位置一直觉得奇痒难当。

于是,我按死了她脖子上的那只紫红色的小虫子,自己的脖子上也不再感到痒了。

她以为我在抚摸她,亲了亲我的膝盖,然后是大腿,她行进的路线恰好是大腿外侧肌和内侧肌肉的走向,从肌肉的起点到终点，精确无比。我只是裹着一条浴巾，花花绿绿的大浴巾，不知道是不是她死去的弟弟用过的。我们在死者的遗物当中，开始了一次不寻常的经历。

"你在哪儿学的。"我小声说，一只手摸她的脸，她正陶醉于自己正在做的事。

"我很厉害吗？"她吐出来，抬头对我笑着说。

"很厉害。"我喘了口长气。

她又继续，这一次，重点放在了其他地方。

这一切都进行到差不多的时候，我想要把她压在身下，她奋力抓住我的手腕。

"怎么了？"

"不要，你不要。"她说。

"不要？怎么不要了的？"

"我最多只能这样了，我帮你吸出来。"

我没有勉强她，她也确实帮我吸出来了，最后一刻，全部都泄在她嘴里，她下床，去卫生间，弟弟用过的卫生间，吐掉嘴里的精液，漱口，刷牙，牙刷是新换的，然后回到床上。

"怎么回事？"

"飞机上我说过了，就是因为那件事情的影响。"

"你叔叔？"

"我小叔叔，最小的叔叔，其实也就大我八九岁。"

"这个坏人，他就在这附近的海里死掉的吧？"

"离这里两三百海里吧，他死了我爷爷奶奶悲痛欲绝，两个老人迅速地见老了，爷爷头发全白了，他本来就很内向。"

"当时我太小了，七岁？不记得了，还没上小学，就在家里，刚才你开窗户的那儿，我当时趴在窗户上看下面，下面是中秋节游街。他突然就出现在我后面,捂住我的嘴,脱掉我的裤子,这么多年,我真的想不起来他插进去了没有,但是太可怕了,太恶心了,我再也不能接受任何的插入。"

"哪怕是你正常恋爱、交往的男孩?"

"是的,他们都不能理解,我也没告诉过他们真相,我只是说我怕疼。"

"前男友离开你跟这个有关?"

"绝对的,他可以搞余爱嫒啊,相比之下当然更爽。"

她躺在我怀里,嘴里依旧弥漫着甘蔗的气味,出于莫名的怜悯和爱,我突然亲吻了她的额头。

"你不要离开我。"

"我不能再为了任何女人留在香港了,已经够了。"我在心里对自己说。

第三十八章

不得不说，在槟城的日子过得很是舒坦，我暂且放下对再婚的恐惧，跟米娜在海边上看海面上无限的波浪和海上的云朵。她给我唱小时候的歌，无论是童谣还是民歌，都那么可爱。她带我去码头上的小市场，傍晚时分，那些渔民从海上带回来虾、蟹和各种鱼，她买了一堆小杂鱼回家，这里遍布佛教的寺庙、清真寺、教堂和印度教的小庙，像是另外一个版本的泉州和厦门的组合。

在码头上，她欢天喜地地买鱼的时候，我走到一边的僻静处打电话。

"喂，我可以跟丁先生直接联系了吗？"

"最近吗？"黑哥们儿像是吃多了，直打嗝。

"越快越好，你先帮我问问。"

"你要是着急，我可以问他的看护，我给她打电话。"

"那最好不过了。"

我挂掉了电话，回到米娜身边，她正在挑螃蟹。

"你喜欢花蟹还是肉蟹？"

"随你。"我表现得像一个好脾气的未婚夫，这两天的戏还是要演的。

"花蟹有青花蟹，也有红花蟹，你喜欢青花蟹还是红花蟹？如果你不喜欢花蟹，那边还有肉蟹，肉蟹是深海来的，蒸着吃就很好，如果你不喜欢蒸着吃，我妈妈会做咖喱蟹，红烧也可以的，或者我们多买几只，既做咖喱味的也做红烧的。花蟹适合煮粥，花蟹粥，我小时候最喜欢喝了。"

"你喜欢什么就买什么，我来出钱。"

"你有钱吗？笑话。"

我从兜里掏出一把港币，统统塞到她手里，她忍不住笑了起来，卖螃蟹的渔民也跟着笑。说真的，她在槟城非常放松，特别放松，像是回到了自家池塘的小鱼儿，她笑起来就像一个高中女生，说不出的可爱。这种时候，CAT和莫莉的面孔都叠加在她脸上，虽然她们的五官完全不同，性情也完全不同。但CAT和莫莉的肤色是相近的，都是小麦色，而米娜是浅咖啡的。

她们如果依次排列，可以排出一排色卡，我素来不喜欢肤白如雪的女人，肤白如雪的女人在我这里纯属浪费，但是看到小麦色的皮肤，就想扑上去，深深地吸一口。

CAT有矫健的四肢，她从远处奔跑过来的时候，像一只刚刚换毛的鹿。我们也这样去海边的小市场买过螃蟹，当时她为了一只大青蟹的斤两和老板差点儿打起来，在香港，潮州来的大青蟹，尤其是膏蟹，非常昂贵，当然了，黄油蟹我们吃不起。

暴脾气的CAT，像一道槟城的闪电。浅咖啡肤色的米娜，则像是她的一条备注。她们全部都喜欢吃荷兰豆，如果有的话，平均步速每秒一米。我几乎忘掉了有些龅牙的"菠萝包"，虽然她每天都在给我打电话，但我的电话静音。

舒刻保持了冷静，她给我发来了一封E-mail，报告了最新的进展。

"我们吃饭的时候，她接到的电话，不是她丈夫或者司机打来的，另有其人，这个人的号码我拿到了，但是暂时无法查出具体的名字,他注销了那个电话号码,而且可能是用别人的证件买的号。她和这个人通话的时间是一分钟四十七秒,这不是一段简单的对话,我推测是对方说服她见面,并在那里劫持了她。"

"预约劫持?"我回复了邮件,就在手机上。

"对方下套了,我估计,其实余爱媛不是一个容易轻信别人的人,对方说不定是个熟人。"

"熟人?你有概念吗?"过了一会儿我回复。

"你有概念吗?"她的回信。

"我没有立刻马上能想起来的人。"

"我更没有,我介入她的生活,没有你想象中那么深,我们共同的朋友很少很少。"

目前看来,我已经开始介入余爱媛的生活了,至少,正跟她的室友在一起。

我把手机揣在兜里,抬头看海面上落日的余晖,那太阳就像是正努力嵌入地球表面的镜面琥珀,我还没打算离开,米娜已经过来拉我,我帮她提着所有的海鲜,好几兜,回家。

家里人都在忙,为了晚饭,又一餐。她嫂子的肚子看着像是比昨晚更大了一些,哥哥正在切一只刚刚烤好的烤鸡,他蹲在地上,用一只原木的案板切这只鸡。然后把它摆放在青翠欲滴的蕉叶上,再加上一小碗红红的辣椒酱,就可以上桌了。

这久违的大家庭的生活,让我有些想家。当然了,我几乎是一个没有家的人了。晚餐自然是很丰盛的,大家吃得也很开心,我喝了很多酒,跟她的爸爸以及哥哥一起,男人们喝酒,女人们时不时地站起来,除了特别老的外婆。

米娜的母亲对她说了一句什么。

她转头对我说:"我妈妈问,我们什么时候举办仪式,她得准备准备。"

"仪式?"

"结婚仪式呀。"

"还需要仪式?"

"那是自然,我是第一次结婚耶。"她很自然地抓起我的手,十字紧扣给她的母亲看,我看到母亲看着看着眼眶红了。

"等我们回香港商量商量,再跟老人说吧。"我在她耳边说,声音小到像是昨晚那只紫红色的小虫子发出来的。

"你说什么?我听不清楚。"她笑嘻嘻地问我。

"这么大的事情,我也得跟我的家人商量一下吧。"我说,反正除了我们,所有人都听不懂普通话。

"我以为你已经决定了。"

"我一个人决定不了,这也不是一个人的事,我还有孩子,你的父母知道了吗?"

"不知道,这个以后再说。"

"我建议你告诉他们一下。"

"我不想说,他们会不同意的。"她不理我了,扭头去跟母亲叽叽咕咕地说着什么。

我只好拿出手机,搜索到一个翻译的页面,从中文翻译到马来语:"我结过婚,有一个孩子,女儿。"

看了桌子上的人一圈,想了想,递给了她的嫂子。

她的嫂子看完了,面色凝重,递给了她的哥哥,米娜还没注意到,她的母亲倒先留意到了,问她的哥哥怎么回事,她哥哥说了一句话。

"你在干什么!你疯了吗?"米娜听毕站了起来,从她哥哥手中,抢过我的手机,冲到阳台边,打开窗户,摔到窗外。

整个屋子一片死寂，我感觉自己的跑路生涯就要结束了。

我去机场是米娜的哥哥送我去的，他开了一辆小皮卡，很小，像是随时要散架了。她一直在屋里哭，哭得上气不接下气，她的妈妈坐在一边，一会儿劝说一会儿骂的口气，我也没什么行李，只是继续用那个应用跟她的哥哥交谈，请求他送我到机场。

我没能买到当天晚上的机票，只能买了第二天一早的，幸好机场航空售票处收港币，然后在机场凑合了一晚上，躺在三只椅子并列成的床上，睡了又睡，听到跟昨晚一样的惊雷声，从远处，一阵又一阵地传来。这真是一个奇妙的海岛，在雷声当中，我仿佛听到了米娜的哭声，她像是海的女儿，每一滴眼泪都是咸的，我真希望自己可以像一个真正的丈夫一样去爱她，跟她一起在这个小城生活下去，过着平平淡淡的生活，坐在海边，看渐渐褪色的夕阳，从完整的镜面琥珀，变成一条细线。

然后，整个天空都变成了灰黑。

在回香港的飞机上，我变成了独自一人，这让我想到从日本回国的航班上，那一次，我失去了一切的一切，独自一人返回北京。在从万丈高空俯冲下来的时刻，我想到了地狱温泉，那一次在地狱温泉当中行走的经历，就是我从自己的生活当中被撕开的真实复刻。我喜欢我的生活吗？并没有，但是它们已经长到我的骨头缝里了，所有的根系都深入泥土的第三层，如果它能够深入第四层或者第五层，我就死了，它们抽离出来的时候，一定会带出来我的魂魄，我的白细胞和红细胞，我的骨髓，我的神经和过往。

就在我从槟城飞回香港的路上，我一个人强烈地晕机，跟空姐要了三次白兰地，两次葡萄酒，要到她心烦意乱，最后把包装盒都给我了。

"对不起，我恶心，要吐，"我说。

"求求你再给我一瓶酒。"我又说。

"还有吗？还能再来一瓶随便什么带酒精的东西吗？"

"没有了。"她很无奈。

"那工业酒精也可以，"我说，我一边说，一边把手伸到自己的喉咙口，因为太深入，太形象，她以为我要从喉咙里抠出来什么呕吐物，她已经被我惹得不胜其烦，只好喊来了空中警察，其实是一个空少。

"对不起先生，确实是没有别的什么含酒精的液体了，我们同事已经跟您再三解释了。"这位空少说的普通话，字正腔圆，像是一个东北人。我不喜欢东北男人，因为那次辍学，完全是因为两个东北同学嫁祸于我，两个，不是一个，虽然一个是黑龙江，一个是辽宁的。这种地图炮我打了一辈子，一见到东北人就躲开，但是每每还是栽倒在他们手里。

"所以，要点儿酒喝，那么难呐。"我模仿东北口音对他说。

"对不起先生，我们工作期间禁止用地方方言辱骂客人。"然后他微笑着，贴近我耳边，使用一种口型和意思不符的方法说了四个字："瞅你咋滴？"

"你想咋整？"我一说出口，就觉得自己语法有误。

"你住哪嘎达的？"

"重，重庆大厦E座。"我的舌头已经开始打卷了。

"E座，哪个房间？"

"1501？1821？记不起来了。"

"你等着，整不死你。"

"整死我啊，来啊！"我也满脸带笑，在他眼里，我的两只黑眼圈肯定像是被松节油熏过。

"有本事你去投诉啊。"他轻轻地把手放在我的座椅靠背上，一边职业性地帮我调节座椅靠背的位置，一边小声对我说。

我又成功地结下了跟一个东北人的梁子，他肯定记下了我的座椅位置，幸好我习惯了不坐在自己订票的位置上，出于对人类的本能的不信任。

我一定忘了东北人有多狠，他在我走出航站楼的一刻，追了上来，在一个僻静处，狠狠地揍了我一顿。

"这是帮你喝掉的白兰地揍的你！"他此刻已经脱掉了空乘的衣服，穿着一件普通的帽衫。他一定是以奔丧的名义，才能够如此迅速地奔出工作现场。其他的空乘往往在机长的率领下，像一群南极企鹅一样，体体面面地走出来。这一次单方面斗殴的结果是，我下巴脱臼，两条肋骨骨折，左右各一根，所以我不得不像一只龙虾一样龟缩起来，躺在一只正在喷涌而出的下水道的消防水龙头边上，这只消防水龙头的水雾遮盖正好让摄像头内的他，形体不清晰，五官不清晰，从头到尾他一句话都没说，不要说方言，连诸如"嘿""哼"都没有，他在静音状态下，胖揍了我一通，戴着一双皮手套。

罕见的狠，手劲巨大，佩服。我怀疑自己到的不是香港机场，直到坐上一辆出租车，司机发现我一直向一侧靠。

"你的嘴角出血了？"他在后视镜里问我。

"什么血？"

"鲜血。"

"送我去医院。"

第三十九章

我在医院里,先是急诊,后来是做手术,下颌骨正位,两根肋骨分别打了钢针,碎裂的肝脏上贴了几贴创可贴。保不齐医生认为我没有保险,必死无疑,但香港的医院是人道主义医院,医生打算先抢救我,再谈钱的事情。

一周之后,说不定是两周之后出院,我回到重庆大厦的房间里取钱,那些钱居然还散落在桌面上、抽屉里,各种地方。我从丁先生处得到的定金,从猪脚老板处获得的定金,付清了医院帮我垫付的钱。

我干的这一票,转眼变成了云烟。

黑哥们儿那时候还活着,他傻愣愣地看着我把那些现金交给了医院跟我来取钱的小护士,她当然也不会穿着护士服跟我出来。

"你是把这个女人搞大了肚子吗?"他悄声问我,"好长时间没见到你,丁先生去世了你知道吗?"

"什么时候?"

"七天前?今天头七。"

"所以,我现在没有雇主了,这个案子还查吗?"

"等会儿,他让我给你带了一封信,其实是他重度昏迷之前给你写的信。"

我躺在房间里，体会着自己再度成为无主之野侦探的滋味。

那封信不是丁先生的笔迹，很明显，是他口授给另外一个人记录下来的，说不定是上次见到的金鱼眼的女护士。

以先生：

  对不起，以我目前的身体状况而言，死是近乎咫尺的事情了。关于舍弟的死因，我一直都无法释怀，可以说是死不瞑目，我将继续雇佣你将这个案子查到底，我的律师将跟你细谈，现在的委托代理人是他，他会重新草拟一份新的合同，以我的遗愿的形态，委托你继续追查，直到找到元凶。

  听说你遇到一些意外，很抱歉这些事情连累了你，让你不得不暂时离开香港，我跟你见过几次面后，知道你不是一个不负责任的侦探，我也坚信你会回到香港，继续我们的案子。

  当然了，我不在人世了之后，只希望你得到答案之后，到我的墓园，烧一张纸条告诉我，把凶手的名字写在上面就可以了。如此，我的在天之灵就可以平静下来，也可以带着欣喜与舍弟以及我们的父母亲重新相聚。

  感谢你！

丁云长

"谁给你的？是邓律师吗？"我问黑哥们儿，这一次，我发现他的黑眼圈比我还黑，多年之后，我回想这一幕，才意识到，那是他后来不明不白地死去的预兆，凶煞之气。

"是的，不过这个字，是小丁太太写的，当时我也在场，我是旁证，邓律师倒是不在，他太忙了，你看我和小丁太太都在这封信的信封后面签了名，我们觉得这算是法律依据。"

"太好了，我可以继续在这里养养伤了。"

"A座，丁先生的房间，小丁太太和邓律师已经委托一家拍卖行，开始拍卖丁先生的收藏和各种遗物。"他说，随后诡异地笑了起来，"我帮着去收拾了一天东西，才发现，丁先生生前是那么疯狂的一个人。"

"疯狂？"

"感觉那个房间就是一个女人屠宰场啊。"

"何出此言？"我忍着一通折腾之后伤口的抽痛，问他。

"哈？"

"干吗这么说？"

"那里面，不知道去过多少女人，形形色色的女人。他太会玩了，这辈子真的值了，羡慕，我就是一个非洲来的小市民，只想在这里挣点钱，存够钱回去，买个房子，娶个老婆，然后老婆孩子热炕头，丁先生这种生活，我不敢想象。"

"每个男人都想要一个属于自己的玩具房，终身使用的，不奇怪。"

"听小丁太太说，丁先生最好的几件藏品，她找了个行家帮着看了，照着清单，可是没了。"

"没了？哎，可惜。"

"你知道这回事吗？"他问我。

"我怎么可能知道呢？"我想着床下的旅行箱上挂的那把R锁，米高一定很高兴。

我给邓律师打了一个电话，电话那头的他听起来正在吃一碗面，哧溜哧溜的声音，不停地传来。也可能是我的幻觉，他那么严谨文雅一丝不苟的人,吃面怎么可能发出那么巨大的声音,就跟一台抽水机在抽一整个礁石之间水坑的水一样。

"以先生回香港了?"

"回来了,哪里的面那么好吃?"

那边哧溜哧溜的声音嘎然而止,抽水机停止了抽水,海阔天空一片寂然。

"你都知道了吧,丁先生的事,看到信了没有?我都没有看到信,但是意思小丁太太给我复述过了,能不能麻烦你把信的原件,回头留在我这里?"

"我没有保存信的习惯啊,已经撕碎了扔进马桶冲掉了。"

"以先生真不愧是刑侦专业出身的,知道销毁证据的重要性,我们法律人就不一样了,就算是一张擦屁股的卫生纸都要留下来,作为呈堂证供。"

这中间,冷不丁又响起了迅捷的哧溜声,但很快又倏忽而逝。

"邓律师还是那么幽默,所以,我们还得找时间把合同再重新拟一遍。"

"没问题,其实我有劝过丁先生不要那么执着,他坚持这么做,那我作为他的律师,肯定是依照他的意愿去做的。"

"我们回头见面再谈,对了,丁先生是火化还是?"

"海葬,根据他的意愿,他喜欢潜水的嘛,我们送他到他最喜欢的泰国普吉府的皇帝岛,他应该会很满意、很安心,在海底下,看着珊瑚礁和热带鱼,多好啊。"

"不错,很浪漫的安葬方式。"

"唉,他最后是骨头瞬间全部碎裂,一根接着一根,多米诺骨牌一样的,整个人失去了骨骼的支撑,变成了一摊难以成形的大肉块。"他说这段话的时候,毫无感情的代入,像是在讲最新一次风球的级别和登陆地点一样稀松平常。

"这在SARS后遗症患者中是寻常的。"我说。

"惨不忍睹,对了,后天正好是丁先生的追思仪式,你参加不参加?邀请你来,正好见见丁先生的其他家人。"

"我可以去,但是不用见家人,认识那么多人对我来说是多余的。"

"也是,你这种工作,低调一点好。"

于是我们相约在丁先生的追思会上见面,他会把地点发给我,还问我有没有黑西服,我当然没有,他说可以租一套给我送来,我说不用了,我和小丁先生身材差不多,庙街离这里也不太远,可以去找小丁太太借。

"你跟小丁太太很熟了?"

"见过几次,一次,两次,三次……记不太清楚了,差不多吧。"

"她是个好人。"

"你也是,你们都是好人。"

我的话音未落,他就在电话那头吃吃地干笑起来,但我也怀疑是我的幻听,律师就算是笑,大多也是不出声的那种笑。即便是露出两排牙齿,也无声无息。

"你也是,大家都是好人,好人一生平安,再会,后天见。"

于是,我躺在床上,盯着天花板上某个水迹,那像是楼上的人小便泄漏的印迹,这个人火气一定很大,小便这么黄澄澄的,只有边缘近乎深褐。我总不能躺在这里,一直分析这个邻居的身体状况和性格特征吧,但是又懒得做其他事,饭也不想吃,澡也不方便洗。酒一时半会儿也不敢喝,医生说要是再喝酒,会导致伤口重新裂开,他也许纯属吓唬我,知道我长期酗酒。

我想起自己曾经如痴如醉地喜欢过平克·弗洛伊德这个乐队，在日本的时候，甚至曾经去二手唱片店淘过他们的碟。都过去了，此刻，我脑海中盘旋着一团平克风格的曲子，从海平面上浮现，月光朗照，然后，天上的两颗星体，以无比缓慢的速度面对面行进。

这种缓慢是相对的，绝对速度一定超乎人的想象，我不想跟人打交道，想要在无限的宇宙洪荒之中，发现一道道刺目的光线，那些矮行星，已经死掉的黑乎乎的星球，正在忙着以黑洞的形态联结不同的空间。我渴望超乎这个窄小的城市，超乎我被打得稀巴烂的身体，能够有什么飞升，就像是平克乐队在镭射演唱会上的声响一样，从无限开阔的拱顶，向四周扩散，到了周边的圆球状的墙壁，又返回到观众的桌席上。

我渴望某种无法预知的宿命，像越收越紧的勒住脖子的塑料绳，最后一口气瞬间消失，然后只剩下凸出的眼球和嘴角的一条口水印迹，就跟邻居家的小便尿迹一样，挂在那里。

我怎么又想起了邻居和他的小便了呢？

当我又睁开眼睛，极度的困倦袭来，一层又一层的涟漪，像脑电波，像水底下的声波，我才想起这原来是平克乐队一张专辑的封面，那张八十多分钟的 *meddle*。我在近乎幻觉的状态中睡着了，醒来的时候已经是深夜，也许是半夜。这一次，我发现门开着，有个穿着黑色帽衫的人，男人，黑漆漆地站在开着的门外。在一片黑色当中，可以隐约看到他的眼白，他用无比淡漠的眼神看着我。那眼神像涟漪一样一层又一层地荡漾开来，从他那阴冷的神态当中，我感受到了恐惧。

门是怎么开的？我头脑还不清醒，我记得自己临睡前关过门，关门的动作和声音还清晰可辨，这一天我并没有喝酒，门不应该是开着的,像是一个模糊不清的暗喻,开着的门,深更半夜,也许是两点半?三点?外边的车声很少了,天井黑漆漆的。

"你是谁?"我张嘴,却发不出声音,我开始怀疑自己身处一个无法挣脱的噩梦之中。

他伸手,手掌中心发着微微的光,是一个模模糊糊的汉字,也许不是。我的脑海中一片糨糊,糨糊裹着滚烫的岩浆,岩浆当中有众多动物的尸体,以及下陷当中的宛如地狱般的人还没死去但是即将死去的脸。我怀疑所有人在即将死去之前,都会有这样的预兆,会有这样的时刻,眼前出现这样的幻觉。

也许不是幻觉,我听到了他的呼吸声,粗重,缓慢,每一次都有两秒钟之久,一呼一吸之间,他的手掌也在微微地颤抖。

"这是什么字?"我张嘴,用发不出的声音,努力问他。

"你你你——说——呢?"深夜的陌生人的声音格外瘆人,一张巨大的网从天花板降落下来。哦,平克乐队的镭射演唱会现场,是我和朋友们,其中包括一对夫妻,一起在上野公园附近听的,在地下室,巨大的,无法想象上野公园附近有那么大的地下室。那对夫妻后来出事了,妻子杀害了丈夫,用一碗加了超量氰化钾的白粥,他最喜欢的甲鱼粥,味道近乎完美。

我的生命中密布形形色色的凶杀案,但是没有哪一次,比这一次离我更近,更触手可及,我确定,那个人的另外一只手拿着某种凶器,虽然不知道是什么。

第四十章

那人缓缓地脱下帽衫，可能是我的窗帘没拉严实，窗外正好有一缕光照到了他脸上，斜照。他的头发并不多，堪称稀疏，那张脸令人触目惊心地熟悉，那张我在杀人视频中看过千百万遍的脸，在视频中从不戴口罩或者面罩的脸，他似乎十分享受直接闻到血腥味的感觉，满脸专注而又陶醉的神情，当然了，还有人肉味。

这两种味道也是我所熟知的，当解剖课上剖开大体老师的腹部时，里面只有一种气味，那就是福尔马林混着陈年腐肉的味道。大体老师是多少年反复使用的，新鲜的来源过于罕见。而皮匠当时所面临的是汹涌而出的复杂气味。

他享受那种充满了刺激的气味的集合，这或许能让他的肾上腺素急剧分泌。

"你是谁？"我脑子昏昏沉沉的，像是灌了十斤烈酒一般。

"老朋友了，我们是。"他说，声音听起来竟比模样年轻，带着浓厚的香港口音。

"你来干吗？"我不知道该不该称呼他为皮匠，这仅仅是我给他起的绰号。

"我来看看你。"他降低语速说，又重新缓缓地戴上了帽衫的帽子，那张脸重新回到阴影之中，看不清楚了，像一根铁钉回到了铁器架上。

"我……有什么好看的?"

"看看活的模样,因为以后只有死的样子可以看了。"

他的语速缓慢,一边说,一边还忍不住笑了起来,笑声像是电子声,有点塑料,有点古怪。然而,这种塑料和古怪感也像是从我身体里传出来的。

我也有类似的塑料和古怪,这也是我们相互吸引的缘由。

而后,他上前一步,手心里的金属器具寒光一闪,似乎是一把切割刀,形态类似于佛罗伦萨美院木刻刀,两头都有刀刃,中间的铁柄细瘦,这即便是皮具工具刀,应该也是他自己设计制作的。

自己才知道自己的需求,自己做的,用起来,才趁手。

他伸手,随意地在我的面颊上划了一下,我也不觉得疼,但很快温热的液体从那个口子倾泻而出,小瀑布一样直接涌入脖颈。我下意识地想伸手去挡一下,他的手速太快,根本就无法阻挡,再说我的手根本抬不起来。

我感受到脸上有一撮神经在抽动,抽动的速度像是临死期,但我还在呼吸。他又随机地在我脸上另外一侧划了一下,那边温热的血随机流出,他的另外一只手伸过来,往先前那个部位灌注了胶水状的东西,冰凉的。我的两只手像是被捆住了一般,无论如何都举不起来。

如果我头脑还能够清醒一点,我可能会想:酷好虐杀者,过程的重要性超过结果,结果必然是取人性命,然而给他们带来致命快感的却是过程,特别是他这种对被害对象没有明显的特征趣味倾向的。

"喂……"我的喉咙间发出了微弱的声音。

"什么？"他耳朵向我的嘴巴伸过来，"你说什么？"

他一边问，一边又往后来划的那一侧的脸上灌注了同等冰凉的胶水状的东西，这次我知道这种胶水是用来封住流血的小血管的，血流止住了，但是伤口开始抽痛。一种奇怪的快感开始从我的脑区出现，像是天竺葵在樱桃树下盛开，罂粟在樱花一侧怒放，灼热的阳光促使这些花朵迅速地开放，然后发出了浓郁的香气。那香气，是丁香与大花茉莉的混合，是玫瑰天竺葵，不是波旁天竺葵，也不是茉莉天竺葵。

存在茉莉天竺葵吗？我使劲回忆，这个记忆是一个女人输予我的，她叫CAT。

也好，临死前，让我带着不存在的茉莉天竺葵离开吧。我对于死从未觉得恐惧，因为从事了世上离死仅一步之遥的工种，我比普通人更容易死掉，也更容易死得出奇。至少是出奇的，不寻常的，这就足够了。

然而，他开始脱光我的衣服，我赤身裸体地躺在他跟前，他甚至打开了随身携带的一盏小型野营灯，充满电的野营灯将他的脸愈加浓重地掩盖在阴影之中，相反地，我的身体全面地暴露在他面前。

"不错，常年喝酒的人，血闻起来都有酒味。"他小声地嘟囔着，这人似乎有自言自语的习惯，这在视频中也能看出来，他的嘴总是在动，不像是嚼口香糖，倒像是口中念念有词。我正在胡思乱想的时候，胸口又被他划了一刀，伴随着出血，和不可预知的部位的另外一刀，在下一刀渗出血的同时，上一刀的伤口被上了胶，上一刀的伤口开始抽痛时，第三刀随即来临。

他像是在把我做成一件艺术品，一件风干后可以悬挂起来的装置，一件可以像美国那位变态连环杀手，木讷寡言的农夫盖恩在自己的"尸体农场"放置的人皮吊灯一样的纪念品。我乐意变成一件艺术品，那约等于被送给罗马人的埃及木乃伊，千百年后，还会被送到医院去做 X 光，有人把你缝合，合了又拆开，将一节节脊椎重新结合。

随着他切割的刀数越来越多，我的意识也慢慢陷入了半清醒半昏迷状态，在某一时刻，我竟喜欢和希望被切割，被结果得越快越好，求生的本能不知为何，竟被切割的欣快感压抑了。

纷繁的意义存在吗？死一旦来临，一切都落空了，完蛋了。

我在死的悬崖边上徘徊，对方只需要切割掉我的一根主动脉，血流量更快，就可以置我于死地。

我正在昏迷的边界，意识飘忽不定，有一刻微睁双眼还能看到一道微微的光落在杀我的人的脸上，另外一刻，我又落入一片灰色当中，然后陷入黑暗。但黑暗中还有血的红，还有肌肉的拉扯与刺痛，还能感知数处神经在抽动。

他可能玩够了，在我的脖子一侧插入了一根粗针管，不出所料的话，那根针管连接着细细的透明塑料管，我的血将被导出，一直流到无血可流，血管当中空空如也，逐渐干瘪。我的皮肤将从苍白转为苍灰，最后变成苍青，尸斑将在我死后二个到四个小时出现，然而尸斑是属于那些血管里还有血的尸体的，没有血的尸体，连形成尸斑的条件都不具备。

我沉浸在死后的无穷的寂静里，杀我的人在收拾杀我的工具，那把刀，那些用完和没用完的胶水管，一支支就像油画颜料一样，还有那只 USB 充电的野营灯，我尚且清醒时看了那盏灯一眼，已经锈迹斑斑如同出土文物，然而还能发出光亮。

那盏灯逐渐黯淡下来，可能是电量不足，皮匠轻轻地靠近它，吹了几口气，又摇了摇，它又略微亮了一点，皮匠就是借这点光亮，把在我身上做的最后的事情料理停当的。

我听到门被推开的声音，有人走了进来，逼仄的房间显得格外窄小，进来的人带来了能发出巨大声响的东西，我一动不动，然而床在动，有人钻到床底下且发出巨大的声响。我一会儿昏迷，一会儿略微有模糊不清的意识，然后，感觉自己的身体被悬空，有人从床下取出一件笨重的东西，那东西在地上滑行发出了闷闷的、刺耳的声音。

然后我就彻底昏厥了。

我仿佛到了天国一趟，仿佛在那里见到了死去的父亲，他仿佛是跟我年龄相仿的兄弟，确切地说，我比他还沧桑还不堪，他仿佛是我的弟弟。他悲切地看着我，仿佛看着他已经荒芜败落的葡萄园，他向我伸手，在父亲的一生之中，我们从未有手拉手这样亲昵的动作，我有点犹豫，刚想伸出的手，又做梦一般缩了回来，我看到父亲的眼中泛起了泪光。

死去的人也会落泪吗？

当我缩回手时，我在另外一个空间醒来，它的天花板空荡荡的，没有邻居的尿迹，也没有腥臭味。我赤身裸体躺在冰凉的水泥台子上，这个台子放过小丁先生、那位大学教授（哦，我睡过他老婆，在他死后，查案子的过程中），还有那个小女孩、傻不愣登的叶嘉豪，现在轮到了我。

我听到两个男人在交谈，他们站得不远不近。

"你答应过我这是最后一单了。"这是皮匠的声音。

"嘿嘿，"一个有几分熟悉的声音传来，"当然可以是最后一单了，任何时候都可以是最后，我们都不知道自己什么时候死，对不对？"

"对。"

"放心吧，我会履行承诺的，请问，这具尸体还有什么用处？为什么要费那么大的劲儿拉到这儿来，我为了你还租了辆运钞车，要不是运钞车，能从重庆大厦荷枪实弹的安保那里，把一个死人和那么大一只旅行箱拉出来吗？"

"大厦里并没有银行。"皮匠闷闷的声音传来，他说话有一点点结巴。

"运钞车去哪儿都随到随停，不需要银行。

"幸好我让安保准备了那么大的购物袋，这才能够把这个家伙放进去，不过你还是应该把他留在大厦里，那座大厦出过的人命多了，再多一个也没什么关系。"

"这是我经手的，我得让他有头有尾。"皮匠说着，走了过来，用一只冰凉的手，翻了翻我的眼皮，我确定自己此刻瞳孔已经缩小，眼球逐渐浑浊，死亡的进程在我身上已经进行到了尾声。

"快了，快了。"皮匠小声地嘟囔着，他一贯的做派就是跟自己说话，不在乎其他人听到与否。

"什么快了？"

"这人快不行了，什么私家侦探，死到临头还不是一摊烂肉！"

"丁先生也真是的，非要我在他死后，还继续雇他查这个狗屁案子。"

"确实是狗屁，查什么？查你自己吗？"

"我可是干干净净的，一点儿水分和疑点都没有。"那个男人又嘿嘿笑出声来，他的声音当中有一种常年的忍耐与克制带来的温文尔雅，那种隔着磨砂玻璃的温文尔雅。

"但是这个人是个酒鬼，他的血都有一股酒味，说不定，他血管里还有一些酒精，酒也是液体，还能让他多活几分钟。"

"你可不能放他活口，否则——"

"你可以把下个月的药给我了吗？"

"哦，不好意思，我忘了带了，明天吧，明天我派人送过来，还给你放在楼下的信箱里。"

"这个药的药效对我的腿越来越不管用了，我最近觉得脊椎开始不舒服，弯腰的时候会觉得后腰有两个痛点，左边一个，右边一个，两指宽的地方。"

"哪里？"另外那个男人的声音迫近了一点，似乎站在皮匠身后。

"哦，对，再往上一点，差不多。"

"左右对称吗？"

"差不多，对，就这儿。"

"可能得加大药量了，下下个月。"

"你又不是医生，你说了能算数？"

"我祖上是行医的，有渊源。"

"你祖上跟你半毛钱关系都没有，人家是悬壶济世，你是无恶不作。"

"别这么诋毁我，我这种工作大陆人叫什么？法律工作者。"

我确定自己以每秒钟一毫米的速度，逼近生命的终点，我确定我已无路可走，除了死去。所以，既无法睁开眼睛确认一下那人是不是就是邓律师，也无法留下任何人证物证，我已经是下一个被害人。

"法律工作者？笑话，你就是个谋财害命的浑蛋，连自己雇主的亲兄弟也不放过。"

"可你还不是得乖乖听话？你需要的药，香港有第二个人能给你吗？不要说香港了，全世界都没有地方买，你知道我费了多少工夫才给你弄到的吗？那可比租个运钞车费劲千百万倍。"

"那也是你想利用我。"

"别美化你自己了，你就是个杀人上瘾的人，在香港，谁能给你杀人的机会还帮你擦屁股擦得这么干净？你满足了自己杀人的欲望，我也做了我的事，两全其美，不是吗？"

我已经断定是邓律师的那个人还在继续说话，他穿着一件深灰毛呢西装马甲，传统裁剪风格，似乎是跟小丁先生的西服出自同一家店，不出意外的话，那件西服的某个地方还挂着一根女人的长发。

"胡，胡说。"皮匠不服气地，低声回了一句。

"要不是我，你早就被抓走了，你也知道自己只差一点点就走到了警察的视野里，那个舒刻一直在逼近你，那个在余爱媛临死前给她打的电话，随时可能暴露你的存在，虽然号码不是你名下的，但你用过那个号让人送外卖，地址就是这里。"

皮匠还在我身上摸摸弄弄，我知道自己的体温正在下降，但没有降到近于室温。他沉溺于抚弄一具即将成为死尸的身体，他沉溺于接触一个灵魂即将出窍的无能为力的肉身，这带给他极大的欣快感，类似于情欲一样的欣快感，这从他呼吸的急促程度就能感受到，他的鼻孔不断地吸气、呼气，肺叶前后起伏，似乎心跳也加速了，不管是多巴胺还是睾丸酮，在他体内的指标肯定直线上升。

"要不是我，你这个废人还能杀人作乐吗？"邓律师在皮匠身后继续说，"你就是一个变态，变态的结局不是坐牢就是死。"

"总之，这单做完，你答应我可以从你手里拿到药。"

"你上瘾了，停了可不行。"

"我上瘾了，停了不行？"

"所有的人都是你杀的，我什么也不知道。"

"所以你不给我药是吗？"

"不好说，我这个人无恶不作，说话怎么会算数？何况，你为了威胁我早就把那些视频都发给死者家属了，不然我怎么会这么被动！"

"不是我发的。"

"你让你的亲徒弟发的，哦，他也死了，也是你杀的。"

"他什么都知道。"

"所以，人都是你杀的，你想好了，如果我在，还能为你遮掩。"

"你对我唯一的用处就是给药。"

"否则你也要弄死我吗？哦，失陪了，我得回去陪老婆孩子吃饭，今天女儿生日，要去陪她吹蜡烛唱生日快乐歌。"

然后他就走了，关上了门。过了一会儿，皮匠在我脸上盖上了一张餐巾纸，而后，站在我跟前，先是他把手里的一样东西放在台子边上的声音，接着是拉开裤裆拉链的声音，皮肉触碰的突突突突的声音，过了不久发出了几声低低的呻吟，他似乎射了精，到达高潮。

仅仅面对着行将就木的我就嗨了。

然后，房间的灯熄灭了，皮匠也走了，可能是上楼吃晚饭。

我一个人被扔在黑漆漆的屋子里，不能说是完全黑暗，那扇仅有的窗子，疯牛皮还是没能遮盖严实，窗外的霓虹灯又闪起。我像一具木乃伊，从最深最深的睡眠与死一样的黑暗中醒来，感受到了水泥台子的冰凉已经接近我的体温了。

而后我感觉到台子轻微地振了一下，像是什么东西放在上面发出的振动。

我的眼睛吃力地睁开,看到了一只手机,皮匠手淫之前放在台子上的,走的时候忘掉了。

那一刻,世界上我唯一记得的手机号是米高的,我之所以记得他的手机号,是因为他的手机号跟CAT的手机号只差一个尾数,我拨通了他的电话,用尽我最后的力气让他来老地方找我。

三天之后,我从昏迷中醒来。医院简陋破败,米高在我身边削梨,应该是给他自己吃的,他看到我醒来了,就顺手切了一块,塞到我嘴里。

又过了几天,我能开口说话了,我跟一直守在我身边的米高闲聊。

"你拿走旅行箱上的锁的时候,打开过那个箱子吗?"

"是啊,听你说了好几次那只箱子,我也有好奇心,忍不住要开开看看。"

"里面是什么?"

"也没什么,就是一些骨头。"

"人的?"

"废话。"

"多少个人的?"

"我没认真数,有五六个头盖骨吧,五个?六个?哦,说不定是四个。"

"哦。"

随后,我们俩都沉默了,没有说话。

"是不是有一个看起来比其他几个要小一些?"

"是的。"

他吐了一口气,从兜里掏出一只魔方,摆弄了起来。有了几个钱后，他显然比过去更有闲情逸致了。

午后，米高回去修他的锁去了，他卖掉了丁先生那几只名贵的锁，外加这只更其名贵的 R 锁之后，修锁短时间内变成了他的业余爱好，他跟我絮叨（其实是炫耀）已经跟小丁太太接上头，后续的藏品出售都由他出面找人，当然了他可以提取佣金了，他的余生靠这些锁就可以吃穿不愁了，我打算把他发展成我的御用开锁人。

舒刻来看望我，她看起来比之前略微轻松了几分，头发修得更短更贴近头皮，她拿着一只可乐罐子，喝完了，就那么放在我床头，北京人到香港大冬天也喝冰可乐。她不怎么说话，就那么看着我。

我也看着她，好像也没什么可看的。

"谢谢哦。"她说。

"你曾经很逼近正确答案了，那个电话号码，是叶家豪的，皮匠的徒弟，同时是共犯。"

"是的，可惜。"

"不可惜，我拿半条命换来的标准答案，还不知道有什么后遗症呢，不过无所谓，我也是烂命一条。"

"喂，跟你说，我放过猪脚老板了。"

"放过？"

"我辞职了，要专心钓鱼去了，海钓，做俱乐部选手。"

"也好啊。"

"嗯，我想安葬她，你知道我说的是谁，海葬，将来我自己也要回到大海，无论如何。"

她看着病房的窗外，慢慢地，她的眼睛深处泛起一片淡淡的蓝色，因为窗外有一只蓝色军舰鸟低低地飞过。我用眼角的余光看到，它的胸口有一片蓝，也许是普鲁士蓝，也许是老荷兰深蓝。

2021年10月17日，定稿于云南思茅

图书在版编目（CIP）数据

床下的旅行箱 / 巫昂著． -- 北京：新星出版社，2021.12
ISBN 978-7-5133-4496-8

Ⅰ．①床… Ⅱ．①巫… Ⅲ．①长篇小说-中国-当代 Ⅳ．① I247.5

中国版本图书馆CIP数据核字（2021）第221239号

午夜文库
谢刚 主持

床下的旅行箱

巫昂 著

责任编辑：王 欢　　　　特约编辑：赵笑笑 刘 琦
责任校对：刘 义　　　　责任印制：李珊珊
装帧设计：人马艺术设计·储平

出版发行：新星出版社
出 版 人：马汝军
社　　址：北京市西城区车公庄大街丙3号楼　　100044
网　　址：www.newstarpress.com
电　　话：010-88310888
传　　真：010-65270449
法律顾问：北京市岳成律师事务所

读者服务：010-88310811　　service@newstarpress.com
邮购地址：北京市西城区车公庄大街丙3号楼　　100044

印　　刷：北京盛通印刷股份有限公司
开　　本：910mm×1230mm　　1/32
印　　张：9.875
字　　数：157千字
版　　次：2021年12月第一版　　2021年12月第一次印刷
书　　号：ISBN 978-7-5133-4496-8
定　　价：48.00元

版权专有，侵权必究；如有质量问题，请与印刷厂联系调换。